Annabel Pitcher

NUVOLE DI KETCHUP

Romanzo

Salani Editore

Titolo originale:
KETCHUP CLOUDS

ISBN 978-88-6715-775-4

Traduzione di Valentina Chiesa

Per informazioni sulle novità
del Gruppo editoriale Mauri Spagnol visita:
www.illibraio.it

ADRIANO SALANI EDITORE
Da 150 anni più felici con un libro

Gruppo editoriale Mauri Spagnol
Milano

www.salani.it

Grazie di cuore al mio migliore amico e marito S.P.,
con tutto il mio affetto.

«Com'era triste e colpevole e folle,
eppure, così bello».

Robert Browning, *Confessioni**

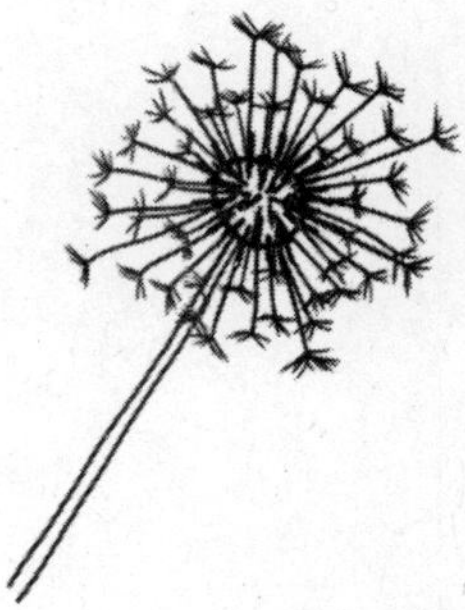

* Robert Browning, *Poesie*, traduzione di Angelo Righetti, Mursia, 1990.

Via dei Narratori, 1
Bath

1° agosto

Egregio signor Harris,

ignori la macchia rossa nell'angolo in alto a sinistra. È marmellata, non sangue, anche se non penso ci sia bisogno che le spieghi la differenza. D'altronde, non era marmellata quella che la polizia ha trovato sulla sua scarpa.

Questa marmellata di lamponi proviene dal mio panino. Fatta in casa. Mia nonna è morta sette anni fa e questa marmellata è l'ultima cosa che ha fatto. Più o meno. Se non contiamo le settimane che ha passato in ospedale attaccata a uno di quegli aggeggi che tengono sotto controllo il cuore e che, quando va bene, fanno *bip bip* e, quando va male, fanno *biiiiip*. Proprio come sette anni fa nella camera di mia nonna. *Biiiiip*. La mia sorellina è nata sei mesi dopo e papà ha deciso di chiamarla come lei, Dorothy Constance. Quando papà ha superato la cosa, ha pensato di accorciarle il nome e siccome mia sorella è piccola e rotonda, abbiamo finito per chiamarla Dot, cioè 'punto'.

L'altra mia sorella, Soph, ha dieci anni. Dot e Soph hanno i capelli lunghi e biondi, gli occhi verdi e il naso a punta, ma Soph è alta e magra e ha la carnagione scura, come Dot: sembra che siano state messe in una teglia a rosolare in forno per dieci minuti. Io sono completamente diversa. Capelli e occhi scuri, né alta né bassa, né magra né grassa. Normale, credo. Guardandomi, non indovinerebbe mai il mio segreto.

Mi sono sforzata di mangiare il panino. Non è che la marmellata fosse andata a male o non fosse buona: si conserva per anni nei barattoli sterilizzati. Almeno, papà dice sempre così quando mamma storce il naso. Anche lei ha il naso a punta. Ha i capelli biondi come quelli delle mie sorelle, anche se più corti e un poco ondulati. Papà è più simile a me, tranne per il fatto che ha dei fili grigi sopra le orecchie e che è eterocromatico, cioè ha un occhio castano e uno no. Azzurro se il tempo è bello, grigio se il tempo è brutto. Fai il bello e il cattivo tempo, gli ho detto una volta, e a papà sono comparse delle fossette in mezzo alle guance. Non so se tutto questo sia importante, ma penso comunque sia una buona idea descriverle la mia famiglia prima di raccontarle quello che vorrei dirle, adesso che sono qui dentro.

Perché ho intenzione di vuotare il sacco. Non sono qui nel capanno degli attrezzi per divertimento. Fa un freddo cane e mamma mi ammazzerebbe se sapesse che non sono a letto, però è un buon posto per scrivere questa lettera, nascosto com'è dietro gli alberi. Non mi chieda che tipo di alberi perché non lo so, so solo che hanno grandi foglie che mormorano nel vento. *Shhhhwiiishhh*. A dire il vero non fanno esattamente così.

La penna è appiccicosa perché ho della marmellata anche sulle dita. Scommetto che pure i baffi dei miei gatti sono appiccicosi. Si chiamano Lloyd e Webber. Quando ho gettato via il panino, oltre la siepe, e dal cielo hanno visto piovere pane e marmellata, hanno miagolato come se non potessero credere ai loro occhi. Non avevo più fame. In realtà non avevo fame neppure prima di venire qui; se devo essere sincera mi sono messa a preparare un panino solo per non cominciare a scrivere questa lettera. Non voglio offenderla, signor Harris. Ma è difficile. E sono stanca. Non dormo dal primo di maggio.

Non c'è pericolo che io mi addormenti qui dentro, però. La scatola di mattonelle su cui sono seduta mi taglia le cosce e dalla fessura sotto la porta del capanno entra dell'aria gelida. Devo darmi una mossa perché – la mia solita sfortuna! – le pile della torcia stanno per esaurirsi. Ho cercato di tenerla tra i denti ma poi hanno cominciato a farmi male le mascelle, allora l'ho sistemata sul davanzale accanto a una tela di ragno. Normalmente non vengo nel capanno, e soprattutto non alle due di notte, ma questa sera la vocina che c'è nella mia testa è più insistente del solito. Le immagini mi sembrano più vivide e ho il cuore che batte forte forte, e scommetto che se fosse attaccato a uno di quegli aggeggi che ci sono in ospedale, lo farebbe esplodere per quanto corre forsennato.

Quando sono scesa dal letto avevo la maglia del pigiama appiccicata alla schiena e la bocca più secca di un deserto. Ho messo il foglietto con sopra scritto il suo nome e il suo indirizzo nella tasca della vestaglia e sono uscita di soppiatto. Adesso sono qui, davanti a questo grande foglio bianco, decisa a raccontarle il mio segreto, anche se non so con quali parole riuscirò a farlo.

Quando si scrive non si può avere la lingua legata, ma se così fosse, e se la mia mano fosse una grande lingua rossa, sarebbe veramente tutta attorcigliata in uno di quei nodi complicati che soltanto gli scout sanno sciogliere.

Gli scout e anche quel signore su BBC2, quello con i capelli tutti arruffati che fa un programma sulle esperienze estreme, va a cacciarsi nel bel mezzo della giungla, dorme sugli alberi e mangia serpenti per cena. Adesso che ci penso, probabilmente lei non ha idea di che cosa sto parlando. Avete la tivù nel braccio della morte? Se sì, guardate anche i programmi britannici o soltanto quelli americani?

Suppongo che queste domande siano inutili. Anche se lei volesse rispondermi, l'indirizzo che ho scritto all'inizio è falso. Non esiste nessuna via dei Narratori in Inghilterra, per cui signor Harris non cominci a pensare che può evadere dalla sua prigione lì in Texas e comparire qui a casa mia all'improvviso dopo aver viaggiato in autostop alla ricerca di una ragazza che si chiama – be', facciamo finta che io mi chiami Zoe.

Ho trovato il suo indirizzo su un sito del braccio della morte di cui sono venuta a conoscenza grazie a una suora. Questa è una frase che non avrei mai pensato di scrivere ma in realtà anche la mia vita non è esattamente come l'avevo immaginata. Dalla foto mi sembra una persona socievole, nonostante la giacca arancione e la testa rasata, gli occhiali spessi e quella cicatrice sulla guancia. Ho guardato anche altri profili oltre al suo. Ci sono centinaia di condannati alla ricerca di amici di penna. Centinaia. Ma il suo profilo mi ha colpita. Tutte quelle cose sui suoi famigliari, che l'hanno rinnegata e non le scrivono da undici lunghi anni. Tutte quelle cose sul suo senso di colpa.

Anche se non credo in Dio, sono andata a confessarmi per cercare di liberarmi dal senso di colpa, non prima di aver controllato tre volte su Wikipedia che veramente il prete non potesse riferire niente alla polizia. Ma quando mi sono seduta nel confessionale e ho visto quel profilo dietro la grata, non sono riuscita ad aprire bocca. Stavo per confessare la mia colpa a un uomo che non aveva mai fatto niente di male in tutta la sua vita, tranne forse bere una sorsata in più dal calice di vino da messa nelle giornate difficili. A meno che non fosse uno di quei preti che palpeggiano i bambini, nel qual caso si sarebbe rivelato un esperto di peccati, ma non potevo saperlo e allora non ho rischiato.

Con lei sono molto più tranquilla. E, a essere sincera, mi ricorda un po' Harry Potter. Non so quando è stato pubblicato il primo libro della serie, se prima o dopo il suo processo. Comunque, nel caso non lo sapesse, Harry Potter ha una cicatrice e porta gli occhiali così come lei ha una cicatrice e porta gli occhiali, e anche Harry Potter non riceveva mai posta. Ma poi un giorno ha ricevuto una lettera misteriosa che diceva che Harry era un mago e la sua vita è miracolosamente cambiata.

Signor Harris, quando leggerà queste righe nella sua cella probabilmente si domanderà: 'Stanno per comunicare anche *a me* che ho dei poteri magici?' Se quello che c'è scritto sul sito è vero, scommetto che si immaginerà di poter cancellare tutte le coltellate inferte sul corpo di sua moglie. Be', mi dispiace deluderla, ma sono una ragazzina normalissima, non il Preside di una Scuola di Magia e Stregoneria. Però mi creda: se questa biro fosse una bacchetta magica le darei il potere di riportare sua moglie in vita, perché anche io vorrei poter fare altrettanto.

So come ci si sente.

Nel mio caso non si è trattato di una donna, ma di un ragazzo. E anch'io l'ho ucciso, esattamente tre mesi fa.

Vuole sapere qual è la cosa peggiore? L'ho fatta franca. Nessuno ha scoperto che è stata colpa mia. Nessuno ha idea di cosa sia successo e io me ne vado in giro come una persona a postissimo: dico sempre la cosa giusta e faccio sempre la cosa giusta, ma dentro di me è come se continuassi a urlare. Non oso parlarne con mamma, con papà o con le mie sorelle perché non voglio essere abbandonata anch'io e non voglio finire in prigione, anche se lo meriterei. Vede bene, signor Harris, che sono meno coraggiosa di lei, per cui non abbia paura quando dovrà affrontare quell'iniezione. Non me ne preoccuperei perché quando abbiamo dovuto sopprimere il nostro cane, sembrava davvero che dormisse placido. Il sito dice che lei non riuscirà mai a perdonare se stesso, ma almeno ora sa che al mondo ci sono persone molto peggiori di lei, signor Harris. Lei ha avuto il coraggio di ammettere i suoi errori, mentre io sono talmente codarda da non riuscire neppure a rivelare la mia vera identità in una lettera.

Quindi, sì, può chiamarmi Zoe. E facciamo finta che io viva nell'Inghilterra occidentale, in un posto immaginario vicino a Bath, che è una vecchia cittadina piena di edifici antichi e di moltissimi turisti che nei fine settimana fotografano il ponte. Tutte le altre cose che scriverò, invece, corrispondono al vero.

Zoe

Via dei Narratori, 1
Bath

12 agosto

Gentilissimo signor Harris,

suppongo che se ha aperto questa lettera lei sia interessato a ciò che ho da dire. Mi fa piacere, ma non lo considero un gran complimento perché, diciamoci la verità, lei deve annoiarsi terribilmente in quella cella con niente da fare se non scrivere poesie. Tra l'altro sono davvero belle, specialmente il sonetto sulle iniezioni letali. Le ho trovate sul suo profilo e quella sul teatro mi ha intristita parecchio. Scommetto che, mentre guardava Dorothy camminare sulla strada di mattoni gialli a Oz, lei signor Harris non immaginava neppure lontanamente che dopo quarantotto ore avrebbe commesso un delitto.

È strano che io riesca a scrivere una frase del genere quasi senza battere ciglio. Non sarebbe così se non ne avessi commesso uno anch'io. Prima che accadesse, non sarei forse riuscita a toccarla neppure con l'estremità di un lungo bastone, mentre adesso siamo sulla stessa barca. Esattamente sulla stessa barca. Lei ha ucciso una persona che amava e io ho ucciso una persona che amavo, ed entrambi conosciamo la sofferenza e la paura e la tristezza e il senso di colpa e gli altri mille sentimenti che non hanno neppure un nome nella nostra lingua.

Siccome tutti pensano che io stia faticando a superare la cosa, non mi fanno troppe domande se mi vedono arrivare pallida e magra, con gli occhi cerchiati e i capelli unti e spettinati. L'altro giorno mamma mi ha obbligata a tagliarli. Mentre ero dalla parrucchiera osservavo le altre clienti e mi domandavo quante di loro avessero degli scheletri nell'armadio. La suora ci ha detto che nessuno è perfetto e che in ognuno di noi c'è sia del bene che del male. In ognuno di noi. Anche le persone che non sospetti possono avere un lato oscuro, come per esempio Barack Obama o i presentatori di *Art Attack*. Cerco sempre di pensare a questo quando il senso di colpa diventa tanto grande da impedirmi di dormire. Questa sera non ha funzionato e quindi eccomi di nuovo qui. Fa sempre freddissimo, ma stavolta ho coperto la fessura sotto la porta con una vecchia giacca di papà.

Non ricordo il nome della suora, ma so che aveva uno di quei visi tutti raggrinziti che però si possono ancora immaginare come di pesca, perché da qualche parte, sotto le rughe, riesci a scorgerne la bellezza. È venuta nella mia scuola una settimana prima dell'inizio delle vacanze estive per parlarci della pena di morte. Anche se spiegava con una vocina un po' tremolante, l'abbiamo ascoltata tutti con la massima attenzione. Persino Adam, che di solito si dondola sulla sedia e tira i tappi delle penne in testa a noi ragazze. Quel giorno abbiamo potuto tenere il cappuccio della felpa abbassato perché nessuno faceva dispetti: fissavamo tutti a bocca aperta quella vecchia suora che ci parlava della sua campagna per l'abolizione della pena di morte.

Aveva fatto un sacco di cose. Petizioni, proteste, articoli di giornale e lettere ai condannati, che le avevano risposto e le avevano confidato di tutto. Qualcuno ha chiesto: 'Anche i loro delitti e roba del genere?' La suora ha annuito e ha risposto: 'A volte. Tutti abbiamo bisogno di essere ascoltati'.

Ed è lì che mi è venuta l'idea, proprio nel bel mezzo dell'ora di religione, mentre la suora continuava a raccontarci tantissime altre cose che adesso non ricordo nemmeno più. Quando sono tornata a casa, sono corsa di sopra nello studio senza neppure togliermi le scarpe, anche se mamma aveva da poco comprato la nuova moquette beige. Ho acceso il computer e ho trovato un sito del braccio della morte. Ho selezionato *Sì, sono maggiorenne.* Anche se è una bugia, il computer non si è spento e non è scattato nessun allarme. Si è aperto un database di condannati alla ricerca di amici di penna e lei era lì, signor Harris, il secondo da sinistra nella terza fila della quarta pagina, come se stesse aspettando di poter ascoltare la mia storia.

PARTE PRIMA

Non è il più originale dei titoli ma questo non è un romanzo, è quel che è accaduto realmente, ed è un po' come una nuova partenza per me. Normalmente scrivo storie di fantasia e, nel caso le interessasse, la mia storia migliore in assoluto è *Burlotto Fasolis*, che ha come protagonista una pelosa creatura blu che vive in una latta di fagioli in fondo a una dispensa. Si trova lì dentro da anni, ma poi un giorno a un ragazzo chiamato Mod (il cui vero nome è Dom, ma che ha una vera passione per i palindromi) vien voglia di mangiare pane e fagioli, apre la latta e Burlotto cade sul piatto, pronto per essere spedito nel forno a microonde.

Allora, signor Harris, non so da quanto tempo lei scriva poesie, ma io voglio essere una scrittrice da che ho letto il primo libro della Banda dei Cinque, quando ho dovuto scrivere la mia prima recensione alle elementari. Gli ho dato quattro stelle e mezza su cinque perché la storia era carina e i protagonisti alla fine riuscivano a trovare il tesoro, ma il personaggio chiamato George era una bambina un po' suonata travestita da maschio che parlava sempre con il suo cane, e allora ho abbassato il giudizio di mezza stella perché secondo me il libro peccava di realismo.

Stasera dalla finestra vedo un sacco di stelle, e ognuna splende grande e luminosa nel cielo. Forse gli alieni danno un giudizio eccezionale al pianeta Terra, il che dimostrerebbe che ne sanno davvero poco, di noi. È tutto così silenzioso fuori, come se il mondo stesse trattenendo il respiro nell'attesa che io cominci a raccontare la mia storia. Probabilmente anche lei sta facendo lo stesso. Allora eccola qua.

È iniziato tutto un anno fa, con una telefonata inaspettata. Nel mese di agosto, per una settimana intera avevo cercato di trovare il coraggio di chiedere a mamma se potevo andare a una festa di sabato sera. Non si trattava di una festa qualunque, ma della festa a casa di Max Morgan, alla quale eravamo tutti invitati per salutare l'estate prima della scuola, che sarebbe cominciata due giorni dopo. Purtroppo, le probabilità che mamma mi desse il permesso di andarci erano quasi zero: all'epoca non mi lasciava mai fare niente, neppure andare per shopping in città con Lauren, primo perché aveva paura che mi rapissero e secondo perché dovevo concentrarmi sui compiti.

Non c'è modo di passarla liscia a casa nostra perché mamma ha smesso di lavorare come avvocato quando Dot era ancora piccola. Dot era di salute cagionevole, sempre avanti e indietro dall'ospedale, e credo che prendersi cura di lei fosse un lavoro a tempo pieno per mamma. La mattina, quando mi sveglio, è mamma che mi chiede che materie ho quel giorno, e quando torno a casa è sempre mamma che mi aiuta a fare i compiti per il giorno dopo. Per tutto il resto del tempo si occupa della casa. Siccome è enorme, ha un gran daffare a tenerla pulita, figuriamoci ordinata, ma mamma ci riesce perché rispetta una rigidissima tabella di marcia. Ripiega la biancheria e accoppia i calzini persino mentre guarda il telegiornale, e anche quando si fa un bagno rilassante nella vasca strofina il rubinetto con una salvietta per farlo brillare. Cucina anche moltissimo, e sempre con i migliori ingredienti. Le uova devono essere di galline allevate a terra, la verdura biologica, e la mucca deve aver brucato l'erba del giardino dell'Eden o comunque di un posto dove non esistano né inquinamento né prodotti chimici, così che la sua carne non sia contaminata e non possa farci male.

Signor Harris, spero non le dispiaccia, ma ho cercato su Google il nome di sua madre (senza risultati) per capire che tipo era: se era severa, se la obbligava a impegnarsi a scuola, a essere gentile con gli anziani, a non combinare guai e a finire la verdura. Spero che non fosse così. Sarebbe tremendo non aver mangiucchiato altro che broccoli per tutta l'adolescenza e, adesso, essere chiusi in una cella senza mai aver conosciuto la libertà. Spero che lei abbia fatto cose pazze del tipo correre nudo nel giardino dei vicini per sfida, come successe alla festa di compleanno di Lauren dopo che me ne ero andata perché ero dovuta tornare a casa presto. Lauren me lo raccontò il giorno dopo a scuola, e come al solito cercai di fare l'indifferente per dare a vedere che a quattordici anni ero troppo matura per certe cose. Ma quando il prof di storia ci disse di smetterla di parlottare e di leggere la scheda, non mi riuscì proprio di concentrarmi sugli ebrei. Mi immaginavo invece tutte quelle tette che rimbalzavano al chiaro di luna.

Ero stufa di perdermi tutte quelle occasioni. Stufa di ascoltare sempre e solo i racconti degli altri. E gelosa, veramente gelosa, perché io non avevo mai niente da raccontare. Così, quando Max mi invitò alla sua festa, decisi di chiederlo a mamma in un modo tale che lei non avrebbe potuto dirmi di no.

Quel sabato mattina ero a letto che cercavo le parole giuste per fare quella domanda prima di alzarmi e cominciare il turno in biblioteca, dove sistemo i libri sugli scaffali per tre sterline e cinquanta all'ora. Poi squillò il telefono. Siccome il tono di voce di papà non lasciava presagire niente di buono, sgusciai fuori dal letto e scesi di sotto in vestaglia, la stessa che indosso ora, che per sua informazione ha dei fiori rossi e neri e un pizzetto intorno ai polsini. Qualche secondo dopo, papà corse a prendere la BMW senza neppure fare colazione, e mamma lo seguì sul vialetto con ancora addosso il grembiule e i guanti di gomma gialli.

«Non è il caso di partire così di corsa» gli gridò dietro

e, signor Harris, ora che sono arrivata ai dialoghi penso che scriverò le frasi come si deve, tra virgolette, in modo che le sia più facile seguire il discorso. Naturalmente non ricordo ogni singolo dettaglio, magari non userò proprio le stesse parole e sicuramente taglierò tutte le parti noiose, come per esempio i commenti sul tempo.

«Cos'è successo?» chiesi dalla veranda, probabilmente con un'espressione preoccupata stampata in faccia.

«Mangia almeno una fetta di pane tostato, Simon».

Papà fece segno di no con la testa. «Dobbiamo partire subito. Non sappiamo quanto gli rimanga da vivere».

«Dobbiamo?» chiese mamma.

«Vieni anche tu, no?»

«Riflettiamoci un minuto...»

«Potrebbe non esserci più tra un minuto! Dobbiamo andare».

«Se senti di dover andare, non sarò certo io a fermarti. Ma io resto qui. Sai come la penso di...»

«Cos'è successo?» chiesi di nuovo, alzando il tono di voce e con un'espressione forse ancora più preoccupata. I miei genitori non se ne accorsero neppure.

Papà si sfregò le tempie disegnando piccoli cerchi tra i capelli grigi. «Che cosa gli dirò dopo tutto questo tempo?»

Mamma fece una smorfia. «Non ne ho idea».

«Di chi state parlando?» chiesi.

«Pensi che mi lascerà entrare nella sua stanza?» continuò papà.

«A quanto pare, non sarà nella condizione di capire se ci sei oppure no» disse mamma.

«Chi?» chiesi ancora, uscendo sul vialetto.

«Le ciabatte!» gridò mamma.

Rientrai nella veranda e mi pulii i piedi sullo zerbino. «Qualcuno potrebbe dirmi cos'è successo?»

Ci fu una pausa. Lunga.

«Il nonno» disse papà.
«Ha avuto un ictus» aggiunse mamma.
«Oh» risposi io.

Lo so, non è stata la più intensa delle reazioni, ma in mia difesa posso dire che non lo vedevo da anni. Ricordo che, quando andavamo nella chiesa che frequentava il nonno, ero sempre gelosa dell'ostia che papà andava a prendere durante l'Eucaristia, mentre mamma ci costringeva a rimanere sedute. E ricordo che giocavo con il libro dei canti, e cercavo di chiuderci in mezzo le dita di Soph, canticchiando la colonna sonora de *Lo squalo* sotto lo sguardo di disapprovazione del nonno. Aveva un grande giardino con dei girasoli enormi e una volta costruii un salottino nel suo garage e lui mi diede una bottiglia di limonata da servire alle mie bambole. Poi, un giorno, ci fu una violenta discussione e non andammo più a trovarlo. Non so esattamente cosa successe, ma ricordo che lasciammo la casa del nonno senza neppure pranzare. Siccome avevo la pancia che brontolava, per una volta potemmo fermarci da McDonald's. Mamma aveva la testa altrove e io ordinai un Big Mac con doppia porzione di patatine.

«Hai veramente intenzione di rimanere a casa?» chiese papà.

Mamma si sistemò i guanti di gomma. «Chi baderà alle ragazze?»

«Io!» esclamai. Mi si era accesa una lampadina. «Me ne occuperò io».

«Non penso proprio» disse mamma aggrottando le sopracciglia.

«Ormai è grande» disse papà.

«Ma se dovesse succedere qualcosa?»

Papà le agitò il cellulare sotto il naso. «Ho questo».

«Non saprei...» Mamma mi soppesò con lo sguardo mordendosi l'interno delle guance. «E il turno in biblioteca?»

Feci spallucce. «Telefono e spiego che c'è un'emergenza in famiglia».

«Ecco» disse papà. «Tutto risolto».

Un uccellino si posò sul cofano della macchina. Era un usignolo. Lo guardammo tutti per un attimo perché teneva un vermicello nel becco, poi papà guardò mamma, mamma guardò papà e, mentre incrociavo le dita dietro la schiena, l'uccellino volò via.

«Senti, penso veramente che sia meglio che io stia qui con le ragazze» mormorò mamma senza molta convinzione. «Soph deve esercitarsi al pianoforte e vorrei aiutare Dot a...»

«Jane! Non usare le ragazze come scusa!» disse papà battendosi un pugno sulla gamba. «È evidente che non vuoi venire. Abbi almeno il coraggio di ammetterlo».

«E va bene! Ma vale per tutti e due, Simon. Sai anche tu che tuo padre non mi vuole vedere».

«Non sarà nella condizione di capire se ci sei oppure no!» ribatté papà guardando mamma dritto negli occhi. Ripetere esattamente le sue parole era una mossa astuta, e lei lo sapeva. Con un sospiro di sconfitta, la mamma si tolse i guanti e tornò verso la veranda.

«Facciamo come vuoi tu, ma ti avverto: non ho nessuna intenzione di entrare in quella camera» disse. Poi rientrò in casa.

Papà serrò le mascelle e guardò l'orologio. Mi incamminai verso la macchina, le dita ancora incrociate dietro la schiena.

«Allora, pensi che rimarrete in ospedale per un po'?»

Papà si grattò la nuca e sospirò.

«È probabile».

Sfoderai il mio sorriso più rassicurante. «Be', non preoccupatevi per noi. Ce la caveremo».

«Grazie, cucciola».

«E se non tornerete a casa in tempo, non andrò alla festa. Non fa niente. Voglio dire, Lauren ci starà male, ma le passerà» buttai lì. Così papà avrebbe pensato che mamma mi avesse già dato il permesso. Suonò il clacson per farle capire che doveva sbrigarsi.

«A che ora comincia la festa?»

«Alle otto» risposi, con una voce un po' più acuta del solito.

«Dovremmo essere a casa per le otto... almeno spero. Ti darò un passaggio, se vuoi».

«Fantastico» dissi, e corsi in casa cercando di trattenere un sorriso a quaranta denti.

Nel pomeriggio mamma ci telefonò per dirci che le condizioni del nonno erano stabili. Parlando a bassa voce come si fa sempre negli ospedali, disse anche che papà stava bene e mi chiese di tirare fuori le bistecche dal congelatore. Sorrisi contenta perché la bistecca è uno dei miei piatti preferiti. Tutto stava andando per il verso giusto, così mi preparai un miscuglio di succo d'arancia e limonata. I cubetti di ghiaccio tintinnarono nel bicchiere. Trascorsi il resto della giornata in giardino, al sole, a scrivere *Burlotto Fasolis*. Riempii la mangiatoia che avevamo appeso al ramo di un albero, vicino alla porta sul retro. Gli uccelli si fiondavano sul piccolo recipiente – una gazza che accolsi con grandi onori, un fringuello che atterrò sul prato e una rondine che discese in picchiata su un'aiuola fiorita – e io li osservai per ore e ore. Ero incredibilmente felice: adoro gli uccelli e, non per vantarmi, conosco i nomi di quasi tutte le specie presenti in Inghilterra.

Nel giardino c'erano migliaia di fiori di tarassaco. Ne ho disegnato uno qui sotto, nel caso ci fossero infestanti diversi, o non ce ne fossero proprio, dove vive lei. Immagino il Texas come un posto arido, o magari addirittura un deserto con tanto di miraggi, e scommetto che dalla sua finestra vede tutta quella sabbia dorata, signor Harris, e deve essere una tortura... a meno che lei non detesti le spiagge.

Raccolsi uno di quei fiori, me lo feci girare tra le dita e mi lasciai cadere sull'erba. Appoggiai i piedi a un vaso. Il sole era esattamente dello stesso colore del fiore che avevo in mano. Sole e fiore erano collegati da un caldo raggio di luce gialla. Il loro era un vincolo di fuoco, e con tutta probabilità stavo semplicemente cominciando a scottarmi le nocche, ma per un istante mi sembrò di essere parte dell'universo come in un gigantesco 'unisci i puntini'. Tutto aveva un senso e un significato, come se davvero qualcuno stesse tracciando la linea della mia vita, un numero dopo l'altro.

Qualcuno che non era la mia sorellina.

«Ti piace?»

Dot era in piedi accanto a me. Aveva un vestitino rosa e un libriccino aperto sotto il braccio. Usa il linguaggio dei segni perché è sorda. Strizzai gli occhi per riuscire a vedere l'immagine che mi stava mostrando. Aveva unito i puntini nell'ordine sbagliato e la farfalla che avrebbe dovuto librarsi nel cielo sembrava piuttosto sul punto di precipitare nel folto degli alberi. Mi sistemai il fiore dietro l'orecchio.

«Un sacco».

«Più del cioccolato?»

«Più del cioccolato» le risposi con i gesti.

«Più di... più del gelato?»

Feci finta di pensarci un po' su. «Be', dipende dal gusto». Dot si lasciò cadere sulle ginocchia paffute. «Fragola?»

«Di sicuro più del gelato alla fragola».

«Banana?»

Scossi la testa. «Niente da fare».

Dot cominciò a ridacchiare e si protese verso di me. «Veramente più della banana?»

Le baciai la punta del nasino. «Più di qualunque altro gusto al mondo».

Dot gettò il libriccino sul prato e si sdraiò accanto a me. Il vento le scompigliava i capelli.

«Hai un fiore dietro l'orecchio».

«Lo so».

«Perché?»

«Sono i miei fiori preferiti» mentii.

«Più dei narcisi?»

«Più di qualunque altro fiore dell'universo» gesticolai, segnalandole di tacere. Qualcuno aveva aperto la porta di casa. Sentii dei passi nell'ingresso. Mi misi a sedere, in ascolto. Dot mi guardava confusa. «Mamma e papà» le spiegai. Dot balzò in piedi, ma qualcosa nella voce dei miei genitori mi disse che dovevo impedirle di correre in cucina. La afferrai per una mano. Stavano litigando, li sentivo attraverso la finestra aperta. Prima che si accorgessero che ero in giardino, mi tuffai dietro un cespuglio tirandomi dietro la mia sorellina. Mentre scostavo le foglie, Dot rise, pensando che stessimo facendo un nuovo gioco.

Mamma sbatté una tazza sul ripiano della cucina. «Non riesco a credere che tu gli abbia detto di sì!»

«Cosa dovevo fare secondo te?»

Mamma accese il bollitore premendo l'interruttore con un colpo secco. «Parlarne prima con me! Discuterne!»

«Come potevo parlarne con te se non eri nemmeno in camera?»

«Non è una giustificazione».

«È il loro nonno, Jane. Ha il diritto di vederle».

«Storie! Non hanno niente a che fare con lui da *anni*».

«Ragione in più perché le ragazze passino del tempo con lui, prima che sia troppo tardi».

Mamma alzò gli occhi. Cercai di tenere ferma Dot, che si contorceva per liberarsi. Mettendole una mano davanti alla bocca, le lanciai un'occhiata severa per farle capire che doveva stare zitta. In cucina, mamma prese un cucchiaino e richiuse il cassetto con forza.

«Abbiamo discusso di questa cosa tanti anni fa. *Tanti* anni fa. Non ho intenzione di rimangiarmi tutto adesso solo perché tuo padre è un po'...»

«Ha avuto un ictus!»

Mamma scaraventò il cucchiaino nella tazza. «Questo non cambia le cose! Non le cambia! Da che parte stai?»

«Non voglio stare dalla parte di nessuno, Jane. Basta. Siamo una famiglia».

«Va' a spiegarlo a tuo...» Ma proprio in quel momento, Dot mi morsicò un dito e riuscì a liberarsi. Non ce la feci a riacchiapparla. Corse via veloce come il vento e fece due volte la ruota sull'erba. Il vestitino le si alzò fino ad arrivarle alle spalle, le si videro le mutandine, e Dot cadde pesantemente sul prato, rimanendo immobile. Mentre mamma e papà la guardavano dalla finestra, Dot raccolse un fiore di tarassaco. Ma il suo era bianco e soffice. Pieno di quei ciuffetti leggeri che sembrano fatine morte. Il sole scomparve dietro una nuvola, Dot soffiò forte e il fiore si dissolse. Signor Harris, adesso smetto di scrivere perché sono stanca e in più mi si è addormentata la gamba sinistra.

Zoe

Via dei Narratori, 1
Bath

2 settembre

Gentile signor Harris,

il più grande pregio di questo capanno è sicuramente l'assenza di occhi. Non ci sono occhi, eccezion fatta per gli otto del ragno, che però non guardano me. Il ragno sta nella tela sul davanzale e osserva fuori dalla finestra la sagoma dell'albero, la nuvola e lo spicchio di luna. La luce argentea si riflette nei suoi occhi, mentre lui pensa alle mosche o a chissà cos'altro.

Domani invece sarà diverso. Ricomincia la scuola e torneranno a esserci quegli sguardi. Sguardi tristi e sguardi indagatori, occhi che mi fissano e occhi che, anche se non vorrebbero, mi lanciano comunque delle occhiate mentre entro in classe. Non ci saranno posti in cui nascondersi. No, neppure nei bagni, se è a quelli che sta pensando. Prima delle vacanze, alcune ragazze aspettarono che uscissi dai servizi e mi piombarono addosso. Volevano sapere tutto – cosa e dove e quando e come ma non chi, perché avevano partecipato tutte al suo funerale.

Domande domande domande domande che diventavano sempre più insistenti e io non sapevo cosa dire. Cominciavo a destare dei sospetti e bisognava che tirassi fuori qualche parola, ma non c'erano suoni nella mia laringe. Cominciò a sudarmi la schiena, la spina dorsale a scottare dal sedere fino al cervello. Aprii il rubinetto al massimo e misi le mani sotto l'acqua nel vano tentativo di lavare via la mia colpa. Cominciai a sfregarmi i palmi, via via sempre più forte. Respiravo sempre più affannosamente e quelle ragazze si avvicinavano sempre di più. Non potei resistere un altro secondo e corsi via. Mi precipitai fuori dalla porta e andai a sbattere contro la prof di inglese che, dopo avermi guardata in faccia, mi condusse nel suo ufficio.

Guarda guarda, sul muro era appesa una raffigurazione di Lady Macbeth con scritto *Via, maledetta macchia!* e, signor Harris, non so se lei conosca l'opera di Shakespeare, ma nel caso se lo stesse chiedendo, Lady Macbeth non era fissata con le macchie sulla tovaglia. Osservai a lungo le mani di Lady Macbeth macchiate di sangue e mi accorsi che mi tremavano i polsi. «Su, su! Non preoccuparti. Non c'è alcuna fretta, prenditi tutto il tempo che ti occorre» esordì la signora Macklin con la sua voce più dolce. Io mi domandai se veramente avrei potuto rimanermene seduta alla sua scrivania, accanto a un mucchio di compiti da correggere fino alla fine dei tempi. Non sopportavo quella sua gentilezza. Non sopportavo che mi desse delle piccole pacche sulla spalla e che mi dicesse di fare lunghi respiri. Non sopportavo che mi dicesse che stavo facendo progressi enormi e che ero coraggiosissima e che era terribilmente dispiaciuta, quasi come fosse colpa sua e non mia, se quel corpo giaceva in una bara.

Questa è la cosa più tremenda di tutte – sapere che è sotto terra. Con gli occhi spalancati. Quegli occhi castani che conoscevo così bene e che ora guardano il mondo quassù senza poterlo più raggiungere. Anche la sua bocca è spalancata: urla una verità che nessuno può più sentire. A volte immagino anche le sue unghie, tutte spezzate e sanguinanti per il tanto grattare sul coperchio della bara, dove lui sta incidendo la lunga spiegazione di quel che è successo il primo di maggio. Quelle parole però sono sepolte sotto due metri di terra e mai nessuno le leggerà.

Forse scrivere queste lettere mi aiuta, signor Harris. Forse, a mano a mano che le racconto tutta la storia, piano piano quelle parole scompariranno dal coperchio della bara fino a che non ne rimarrà più traccia. Per sempre. Le sue unghie guariranno, lui intreccerà le mani sul petto e finalmente chiuderà gli occhi. Poi, i vermi cominceranno a rosicchiargli le carni. Sarà una liberazione e il suo scheletro riuscirà a sorridere.

PARTE SECONDA

Comunque, sarà meglio che ritorni a quel che successe l'anno scorso dopo che mamma e papà fecero quella litigata in cucina per via del nonno. Cercavano di comportarsi normalmente ma nell'aria c'era una tensione che si sarebbe potuta tagliare col coltello. Il che sarebbe stato sicuramente più facile che tagliare la bistecca che avevo nel piatto. Mamma non faceva quasi mai pasticci in cucina, ma quella volta era tutto cotto e stracotto. Spero non pensi che sono una figlia ingrata, signor Harris. Dev'essere arcistufo del cibo che le propinano in prigione. Immagino che sia una specie di sbobba come quella che ho visto nel musical di *Oliver Twist*. Scommetto che le guardie si fanno grandi scorpacciate di pizza proprio davanti alla sua cella, tanto vicini che lei riesce a sentirne il profumo e a farsi venire l'acquolina in bocca e deve fare di tutto per non cominciare a cantare *Cibo che bontà*.

Se può consolarla, la cena che mamma ci preparò quella sera non era per niente una bontà e dopo qualche tentativo lasciammo perdere la bistecca.

«Perché io non ho mai conosciuto il nonno?» chiese Dot all'improvviso.

Papà prese in mano il suo bicchiere di vino ma non ne bevve neppure un sorso.

«Sì che l'hai conosciuto, tesoro» le rispose mamma. «È solo che non te lo ricordi».

«Gli volevo bene?»

«Ehm... Eri troppo piccola» disse mamma.

«Guarirà?»

«Lo speriamo tutti. Adesso però sta poco bene».

«Starà meglio domani? O dopodomani? O dopodopodomani?»

«Piantala di fare domande idiote» borbottò Soph. Siccome fatica a leggere le labbra, Dot la guardò perplessa. «Piantala di fare domande idiote» ripeté Soph facendolo apposta a muovere le labbra ancora più velocemente.

«*Sophie!*» la rimproverò mamma.

«Il nonno guarirà, cucciola» disse papà con gesti lenti e impacciati. «È in ospedale ma non sta peggiorando».

Mamma mise un braccio intorno alle spalle di Dot e le accarezzò la testa. «Non preoccuparti».

«Ehi, anch'io sono preoccupata!» annunciò tutt'a un tratto Soph. «E se dovesse *morire* o cose così?»

Papà fece un lungo sospiro. «Non essere tragica».

Lanciai un'occhiata alla pendola. Quarantacinque minuti all'inizio della festa. Cominciai a fischiettare, cosa che normalmente non faccio mai. Mamma mi guardava sospettosa mentre mettevo i piatti nel lavandino. Ero scalza e il pavimento era freddo.

«Dove stai andando?» mi chiese.

Non riuscii a guardarla. «A prepararmi».

«A prepararti per che cosa?»

Misi coltello e forchetta nell'acqua e guardai per un attimo le bolle che vi si formavano. «Per la festa a casa di Max».

«Quale festa?» chiese mamma. «Zoe, quale festa?»

Mi girai di scatto. «Papà ha detto che potevo andarci!»

Papà si stava leccando il ketchup dalle dita. Mamma gli lanciò un'occhiataccia. «Be', è stata bravissima oggi». Non mi sarei mai aspettata che dicesse così. Dovetti impormi di non saltargli al collo e riempirlo di baci.

«Simon, quando avresti avuto intenzione di dirmelo?»

«Non devo sempre consultarmi con te prima di prendere una decisione».

«Oh, quindi da adesso in avanti funziona così, giusto?» mamma saltò su. «Prendi delle decisioni – delle decisioni assurde – che riguardano tutta la famiglia, senza neppure considerare...»

Papà arrossì violentemente. «Non ricominciare, Jane. Non davanti alle ragazze».

Mamma sospirò stizzita, ma lasciò cadere il discorso. Mi avviai verso la porta della cucina. Dot raccolse un fagiolino e lo tirò nel piatto come se fosse un giavellotto.

«Oro olimpico!» Esultò a gesti. «Oro anche nel lancio del peso!» La carota rimbalzò sul braccio di Soph per atterrare vicino alla saliera.

«Mamma, puoi dirle di smetterla?» frignò Soph.

«Smettetela, ragazze!» scattò papà.

Soph esplose. «Perché adesso te la prendi con me?»

«Lascia perdere, Soph» disse mamma.

«È veramente ingiusto!» urlò Soph, scagliando un braccio in aria. Fece volare un bicchiere dall'altra parte del tavolo. C'era succo di ribes dappertutto. Papà imprecò e mamma balzò in piedi per prendere uno strofinaccio.

«Allora posso andare?» chiesi.

«No!» rispose mamma.

«Sì!» disse papà contemporaneamente.

Si guardarono in cagnesco mentre il succo di ribes continuava a colare sul pavimento.

«E va bene!» sbottò mamma. «Ma ti vengo a prendere alle undici».

Prima che mamma potesse cambiare idea, schizzai fuori dalla cucina e mi precipitai su per le scale. La mia camera non era mai incasinata perché mamma mi obbligava a tenerla a posto: i vestiti erano sistemati in bell'ordine nell'armadio e il copriletto viola non faceva una grinza. La lampada coordinata, sempre viola, stava appoggiata esattamente nel centro del comodino. Sulla mensola sopra il cuscino, i libri erano impilati uno sull'altro con i titoli rivolti tutti dalla stessa parte. Soltanto la scrivania era in disordine, con fogli di *Burlotto Fasolis* sparsi ovunque, e la bacheca era tappezzata di post-it su cui avevo scribacchiato degli appunti sui personaggi e sui colpi di scena.

Mai prima di allora ero riuscita a prepararmi così in fretta: infilai un paio di jeans neri e una canotta. A dire il vero, signor Harris, avrei dovuto anche lavarmi i capelli, ma non ce n'era il tempo. Me li legai in un'approssimativa coda di cavallo e mi misi un paio di orecchini. Niente di esagerato o frou-frou. Dei semplici cerchietti d'argento. Mi infilai un paio di ballerine e saltai sulla macchina di papà.

Ben prima di arrivare alla casa cominciammo a sentire la musica della festa, che rimbombava nell'aria riempiendola col suo ritmo incalzante. Papà accostò davanti a una fila di villette a schiera. Erano piccole e semplici, suppergiù come le casette che Dot disegna con le matite colorate. Al primo piano, due finestre. Al pian terreno, due finestre con la porta d'ingresso nel mezzo. Davanti, un giardinetto lungo e stretto con un albero, un minuscolo patio e un pezzettino di prato.

Dalla macchina riuscivo a vedere dei palloncini a forma di bottiglie di birra e delle strisce argentate attaccati al cancelletto dell'ultima villetta della fila. Quando scesi avevo probabilmente le guance arrossate e certamente la bocca secca, perché cercai di deglutire ma non trovai neppure una goccia di saliva.

«Fai la brava, eh?» si raccomandò papà adocchiando i palloncini. «Farei volentieri a meno di altri drammi, per oggi».

Dal tono capii che era stravolto. Riaprii la portiera e gli chiesi: «Stai bene?»

Sbadigliò, mostrandomi per un attimo tutte le sue otturazioni. «Mi riprenderò».

«Il nonno guarirà, sta' tranquillo» gli dissi con leggerezza. Avrei già voluto essere alla festa. Papà guardò fuori dal finestrino senza vedere il gruppetto di ragazze che gli passava davanti incespicando su tacchi alti dieci centimetri. Vedendo i loro abitini, mi domandai se non fossi ridicola in jeans e ballerine.

«Sembrava così... Oh, non saprei. *Vecchio*, credo».

Mi guardai le scarpe cercando di valutarle dal punto di vista di qualcun altro. «Ma il nonno *è* vecchio, papà».

«Una volta correva la maratona».

Sollevai lo sguardo, sorpresa. «Sul serio?»

«Certo. Era in formissima. Una volta ci mise poco più di tre ore».

«È un buon tempo?»

Papà sorrise, ma era un sorriso triste. «Era un super tempo, cucciola. E ballava. Anche la nonna. Erano una coppia formidabile».

La musica diventò più forte. La gente arrivava alla festa a fiotti – una coppietta mano nella mano, due ragazzi con la camicia a quadretti e una ragazza di terza che indossava un vestitino a pois. Ebbi uno spasmo alle gambe. Papà era perso nei suoi pensieri e la festa era là, a pochi metri da me. Non volevo essere sgarbata, ma l'orologio correva, *tic tac tic tac tic tac*. Aspettai una manciata di secondi, poi mi sporsi dentro la macchina e gli diedi un bacetto sulla guancia. Mi avviai verso la festa, pensando a che tipo di musica piacesse al nonno e a che aspetto avesse ai tempi in cui ballava con un corpo giovane come il mio.

Siccome potevo permettermelo, e il mio corpo non era rigido o fragile o bloccato in un letto d'ospedale in seguito a un ictus, accelerai il passo, sentendomi grata del fatto che gambe e giunture funzionassero. Non ero vecchia! Raggiunsi l'ultima villetta con il cuore in gola. La porta d'ingresso era spalancata e un sacco di gente stava entrando in casa. Mi fermai un attimo vicino al cancelletto, spinsi i palloncini da una parte e mi godetti quello spettacolo. La verità pura e semplice, signor Harris, è che mi sembrava un altro *mondo*, e non un ingresso con della vecchia moquette blu. Mi si attorcigliò lo stomaco, ebbi una scarica di adrenalina e mi sentii incredibilmente giovane e fortunata. Assaporai quel momento e poi attraversai di corsa il vialetto, cercando di non calpestare le fessure tra una mattonella e l'altra.

«Stai attraversando delle rapide saltando da una pietra all'altra? Oppure è una corsa a ostacoli alle Olimpiadi?» Il ragazzo, che non conoscevo, se ne stava seduto su una panca nel piccolo giardino e mi guardava con attenzione. Occhi castani. Capelli biondi arruffati che sembravano non vedere un pettine da un sacco di tempo. Abbastanza alto. Magro. Braccia muscolose incrociate sul petto. Alzò la voce per sovrastare la musica. «Cosa stavi immaginando?» mi chiese indicando le fessure nel vialetto.

Scrollai le spalle. «Niente. Sono superstiziosa. Calpestare le fessure porta sfortuna, no?»

Il ragazzo distolse lo sguardo. «Deludente».

«Deludente?»

«Pensavo stessi facendo un gioco».

«Potrei farlo se tu volessi» risposi. Fui sorpresa dal tono della mia voce. Sicuro. Persino provocante. Una voce del tutto nuova.

Il ragazzo tornò a fissarmi, interessato. «Okay... Eccoti una domanda. Se le fessure fossero qualcosa di pericoloso, cosa sarebbero?»

Riflettei un momento. Tre ragazze raggiunsero la porta d'ingresso. Mi guardarono dall'alto in basso e fecero un sorrisetto. «Trappole per topi» risposi, cercando di ignorarle.

«Trappole per topi? Hai la possibilità di scegliere qualunque cosa nell'universo, e scegli delle banali *trappole per topi*?»

«Sì, be'...»

«Non coccodrilli o profondi buchi neri pieni di serpenti? Piccole trappole per topi con pezzettini di formaggio sistemati sul portaesca».

Feci un passo verso di lui, e poi un altro, cominciando a prenderci gusto. «Chi ti dice che siano *piccole*?» Sfiorai una fessura con la punta della scarpa. «Magari sono trappole enormi con grossi pezzi di formaggio velenosissimo e chiodi che ti riducono le dita a brandelli».

«Sul serio?»

Esitai. Poi sfoderai un sorriso. «No. Sono piccole trappole per topi con pezzettini di formaggio sistemati sul portaesca».

Un sibilo. Qualcosa era volato sulle nostre teste per poi posarsi sull'albero.

«Civetta!» esclamai.

Il ragazzo scosse la testa. «Rieccoci».

«Rieccoci cosa?»

Si alzò con un lungo sospiro. Ebbi l'impressione che con quelle spalle larghe avrebbe potuto sollevare il mondo intero... o quantomeno portare me a cavalluccio. Indossava un paio di jeans sbiaditi e una maglietta nera tutta sformata. Si era sforzato ancora meno di me. All'improvviso mi sembrò che le mie ballerine mi sollevassero a dieci centimetri da terra.

«Riesci a vederla?» mi chiese, guardando tra le foglie dell'albero.

«Be', no, ma...»

«Allora come fai a sapere che è una civetta? Potrebbe essere stato un fantasma».

«Non è un fantasma».

Il ragazzo si avvicinò e mi sentii mancare il respiro. «Come fai a saperlo? Potrebbe essere stato uno spirito che...»

«So che è una civetta per via del sibilo» lo interruppi. L'uccello emise di nuovo il suo verso, in quell'istante esatto. Sollevai un dito. «Sentito? È il fischio della civetta. Per la precisione, il fischio dell'accoppiamento».

Il ragazzo alzò un sopracciglio. Ero riuscita a stupirlo. «Il fischio dell'accoppiamento, eh?» Gli brillarono gli occhi e io assaporai il mio trionfo.

«Raccontami qualcosa di questa piccola civetta in amore».

«Be', si tratta di una delle specie più diffuse in Gran Bretagna. Ha le piume. Ovviamente. Ma sono bellissime, come maculate, marroni e bianche. Ha il cranio grande, le zampe lunghe, gli occhi giallognoli» continuai, infervorandomi, «e un tipo di volo ondulato, che un po' sale e un po' scende, come il picchio, e...» Il ragazzo scoppiò a ridere. Io feci altrettanto. La civetta emise ancora una volta il suo verso come se anche lei stesse ridacchiando.

«Come ti chiami?» mi chiese. Stavo per rispondergli, ma fu un attimo: sentii il cigolio del cancelletto e un calpestio di tacchi, poi: «Cazzo! Sei proprio tu! Sei qui!». Era arrivata Lauren. «Andiamo a prenderci qualcosa da bere!» Prima che potessi protestare, mi afferrò per una mano e mi trascinò verso la porta d'ingresso, inciampando in una delle fessure.

«Attenzione ai coccodrilli!» le dissi. Con la coda dell'occhio, vidi che il ragazzo stava sorridendo. Lauren si fermò perplessa.

«Cosa?» mi chiese.

«Niente» mormorai. E sorrisi anch'io.

Nel piccolo salotto, la moquette rossa era sbiadita. Il divano beige era stato spostato contro un muro perché ci fosse più spazio per ballare. Lauren si sbarazzò del cappotto e si buttò in mezzo alla calca, urlando *wuuuuu* e agitando le braccia in aria. La osservai volteggiare al centro della stanza e mi versai della limonata. Esitai un secondo e poi aggiunsi della vodka. Mescolai con un dito, mentre la musica mi rimbombava nelle orecchie e nel sangue e in ogni singolo organo vitale. Anche il mio cuore faceva *la la la la la*. Buttai giù il mio cocktail tutto d'un fiato. Gli altri ballavano pigiati tra il divano e il caminetto immaginando forse di essere in una discoteca anziché in un salotto, e mi sembrava davvero ridicolo che si dimenassero tanto, accalcati com'erano sul tappeto.

E poi all'improvviso lui era lì, appoggiato allo stipite della porta, che si godeva la scena divertito. Incrociò il mio sguardo, o io incrociai il suo, oppure forse i nostri sguardi si incrociarono proprio nello stesso istante. Lui scosse la testa, io alzai gli occhi ed entrambi capimmo esattamente cosa stava pensando l'altro in quel momento. Immagini, signor Harris, che le nostre menti fossero collegate da un lungo cavo telefonico. Il ragazzo non fece un solo passo verso di me e io non feci un solo passo verso di lui, ma il cavo fu percorso da un lungo *driiiiiiin*.

Una persona coi capelli rossi gli si avvicinò, ma il suo sguardo continuava a tornare su di me come se il ragazzo pensasse che valesse la pena darmi un'altra occhiata e poi un'altra e poi un'altra ancora. Sotto quello sguardo, avvertivo il mio corpo in modo completamente diverso. Non più solo gambe e braccia e organi interni, ma anche pelle e labbra e forme. Mi preparai un altro cocktail mentre lui continuava a parlare con quella persona. Con le mani che tremavano, mi versai un sacco di vodka nel bicchiere e ne rovesciai anche un sacco sul tavolo. Imprecando, afferrai un tovagliolo e, quand'ebbi finito di asciugare tutto, il ragazzo non c'era più. Semplicemente sparito. Un attimo prima se ne stava accanto alla porta, e l'attimo dopo non c'era più. Il mio cuore smise di battere e cadde a terra con un tonfo sordo.

Dissi a Lauren che sarei andata a cercare il bagno e me la svignai. Contorcendomi e abbassandomi per schivare gambe e braccia, raggiunsi l'ingresso. Non lo trovai né fuori, né in cucina, né nel ripostiglio, dove vidi solo cappotti. Facendomi largo tra gli invitati, salii gli stretti gradini che conducevano al primo piano. Ingollai il drink che mi ero preparata e aprii una porta dopo l'altra, ma incontrai soltanto stanze vuote. Cercai persino in bagno: niente. Tornai di sotto. Mi riempii un altro bicchiere, stavolta di sola vodka, e lo trangugiai tutto d'un fiato mentre aprivo la porta di un secondo bagno a pian terreno.

C'erano un rubinetto che perdeva e un water. Fissai la mia espressione corrucciata nello specchio, quell'immagine sbiadita che andava e veniva davanti ai miei occhi, e mi aggrappai al lavandino. Barcollando, entrai in quella che inizialmente mi parve una piccola serra. Era invece un ambiente grande, fresco e buio. Dal soffitto a vetri entrava la luce fioca della luna. In un angolo intravidi una poltrona dall'aria comoda e mi ci lasciai cadere mentre la stanza prendeva a girare. Nel momento in cui atterrai sul morbido, qualcuno disse «Ehi!».

Alzai la testa di scatto, ma non era il ragazzo, signor Harris. Era Max Morgan. Nientepopodimeno che Max Morgan. E mi guardava sorridendo. Aveva in mano una bottiglia di whisky, che si era in parte rovesciato sulla camicia elegante, e la fronte era imperlata di sudore. Quegli occhi castano scuro, quei capelli corti, bruni e super ben pettinati, e quel sorriso sbilenco mi facevano impazzire.

«Ehi» disse di nuovo. «Hannah?»

«No, Zoe» puntualizzai. Naturalmente non dissi Zoe, usai il mio vero nome, quello che non posso rivelarle, signor Harris.

«Zoe» ripeté lui. «Zoe Zoe Zoe». Ruttò tenendo la bocca chiusa, per poi soffiare fuori l'aria lentamente. Tutto d'un tratto mi puntò un dito al petto e disse: «Siamo insieme nella classe di francese!»

«No».

Max alzò le braccia in segno di resa e per poco non perse l'equilibrio. «Scusa. Scusa scusa. Assomigli a una persona che conosco».

«Siamo nella stessa scuola da tre anni».

Max non colse il mio sarcasmo. «È una mia impressione o qui dentro fa un caldo allucinante?» Barcollò fino alla porta e cercò di aprirla. «La porta è rotta. Hannah, la porta è rotta».

Lo raggiunsi, feci girare la chiave e aprii la porta. «Mi chiamo Zoe e la porta funziona benissimo».

Dopo un singhiozzo disse: «Sei il mio eroe. Anzi, la mia eroina. Come la droga». Fece finta di infilarsi una siringa nel braccio e sghignazzò. Mi porse la bottiglia.

«Vuoi?» Feci per prenderla, ma lui la ritrasse di colpo e uscì all'aperto. «Vieni?»

Fuori, la temperatura era perfetta per starsene seduti in giardino. Una leggera brezza mi scompigliò i capelli e Max mi prese per mano. Mentre le nostre dita si intrecciavano, il mio stomaco fece una capriola. Pensai a cosa avrebbe detto Lauren se avesse visto il pollice di Max Morgan che mi accarezzava le nocche. Mi immaginai la storia che le avrei raccontato lunedì mattina. *E poi Max mi ha portata vicino a una fontana in pietra in fondo al giardino. Una falena galleggiava sull'acqua. Max l'ha sfiorata appena con la punta delle dita e poi si è seduto sull'erba. Dopo aver bevuto una lunga sorsata di whisky, mi ha guardata, io l'ho guardato ed entrambi abbiamo capito che stava per succedere qualcosa di pazzesco...*

Max ruttò.

«Hai intenzione di rimanertene lì impalata?»

Quando mi sedetti, mi passò la bottiglia. 'Se ne bevo un altro po' non è un problema' pensai. Mi ripetevo la stessa cosa ogni volta che Max mi porgeva la bottiglia. L'imboccatura luccicava al chiaro di luna, umida di saliva. Max mi posò una mano sulla gamba e io non gliela tolsi, neppure quando cominciò a farla risalire lungo la coscia. A un certo punto cominciai a parlargli del nonno. Gli dissi che in quel periodo non stava bene ma che da giovane era stato in formissima.

«Io sono in formissima» disse Max, dando un altro singhiozzo.

«Erano una coppia formidabile, i miei nonni» aggiunsi, sforzandomi di non biascicare le parole.

«Anche i miei genitori lo erano. Una volta. Adesso non si parlano nemmeno più».

«Ballavano anche benissimo» continuai, intrecciando le mani per fargli capire cosa intendessi.

«Io ballo benissimo» disse Max, annuendo in modo esagerato. «Veramente benissimo».

«Sì, certo» risposi tutta seria. «I miei nonni erano giovani, una volta. Giovani. Non trovi che sia incredibile?»

Max fece un altro singhiozzo e cercò di concentrarsi sul mio viso.

«Noi siamo giovani. Noi siamo giovani *adesso*».

«Vero» dissi. «Verissimo». Era la conversazione più profonda che si fosse mai sentita sulla faccia della terra. Sorrisi compiaciuta della mia sconfinata saggezza, o forse era soltanto per via di tutto quel whisky. Max si avvicinò fino a sfiorarmi la guancia con il naso.

«Sei carina, Zoe» disse. Siccome aveva azzeccato il mio nome, lo baciai sulla bocca.

Ora, signor Harris, magari lei si sente in imbarazzo. Sedendosi sul letto, si sta forse chiedendo cosa è successo dopo. Scommetto che il suo letto cigola: il comfort dei detenuti non è certo fra le priorità dell'amministrazione penitenziaria, considerando che qualcuno che cerca di evadere c'è sempre. Lei no, però. Immagino se ne stia in cella tutto il tempo, rassegnato al suo destino. Lei, signor Harris, pensa di meritarsela, la condanna a morte. Sinceramente mi ricorda un po' Gesù. Lei deve portare dei peccati, come lui doveva portare dei peccati, anche se quello di Gesù deve essere stato uno sforzo maggiore: voglio dire, immaginiamo il peso di tutti i peccati del mondo!

Se i peccati si potessero veramente pesare con la bilancia come si fa con la farina per le torte, non so quale peccato peserebbe più di tutti. Però non credo sarebbe il suo, signor Harris. Penso che tantissimi altri uomini avrebbero fatto quel che ha fatto lei, se si fossero trovati al suo posto. Cerchi di pensare a questo, quando si sente in colpa. Qualche mese fa ho stampato un elenco dei despoti che si sono resi colpevoli di genocidio, e la sera, quando non riesco a dormire, invece di contare le pecore, ripasso nella mente i nomi di tutti quegli assassini. Me li immagino mentre saltano al di là di un muro, Hitler e Stalin e Saddam Hussein, tutti con l'uniforme e i baffoni neri al vento. Magari ci provi anche lei.

Hitler salta oltre un muro

Continuo a ripetermi che in quell'istante, quando Max mi mise un braccio intorno alla vita, non potevo sapere cosa sarebbe accaduto dopo. Cerco di pensare che mi lasciai trasportare dal momento. Quasi non riuscivo a camminare diritto, quando Max mi ricondusse in casa. Salimmo in camera sua. C'era odore di polvere, di piedi e di dopobarba. Max accese la luce e chiuse la porta. Sul pavimento vidi un paio di mutande appallottolate: le scavalcai per non calpestarle. Mi sentii spingere verso una parete. Mi gettai un'occhiata alle spalle e vidi che Max sorrideva. Mi spinse con più forza. Toccai il muro, prima con le mani, poi con tutto il corpo, poi con la testa. Mi ritrovai contro il poster di una donna nuda. Siccome il poster era fresco, appoggiai la fronte sul ventre della modella. Max mi baciò il collo. Avvertii una specie di scossa. Se la corrente elettrica avesse avuto una bocca per baciare, sono certa che la sensazione sarebbe esattamente stata la stessa.

Quell'unica scintilla fece esplodere tutto. Le mani avide, le bocche affamate e il respiro rapido e affannoso nelle nostre gole. Max mi fece voltare verso di lui e mi infilò la lingua in bocca. Mi circondò la vita con le braccia e mi sollevò da terra. Lo afferrai per le spalle. Mi girava la testa e girava anche la stanza, in un turbinio di tendine blu, pareti bianche, una scrivania spoglia e un letto sfatto sul quale atterrammo avvinghiati.

Max era sopra di me, lo sguardo pieno di desiderio mentre avvicinava il suo viso al mio. Mi baciò la guancia, l'orecchio e la spalla. Continuò a scendere, sfilandomi la canotta. Avevo il seno nudo ed ero nella stanza di un ragazzo. Max mi fissò a bocca aperta per un attimo. Poi cominciò ad accarezzarmi, prima piano poi via via con maggior impeto. Senza dubbio ci sapeva fare, mi piaceva tantissimo ed emisi un gemito. Chiusi gli occhi e Max mi baciò i seni. Signor Harris, forse dovrei interrompere qui per stasera non solo perché domani ricomincia la scuola ma anche perché sono già tutta rossa per la vergogna.

Che lei ci creda o no, il ragno è ancora lì, intento a scrutare il buio argentato fuori dalla finestra. Secondo me sta dormendo. Anche se l'universo è pazzesco, non credo lo si possa stare a guardare tanto a lungo senza annoiarsi, a un certo punto. A meno che uno non sia Stephen Hawking. Mi chiedo se lei vede il cielo dalla sua cella, signor Harris, e se pensa alle galassie e al fatto che siamo soltanto un minuscolo granello di sabbia nell'infinito. A volte cerco di visualizzare la mia casa, nella periferia della città, e poi, zoomando, cerco di visualizzare l'Inghilterra, e poi il mondo, e poi l'intero universo. Immagino astri fiammeggianti, enormi buchi neri, stelle che implodono, e mentre svanisco nel nulla anche il guaio che ho combinato diventa una sciocchezza rispetto a quelle gigantesche esplosioni cosmiche.

Anche quando mamma venne a prendermi ci fu una gigantesca esplosione cosmica. Non so come, riuscii a essere puntuale all'appuntamento. Anche se la sbronza mi stava passando in fretta, non ci fu modo di mascherare il mio alito. Tutto cominciò non appena mamma si accorse che puzzavo di alcol. Non ricordo esattamente quel che mi disse, ma so che era arrabbiatissima e che blaterò a lungo di delusione e di fiducia. Si sgolò per tutto il tragitto. La testa mi martellava. Quando arrivammo a casa, ci si mise anche papà. Alla fine mi mandarono a letto. Cacciai la testa sotto il cuscino e mi sciolsi in un sorriso grande così.

Il Ragazzo dagli Occhi Castani. Chi caspita era e dov'era finito? L'avrei rivisto? E Max. Cosa sarebbe accaduto quando ci saremmo incontrati a scuola? Mi avrebbe baciata? Magari dietro ai bidoni della raccolta differenziata, dove nessuno dei prof avrebbe potuto vederci? Girandomi a pancia in su, mi stupii del fatto che in quel momento c'erano due ragazzi che forse erano interessati a me, mentre neppure un paio d'ore prima ce n'erano... zero. Addormentandomi pensai al nonno e lo ringraziai. Ero riuscita ad andare alla festa soltanto grazie al suo ictus e, signor Harris, anche se ero nei guai fino al collo e probabilmente sarei stata in punizione per il resto dei miei giorni, non potei fare a meno di pensare che quel colpo apoplettico era stato in realtà anche un colpo di fortuna.

Zoe

Via dei Narratori, 1
Bath

17 settembre

Caro signor Harris,

questa sera le mattonelle non mi tagliano le cosce perché prima di sgattaiolare fuori di casa mi sono presa il cuscino. L'ho sistemato sulla scatola e, sebbene sia un po' umidiccio, è abbastanza comodo. Devo aver sudato parecchio durante il sogno di stanotte. Era tutto così reale, la pioggia e gli alberi e la mano che affondava. Scommetto che capisce benissimo di cosa sto parlando e quindi non c'è bisogno che la tiri per le lunghe a spiegarle quanto sia stato terrificante. Forse lei ha sempre degli incubi, signor Harris, e sono sicura che non appena le guardie spengono le luci, il suo pensiero corre immediatamente al momento in cui sua moglie le ha detto la verità.

È strano pensare che non sia stata la faccenda di sua moglie a far sì che lei venisse condannato a morte. Inizialmente, questa cosa non la capivo. Non voglio offenderla, signor Harris, ma accoltellare una donna con cui si è stati sposati per dieci anni mi sembra molto, ma molto peggio che sparare alla vicina che la mattina di Natale ha pensato di portarle una torta fatta in casa. Comunque l'articolo (che, per sua informazione, ho trovato su Google) parla di omicidio passionale. Spiega che quando ha aggredito sua moglie, lei non era lucido. Che era accecato dalla rabbia, e immagino che con lo sguardo infuocato forse per un attimo abbia visto sua moglie completamente scarlatta, proprio come si dice che siano le donne infedeli (anche nel romanzo di Nathaniel Hawthorne, che forse ha letto, l'adultera porta cucita sul petto una lettera scarlatta).

Per la giustizia americana, commettere un omicidio passionale non è grave come uccidere qualcuno a sangue freddo. La mattina dopo, la vicina le ha bussato alla porta, signor Harris. Sebbene lei non abbia aperto, la donna è entrata lo stesso. Per come la vedo io, la sua vicina era proprio una maleducata, ma credo che abbia imparato la lezione. Le ha fatto saltare le cervella. Sparare a un potenziale testimone è premeditazione. Secondo il parere della giuria, lei sapeva perfettamente quel che stava facendo nel momento in cui ha premuto il grilletto e anche dopo, quando ha gettato la torta al cane. La polizia le ha dato la caccia per tre giorni. Poi il senso di colpa è diventato talmente insopportabile che ha dovuto costituirsi.

A volte penso che dovrei farlo anch'io. Con la scuola è più difficile far finta di niente. E, come se non bastasse, sua madre ha cominciato a tormentarmi. Stamattina per esempio, durante la lezione di inglese, ho dato un'occhiata al cellulare. Non mi dica che in classe non si dovrebbe perché lo so benissimo. Volevo soltanto vedere se fosse già l'ora di pranzo, quando finalmente avrei potuto parlare con Lauren. Abbiamo l'abitudine, noi due, di prendere i panini e poi correre a nasconderci nella sezione di musica, in un'aula piena zeppa di strumenti a fiato, dove non ci sono persone che se ne stanno impalate a fissarmi. Lauren si sistema sempre sulla custodia di una tromba, mentre io mi siedo contro un muro e appoggio i piedi su un trombone. Non facciamo grandi discorsi, magari ci lamentiamo soltanto del fatto che, nei panini, il cetriolo è molliccio, o il pomodoro non è maturo, o il pollo sembra gomma da masticare.

A cinque minuti dalla fine della lezione, il display del cellulare si è illuminato ed è apparso quel nome.

SANDRA SANDRA SANDRA

Il telefono mi è caduto sul banco facendo un rumore infernale, e con un paio di rimbalzi è finito vicino al portapenne.

SANDRA SANDRA SANDRA

«Tutto a posto, Zoe?»

Sono trasalita. Alla lavagna, la signora Macklin si è voltata a guardarmi. Non riuscivo neppure a fare segno di sì con la testa. Un mio compagno si è messo a ridere.

«Piantala, Adam!» gli ha urlato Lauren dall'altra parte dell'aula. Siamo seduti in ordine alfabetico e posso dirle, signor Harris, senza correre il rischio di rivelare troppo sul mio conto, che il cognome di Lauren comincia per W mentre il mio comincia per J. Il mio compagno, però, ha continuato a guardarmi con quel sorrisetto stampato sulla faccia lentigginosa.

«Cosa c'è che non va, Zoe?» mi ha chiesto ancora la signora Macklin, guardandomi da sopra gli occhiali. I suoi occhi azzurri sempre gentili erano pieni di preoccupazione.

«Va tutto bene» sono riuscita a dire alla fine.

SANDRA SANDRA SANDRA SANDR...

Ha lasciato un messaggio in segreteria. Al suono della campanella, sono scappata nei bagni delle ragazze senza dare a Lauren il tempo di chiedermi spiegazioni. Con il cuore in gola, mi sono seduta sulla tazza. Un turbinio di immagini mi ha affollato la mente: la polizia, la prigione, la tuta arancione, il tribunale e i titoli di giornale con la parola COLPEVOLE! scritta a caratteri cubitali. Ero sicura che Sandra avesse capito tutto. A partire dai polpastrelli, il panico mi si è propagato su per le braccia e nel petto fino ad arrivare alla nuca e alla punta dei capelli.

Qualcuno ha bussato alla porta. «Occupato?»

«Sì» ho risposto.

«E sbrigati!» ha detto l'altra ragazza. Ho annuito, anche se non poteva vedermi. Poi, per non rischiare di cambiare idea e cancellarlo, tremando ho premuto il tasto verde e ho ascoltato il messaggio.

Silenzio. Un lungo silenzio. Ho chiuso gli occhi. Poi, finalmente, ho sentito la voce bassa e roca di Sandra. Esitava, e ho avuto come l'impressione che le sue frasi fossero spezzate. Mi chiedeva di passare a trovarla. Ho aperto un occhio. Mi diceva che avrebbe giovato a tutte e due. Ho aperto anche l'altro. Mi assicurava che non passava giorno senza che si chiedesse come stavo. E che avrebbe significato molto per lei vedermi ogni tanto.

«Nessuno può... capire, vero? Gli altri... non hanno idea». Poi ha riattaccato.

Naturalmente non l'ho richiamata e ho cancellato il messaggio. Ho cacciato il telefono in fondo allo zaino, cercando di seppellirlo sotto le migliaia di anni contenute nel libro di storia. Quando sono entrata nell'aula di musica, Lauren mi ha passato un panino e mi ha studiata per un po'. Non mi ha chiesto perché non mangiavo. Si è limitata a osservare che il pollo era più gommoso del solito.

Zoe

Via dei Narratori, 1
Bath

27 ottobre

Carissimo signor Harris,

scusi se le scrivo dopo tutto questo tempo. Ho faticato molto, ultimamente. Mi è andato male persino il compito in classe sulla riproduzione dei vegetali. Non si immagini un questionario con domande sul sesso che i tulipani farebbero nelle aiuole perché non funziona così. Anzi, è molto più interessante, almeno per me. Scienze mi piace un sacco e, non per vantarmi, ma avrei preso un voto bellissimo se papà non avesse deciso di venire in camera a parlarmi proprio la sera in cui avrei dovuto ripassare per il compito.

Ha esordito dicendo che aveva incontrato Sandra al supermercato, nella corsia dove ci sono le verdure. Che le si erano riempiti gli occhi di lacrime, e non per via delle cipolle.

«Le farebbe molto piacere vederti». Fissavo il libro di biologia che avevo davanti nella speranza che papà smettesse finalmente di parlare. «Mi ha detto che ha provato a chiamarti un paio di volte ma che non le hai mai risposto».

«Allora non dovrebbe chiamare quando sono a scuola» ho borbottato, per poi pentirmene subito. Sandra non ha alcuna colpa in tutto questo. Ho conficcato la penna nell'illustrazione di un fiore. Volevo con tutte le mie forze che papà se ne andasse.

«Aveva un aspetto orribile» ha continuato invece lui, sedendosi sul letto. «Veramente terribile». Ho sussultato. Il senso di colpa si faceva sempre più forte. «Ha perso un mucchio di chili. Praticamente è pelle e ossa...»

«E va bene! Ho capito!» sono scattata io, scaraventando la penna a terra.

Tormentando il bordo del copriletto, papà ha proseguito: «Pensavo che ti avrebbe fatto piacere sapere che non sei sola, cucciola. Tutto qui. Non avrei dovuto dirti niente». Si è alzato con fatica. «Se potessi soffrire io al posto tuo, lo farei» ha mormorato, accarezzandomi i capelli. Avrei fatto veramente qualunque cosa per riuscire a trasferire tutta la sofferenza che provavo dal mio cuore a quello di papà. Sono scoppiata a piangere al pensiero e mi sono detta che non meritavo una famiglia, degli amici e neppure una persona come lei, signor Harris. Ecco perché non le ho scritto per così tanto tempo.

Ma stasera mi sono resa conto che probabilmente si sente molto solo in quella cella senza le mie lettere. Non voglio offenderla, ma non credo che lei abbia molti amici nel braccio della morte. Che di certo non è il posto più divertente al mondo, né un luogo in cui tutti ridono e scherzano e si battono il cinque tra una cella e l'altra. Forse anche lei conta su di me tanto quanto io conto su di lei. Forse abbiamo davvero bisogno l'uno dell'altra e quindi non dovrei sentirmi così a disagio nel scriverle la mia storia. Ho disperatamente bisogno di raccontarla perché è come un tarlo che mi rode dentro. Lei è l'unica persona al mondo che possa capirmi. Ricomincio subito dalla mattina dopo la festa a casa di Max, nel momento in cui, sdraiata a letto, cercavo di riprendermi dalla mia prima sbronza mugolando *ajooodfeeoihfiidjog*.

PARTE TERZA

Sorpresa sorpresa, a mamma non importava un bel niente che io stessi male come mai prima d'allora in vita mia. Aprì le tende e la luce del sole mi colpì dritto in mezzo agli occhi sotto forma di un pugno giallo.

«Alzarsi» ordinò, spalancando la finestra che dava sul giardino. «Doccia, colazione e di corsa a spolverare».

«Spolverare?» gracchiai.

«E riordinare. E anche pulire il bagno». Mi tirai le coperte sulla testa. Mamma le scaraventò al fondo del letto. «*Superalcolici*, Zoe. Che cosa ti eri messa in testa?»

«Non volevo. E poi non ho bevuto così tanto».

«Tanto o poco, bere alla tua età è inaccettabile. Assolutamente inaccettabile. Questo è un anno importante per te, Zoe. Comincerai ad accumulare crediti per gli esami finali. Devi darti da fare. Sai che tuo padre e io abbiamo grandi aspettative su di te. È inutile che fai il broncio». Detestavo parlare di scuola. Sul serio. «Hai delle ottime capacità, ma se vorrai iscriverti a legge bisogna che tu abbia anche il massimo dei voti». Lanciai un'occhiata a *Burlotto Fasolis* sulla scrivania. «Non potrai mantenerti scrivendo» disse mamma risoluta. «Facendo l'avvocato invece sì. Ne abbiamo già parlato e sai che ho ragione».

«Lo so» borbottai, anche se non era vero. Ogni volta la stessa storia. Quando si parlava del mio futuro, qualunque cosa mamma dicesse, mi era più semplice dirle che ero d'accordo con lei. Mi sembrava di doverglielo, in qualche modo, per tutto ciò che faceva per noi.

«Bene. Devi lavorare sodo, e non buttare le opportunità dalla finestra».

«Mamma, ho bevuto solo un paio di bicchieri. Non lo farò più».

«Non ne avrai più l'occasione!» disse lei, raccogliendo i miei jeans da terra. Li appese nell'armadio. «Sei in punizione per due mesi. E il cellulare lo tengo io».

Rimasi immobile per un'ora. Non riuscivo a muovermi. Anche solo sollevare la testa per bere un bicchiere d'acqua mi faceva star male. Siccome papà aveva raccontato a Dot che avevo l'influenza, lei arrivò di corsa nella mia stanza con una corona di cartoncino blu con sopra scritto *Guarisci presto, sorelina* dimenticando una *l*. Anche lei ne aveva in testa una, più grande, di cartoncino rosa. Sorrise tutta contenta quando indossai la mia.

«Ora possiamo essere il re e la regina di tutto il mondo e anche dell'universo intero» mi disse con i gesti.

Feci un inchino e scostai le coperte. «Si accomodi, sua maestà». Dot, che era ancora in pigiama, mi balzò accanto e rimanemmo abbracciate a coccolarci per ore e ore, con le due corone che spuntavano sul cuscino.

Alla fine feci quello che mamma mi aveva ordinato, trascinandomi da una parte all'altra della casa in pigiama. Mentre pulivo il bagno, tornavo col pensiero prima a un ragazzo, poi all'altro. Con la candeggina disegnai due cuori nella tazza del water, così:

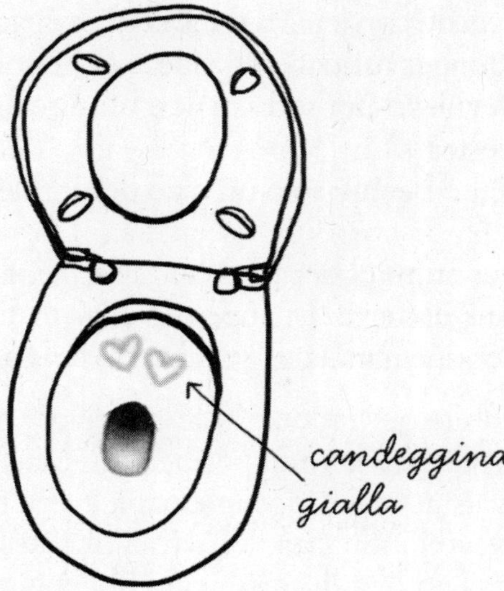

Quando tirai l'acqua, la candeggina fece un sacco di schiuma. Quella era l'immagine esatta di come mi sentivo in quel momento: eccitazione allo stato puro. Non vedevo l'ora di raccontare tutto a Lauren, e immaginavo la sua faccia quando le avrei detto del bacio a Max. Forse l'avrei rivisto a pranzo. E anche il Ragazzo dagli Occhi Castani. Ci saremmo scambiati sorrisi furtivi davanti a un piatto di fish and chips. Sulle labbra, il gusto intenso del sale, dell'aceto e dell'amore.

Tutto sommato, ero piuttosto di buon umore. Mamma e papà mi rivolgevano a malapena la parola, ma d'altra parte non dialogavano molto neppure tra di loro. Sicuramente erano ancora sul piede di guerra dalla sera prima. Papà era in garage che tirava a lucido la BMW, mamma era impegnata con Dot per gli esercizi di lettura delle labbra prescritti dalla logopedista.

«Banca» diceva mamma nel modo più chiaro possibile. «Banca. Banca. Banca».

«Panca?» chiese Dot a gesti.

Soph fece una smorfia. Vestita di nero dalla testa ai piedi, era sdraiata sul pavimento con accanto il suo coniglio, Teschio, e il libro di matematica. Dot era seduta sulla poltrona in braccio a mamma. Sulla fronte corrucciata aveva ancora la coroncina rosa.

«Quasi» disse mamma aggrottando appena le sopracciglia.

«Possiamo smettere?» chiese Dot, grattandosi la punta del naso. Aveva l'aria sfinita.

«Sono bloccata sulla domanda numero quattro» protestò Soph. Ma mamma sistemò la coroncina sulla testa di Dot e continuò con gli esercizi.

Soph prese in mano il libro e lo tenne sospeso a mezz'aria. La pietra del suo anello dell'umore era diventata pericolosamente scura.

«Calcola la *media armonica* dei seguenti numeri. Come fa una media a essere *armonica*? Non ha alcun...»

«Barca» riprese mamma. Dot pensava, mordicchiandosi il labbro inferiore. «Barca» ripeté di nuovo mamma, mimando l'azione del remare per dare un aiutino a Dot. «*Barca*».

«Barca?» chiese Dot a gesti e mamma esultò.

«Bravissima la mia bambina!» esclamò, prendendo Dot per le braccia e stampandole un bacio sulla guancia. Dot ridacchiava contenta, ma Soph scaraventò il libro sul pavimento.

«Biro?» mi chiese sottovoce, e io annuii.

Soph mi passò una penna rossa. Eravamo accovacciate tra le scarpe di mamma nel grande armadio che c'è nella camera dei miei genitori. Ci rifugiavamo sempre là a fumare le biro e a discutere di cose di cui si poteva parlare solo al buio. Soph aspirò profondamente da una penna blu. Soffiò fuori del fiato e scosse tre volte la biro dentro una scarpa da ginnastica di mamma, facendo finta di far cadere la cenere. Io aspirai dalla mia e soffiai fuori il fiato lentamente.

«Com'è andata la festa?» mi chiese lei. «Eri così ubriaca, Zo. Quando sei entrata in casa avevi un singhiozzo talmente forte che mi è sembrato di sentire il verso della foca».

Mi imitò rumorosamente e le diedi un calcio.

«Piantala!»

Sorridendo, Soph appoggiò il mento alle ginocchia. I capelli lunghissimi le arrivavano alle caviglie. «Allora, com'è stato?»

«Com'è stato cosa?»

«Essere ubriaca» sussurrò lei con un guizzo negli occhi.

Riflettei un momento. «Frastornante».

«È una sensazione bella o brutta?»

«Tutte e due. All'inizio è stato bello ma poi mi sono sentita malissimo».

«Cosa hai bevuto?»

«Vodka. E del whisky che mi ha dato un ragazzo».

«Un *ragazzo*. L'hai baciato?»

«Certo». Cercai di darmi un contegno facendo un lungo tiro.

«Chi è?»

«Si chiama Max».

«Carino?»

«Molto. Ed è famoso a scuola perché praticamente tutte le ragazze gli stanno dietro».

«Ma allora perché ha baciato te?» mi chiese con un sorrisetto.

Le diedi un altro calcio, ma decisi di essere sincera. «Non lo so. Era ubriachissimo». Sentii che mi si attorcigliava lo stomaco ma cercai di fare la disinvolta. «Magari domani non se ne ricorderà nemmeno più. Sai come sono fatti i ragazzi».

Soph gettò la sua penna nella scarpa da ginnastica di mamma e cominciò a giocherellare con i legacci. «Comunque, sempre meglio che stare ad ascoltare mamma e papà che litigano».

«Per nonno?»

Soph annuì e fece un grosso fiocco. «Morirà, Zo?»

«Un giorno, sì».

«Sai benissimo cosa intendo».

«È vecchio» risposi. Non sapevo che altro dire.

Soph sollevò la scarpa tenendola per i legacci. Le diede un colpetto e la fece oscillare come un pendolo.

«Penso che dovrebbe venire a stare da noi» disse. «Se sta morendo non dovrebbe continuare a vivere da solo».

«Non abbiamo una stanza per lui».

«Potrei sistemarmi nella tua» suggerì.

«Neanche per sogno! Russi come un maiale».

«Non è vero».

«Sì, invece. Comunque, mamma non accetterà mai che si trasferisca qui». La scarpa continuava a dondolare nell'aria.

«Perché no?» chiese Soph.

Riportai la penna alla bocca e feci un altro tiro, sforzandomi di ricordare quella lite a casa del nonno, tanti anni prima. Mamma chiamò Soph dal fondo delle scale.

Soph diede un colpo più deciso alla scarpa, che prese a oscillare più rapidamente.

«Soph!» ripeté mamma a gran voce. Le diedi una gomitata ma lei non si mosse. «SOPH! *Compiti*».

«Adesso ha tempo» mormorò Soph. Lasciò andare la scarpa da ginnastica, che finì contro l'anta dell'armadio. *Bang*.

Stavamo per uscire dal nostro nascondiglio quando mamma entrò in camera e si tolse le ciabatte. Dopo averle allineate sul tappetino, prese a massaggiarsi le tempie e si buttò sul letto. Papà arrivò subito dopo, si tolse la camicia sporca e la gettò sul pavimento.

«Cesto della biancheria sporca» ordinò mamma.

«Un secondo!» scattò papà, togliendosi i pantaloni.

Soph si portò una mano alla bocca per reprimere una risata. Il coperchio del cesto si sollevò e sentimmo un *flump*. Papà ci aveva buttato dentro i suoi vestiti. Mi avvicinai alla fessura tra le ante per riuscire a vedere meglio.

«Ho riflettuto e...» esordì papà.

«Non adesso, Simon». Mamma sprimacciò il cuscino e vi riaffondò dentro. «Ho la testa che mi scoppia».

«Ascolta quello che ho da dire, okay?»

La mamma corrugò la fronte ma disse: «Okay».

«Perché non scendiamo a un compromesso almeno per quanto riguarda Zoe?» Soph mi conficcò le dita nella coscia. Scrollai le spalle.

«Cosa vuoi dire?» chiese mamma.

«Be', se pensi che Soph e Dot siano troppo piccole per andare a trovare mio padre, Zoe invece potrebbe farlo».

«Non voglio che le ragazze vadano a trovarlo!» scattò mamma. «È una questione di principio».

Papà si sedette sul letto. «I principi ormai non contano più».

«Come puoi dire una cosa del genere?»

«È perché tu non l'hai visto, Jane. È vecchio e solo. L'abbiamo ignorato per anni e...»

«Anche lui ha ignorato noi! E non avremmo mai tagliato i ponti se non avesse detto... se non avesse incolpato... È stato *imperdonabile.* L'hai ammesso anche tu migliaia di volte! E adesso vorresti che io dimenticassi tutto e che giocassi alla famiglia felice? No» disse mamma risoluta. «Non posso proprio».

Sembrava che papà fosse sul punto di scoppiare, invece si alzò e cominciò a vestirsi. Per qualche minuto nessuno dei due parlò.

«Come va con gli esercizi?» chiese papà alla fine. «Meglio?»

Mamma scosse la testa nel cuscino, un'espressione preoccupata sul volto. Papà sembrò non accorgersene. Si infilò un calzino per poi toglierselo subito. Lo osservò attentamente, stizzito. «Bucato. Ci sono dei calzini puliti sul termosifone?»

Siccome mamma non rispondeva, papà disse: «Non preoccuparti, cucciola. Ci riuscirà».

«Non puoi saperlo».

«Sì, invece. Se continuate a fare gli esercizi...»

«Gli esercizi potrebbero non essere sufficienti» rispose mamma, mettendosi a sedere. «Ci ho pensato. Ci ho pensato tanto».

«So cosa stai per dire» borbottò papà, gettando il calzino bucato in un cassetto. «E la risposta è no».

«Ma perché? Perché non dovremmo ritentare con un'operazione?»

«Perché non le faremo passare di nuovo quell'inferno» disse papà. Si riferiva alla protesi cocleare che aveva fatto infezione e che aveva dovuto essere asportata. «Dot è contenta così».

«Ma l'operazione potrebbe aiutarla!»

«Potrà decidere da sola quando sarà più grande».

«Tra qualche anno potrebbe essere troppo tardi» protestò mamma ributtandosi sul cuscino.

Papà la osservò a lungo. «Ti preoccupi troppo». Si chinò su di lei per baciarla sulla fronte, proprio dove mamma aveva quella ruga profonda. Poi le baciò il naso. Poi le labbra. Soph mi afferrò per una gamba, sul viso una smorfia di disgusto. Ma la sua preoccupazione fu inutile, perché mamma si scostò da papà rotolando sul letto. E rimase a fissare il muro.

Anch'io me ne stetti a fissare il muro a lungo quella notte perché ero troppo agitata per riuscire a dormire. Il giorno dopo saltai giù dal letto prima che suonasse la sveglia. Signor Harris, lei forse sa cosa vuol dire fare le cose con le mani che tremano per l'agitazione. Secondo l'articolo che ho letto, al primo appuntamento lei portò Alice a mangiare un cheeseburger con patatine e probabilmente le propose qualcosa di romantico come per esempio bere il frappé al cioccolato dallo stesso bicchiere con due cannucce. Il giornalista racconta che vi siete incontrati a diciott'anni a una partita di baseball. Lei, signor Harris, era il lanciatore e Alice una delle cheerleader. Il vostro fu vero amore per dieci anni, e poi un giorno lei l'ha accoltellata.

Quando arrivai a scuola, Lauren mi intercettò dalle parti

dell'aula di disegno e mi corse incontro. Per una volta in vita mia avevo una storia da raccontarle. Quasi risi di gioia quando mi afferrò per il braccio e mi trascinò in una delle classi vuote. Sulle nostre teste erano appesi dei disegni con le mollette da bucato e il davanzale era strapieno di barattoli di pennelli. L'aria umida sapeva un poco di muffa. O forse di argilla.

«Allora, hai saputo di Max?» le chiesi con un sorriso a quaranta denti. «Caspita, morivo dalla voglia di dirtelo, Loz. Avrei voluto telefonarti ieri, ma mamma mi ha sequestrato il telefono e mi ha fatto pulire il bagno».

«Ecco perché non mi rispondevi! Ho provato a chiamarti tutto il giorno. Ti ho lasciato un centinaio di messaggi». La sua voce e i suoi gesti tradivano una preoccupazione che non sapevo spiegarmi. Cercò più volte di sistemarsi una ciocca di capelli dietro l'orecchio, senza riuscirci perché erano troppo corti.

«Cosa è successo?» chiesi lentamente.

«Non ti farà per niente piacere». Tirò fuori il cellulare dalla tasca e fissò il monitor tormentandosi un labbro con un dito. «Max ha mandato la foto a Jack» sussurrò. «E Jack l'ha mandata agli altri. A *tutti*».

Quando Lauren mi mostrò lo schermo, mi lasciai cadere su uno sgabello e lo stomaco mi precipitò sotto le scarpe.

Una foto.

Occhi chiusi, capelli sparpagliati sul copriletto, seni nudi rivolti dritti all'obbiettivo. Lauren mi accarezzò una spalla e cercò di confortarmi.

«Almeno hai delle belle tette».

Veramente formidabili, a quanto pareva. Ogni volta che arrivavo a lezione, qualcuno fischiava in segno di apprezzamento. Ragazzi che non conoscevo mi fissavano nei corridoi, e un tipo alto mi fermò vicino alla palestra dopo pranzo.

«Dove ti eri nascosta?» mi chiese, viscido. Rabbrividii.

Non mi ero nascosta da nessuna parte. Ero in quella scuola e in quelle aule da ben tre anni. Prendevo appunti, ascoltavo i prof, parlavo con Lauren nel cortile. Poi, di punto in bianco, a lezione tutti mi fissavano, negli spogliatoi mi osservavano, in mensa mi scrutavano mentre compravo un panino al formaggio. Come se facessi qualcosa di strano. O di interessante.

Certo avrei voluto essere oggetto di attenzione, ma non fino a quel punto. Quando finalmente suonò la campanella, tirai un sospiro di sollievo. Il cielo si era coperto di nuvoloni grigi e faceva piuttosto freddo. Nascosi il viso nel colletto del cappotto e oltrepassai di corsa i campi da basket. Arrivata al cancello, vidi Max. Era a pochi metri di distanza. Indossava un giubbotto blu che gli donava particolarmente sull'abbronzatura dorata. Aveva buttato lo zaino in terra e faceva dei palleggi. Per sua informazione, signor Harris, portava scarpe da ginnastica bianche, che a scuola sono severamente vietate, e aveva i capelli stilosissimi, un po' alti sulla fronte. Il fatto che fosse così carino però, e lo era sul serio, non contava un bel niente. Non conta un bel niente, continuavo a ripetermi mentre il respiro mi si faceva affannoso come se avessi avuto una locomotiva a vapore in gola. Un gruppo di ragazze si attardò per osservare la scena. Io tenni lo sguardo fisso sul cancello e passai accanto a Max con passo deciso e un'aria indifferente.

«Zoe! Aspetta!» Mi voltai così di scatto che una ciocca

di capelli mi finì in bocca. Li scostai con rabbia. Max lasciò cadere il pallone, stupito della mia collera.

«Quando hai fatto quella foto?» gli chiesi, avvicinandomi a grandi passi per quanto la gonna stretta dell'uniforme scolastica me lo permettesse. Le ragazze spalancarono la bocca tutte e cinque contemporaneamente e ci fissarono imbambolate. Max spostò il peso da un piede all'altro. «Non mi pareva avessi il cellulare».

«Tutti hanno un cellulare» rispose fiaccamente. «Te l'ho detto che ti stavo facendo una foto. Rilassati». Abbozzò un sorriso. «Non è una tragedia».

«Non dirmi quello che devo fare» lo aggredii. «E non raccontare balle. Non mi hai detto proprio *niente* riguardo alla foto».

Mi si avvicinò con quel sorrisetto stampato in faccia. Sapeva di dopobarba e gomma da masticare. «Sì, invece. Ma tu non te lo ricordi. Non è colpa mia se non reggi l'alcol». Incredibile ma vero, mi fece persino l'occhiolino. «Veramente, eri ubriachissima...»

«L'hanno vista tutti» gli dissi furibonda, la voce che mi tremava. «Tutta la scuola. Come ti sei permesso? Che diritto avevi di farlo? Solo perché tutte ti vengono dietro? È così? Pensi di poter fare tutto quello che vuoi?»

Max sbuffò. «No. Non fare la stupida».

«Oh, non sono io la stupida qui. Sei tu. Pensavi di poterci provare con me e di dileguarti facendo finta di niente? Pensavi che fossi una scema qualunque che si sarebbe accontentata di una strizzatina d'occhi da parte di Max Morgan il Magnifico?» Lo guardai dalla testa ai piedi con un'occhiata piena di disgusto. «*Ma per favore*».

Max mormorò: «Sei carinissima quando ti arrabbi».

Mugugnai esasperata e feci per andarmene, ma Max mi afferrò una mano. «Senti, non è stata colpa mia, va bene?» Non mi diede il tempo di protestare. «Non è stata colpa mia. Io ho solo mandato la foto a Jack. È stato lui a inoltrarla a...»

«Ma sei tu che l'hai fatta!» urlai infuriata. «*Senza dirmelo!*»

Aveva cominciato a piovere, grosse gocce di pioggia mi inzaccheravano il cappotto.

«Mi dispiace, okay? Saprò farmi perdonare».

«E come?» gli chiesi, liberando la mano con uno strattone. L'espressione di Max per un secondo si fece più dolce. Stava per rispondermi quando tre suoi amici raggiunsero di corsa la tettoia per le biciclette. Erano bagnati fradici.

«Le stai chiedendo se puoi farle un'altra foto?» gridò Jack aprendo il lucchetto della sua bici.

Max alzò le braccia in segno di resa.

«Beccato!»

«Ti capisco, amico. È carina».

«Insomma» disse Max con un'alzata di spalle e la solita sfrontatezza. «Non male».

Mi fece un'altra volta l'occhiolino e corse via. Signor Harris, penso che mi fermerò qui stasera, al punto in cui me ne sto a guardare Max che salta sul portapacchi della bicicletta di Jack ed esce a tutta velocità dal cancello ridendo come un matto. Nella prossima lettera le racconterò cosa è successo la sera del 5 novembre e, mi creda, resterà di stucco. Non si preoccupi, non dovrà aspettare secoli per leggere come continua la storia. Scriverle mi ha dato veramente sollievo e, magari, anche lei ne ha tratto qualche beneficio. Mi si spezza il cuore al pensiero di lei chiuso in prigione senza nulla che possa distrarla. Sul serio. Spero proprio di sbagliarmi sul braccio della morte e spero che nella cella accanto alla sua ci sia una persona simpatica. Incrocio le dita perché si tratti di uno stupratore a cui non manchi la voglia di chiacchierare e che conosca anche qualche barzelletta divertente.

Zoe

Via dei Narratori, 1
Bath

3 novembre

Salve signor Harris,

siccome qui siamo tornati all'ora legale, adesso fa buio un'ora prima. Non che faccia poi tutta questa differenza per quanto riguarda me e lei, dato che il mondo là fuori è sempre nero quando noi due ci parliamo. Mi domando se le guardie hanno cambiato l'ora e stasera le hanno portato la cena quando in cielo brillavano già le stelle e la luna. Ora che ci rifletto, probabilmente non l'hanno minimamente considerato. Credo che a voi condannati non importi molto se sono le tre o le cinque o le sette. Forse non cambia neppure il fatto che sia domenica. Poiché, se ogni ora del giorno è uguale all'altra, e ogni giorno è uguale all'altro, immagino che il tempo semplicemente non esista più.

L'anno scorso, invece, il tempo continuò purtroppo a esistere durante i due mesi di punizione che mi vennero imposti dopo la festa da Max. Se settembre fu lento, ottobre fu addirittura interminabile. Dopo il trambusto della foto, le cose a scuola tornarono alla normalità e, nel caso se lo stesse chiedendo, non riuscii mai a vedere cosa ci fosse dietro i bidoni della raccolta differenziata. Non incontrai neppure il Ragazzo dagli Occhi Castani e la vita proseguì con il solito tran tran per un paio di settimane senza che succedesse niente di particolare, se escludiamo i continui battibecchi tra i miei genitori perché papà tornava sempre tardi dall'ospedale, dove andava a trovare il nonno. Inizialmente, mamma gli lasciava un piatto pronto da scaldare nel microonde. Poi una sera buttò tutto nella pattumiera e penso che questo, signor Harris, sia un buon punto da cui riprendere a raccontare.

PARTE QUARTA

«Ci sono dei fagioli nella dispensa» disse mamma quando papà aprì il microonde e non trovò nulla. Con le mani sui fianchi, papà annusò l'aria. Mi chiesi se sarebbe riuscito a sentire il profumo del chilli con carne che avevamo mangiato noi e dell'arrosto che Soph aveva rovesciato sulla moquette mentre cercava di rifilarne un pezzettino a Teschio.

Papà prese l'apriscatole da un cassetto. «Il nonno non migliora» sospirò. Mamma non diede alcun segno di aver sentito quelle parole e continuò imperterrita a fissare lo schermo del portatile. Papà rovesciò i fagioli in una ciotola e per una frazione di secondo pensai che Burlotto sarebbe saltato fuori dalla latta tutto ricoperto di salsa. Sorrisi tra me e me, impaziente di finire i compiti per poter correre a scrivere un altro capitolo della storia. «È andata bene la giornata, ragazze?» chiese papà nel tentativo di avviare una conversazione.

«Normale» borbottò mamma.

«Probabilmente meglio della mia».

«Non è una gara, Simon».

«Non volevo dire questo. È solo che ho avuto una brutta grana, tutto qui. Anzi, dovrò parlartene». Papà pigiò una serie di pulsanti sul microonde e se ne stette a guardare la ciotola che girava lentamente.

«Adesso non posso» disse mamma.

«È importante».

«Anche questo».

«Che cosa stai guardando?»

«Niente che possa interessarti» rispose mamma in tono sprezzante.

«Se è quello che penso, stai perdendo tempo».

«Non c'è niente di male a dare un'occhiata» rispose mamma. Il microonde fece *dling* nel momento in cui sullo schermo apparve una pagina sulle protesi cocleari. Papà tirò fuori la ciotola e tuffò un dito nei fagioli.

«Quanto bisogna lasciarli, questi? Sono ancora freddi».

«Oh, santo cielo». Mamma si alzò di scatto e fece per afferrare la ciotola, ma papà non mollò la presa. «Non sai fare niente da solo?»

«Non ho detto che dovevi farlo tu!»

Mamma gli strappò la ciotola di mano e la ricacciò nel microonde.

«Lasciaci per un momento, Zo» mi chiese papà a bassa voce. «Devo parlare con tua madre».

«Sto facendo i compiti» borbottai senza alzare la testa dal libro. Mi feci picchiettare una penna tra i denti per dare a vedere che mi stavo spremendo le meningi e che quindi non dovevo essere disturbata.

«Solo cinque minuti, cucciola, per favore. Okay?»

«Lasciala stare, Simon. Sta studiando».

«Può studiare in camera sua» rispose papà. «Dai, Zoe».

Con fare stizzito raccolsi i miei libri e uscii dalla cucina. Naturalmente feci ciò che avrebbe fatto qualunque persona normale, cioè appoggiai un bicchiere contro la parete del salotto. Purtroppo non riuscii a sentire altro che il ronzio del sangue che mi circolava nel cervello, il che fu per me un sollievo perché avevo cominciato a pensare che l'embolia potesse essere una malattia ereditaria. Mamma e papà rimasero in cucina per un'ora. Stessa storia nelle tre sere successive. Non avevo idea di quel che si dicessero. Soph provò a spiarli infilando una cannuccia sotto la porta, ma le fu dato di vedere soltanto un ricciolo di polvere impigliato nella moquette.

La settimana dopo, le cose si fecero ancora più strane. Un giorno, tornando da scuola trovai papà che camminava avanti e indietro nell'ingresso cercando di allentarsi la cravatta. Di mamma, invece, vidi soltanto il sedere che sbucava dall'armadio a muro in cui teniamo le scarpe.

«Dove andate?» chiesi, mentre mi si stringeva lo stomaco. Non succedeva mai che papà fosse a casa così presto.

«Usciamo» rispose mamma, infilandosi un paio di scarpe col tacco alto.

«Questo l'avevo capito. Ma dove andate? A trovare il nonno?»

«Poco probabile» disse ancora mamma, appoggiando la borsa sul tavolino dell'ingresso, proprio accanto al volantino del 5 novembre. Papà molleggiava sulle punte dei piedi. Mamma si mise il rossetto.

«Perché siete vestiti così eleganti?» chiesi.

«Non è il caso di preoccuparsi» mi disse papà.

Mi tolsi il cappotto e lo appoggiai sul corrimano. «Ma io sono già preoccupata».

Mamma controllò che il rossetto fosse a posto e si sistemò il colletto della camicetta. «Ti spiegheremo dopo. Soph sta lavorando al computer. Dot sta giocando con le sue bambole. Se hai fame c'è della pasta». Fece una pausa, preoccupata. «Promettimi che baderai alle tue sorelle e che mi chiamerai nel caso...»

«Se te lo prometto, posso andare domani sera?» la interruppi, mostrandole il volantino. Mamma lo lesse. «I due mesi sono finiti» le ricordai. «Tutti i miei compagni ci vanno e avevi detto che sarei stata in punizione soltanto per...»

«Va bene» disse mamma prendendo le chiavi della BMW. «Ma a condizione che tu finisca tutti i compiti entro stasera. Simon, sistemati quella cravatta». Papà si limitò a strapparle le chiavi di mano e a chiudersi dietro la porta d'ingresso.

Signor Harris, ero proprio convinta che stessero andando da un avvocato per concordare il divorzio. Mi afflosciai su uno scalino. Mi sentivo male. Sapevo per filo e per segno cosa sarebbe accaduto dopo perché ne avevo sentito parlare da alcuni miei compagni a scuola. Papà avrebbe preso un appartamento in affitto, mangiato bastoncini di pesce tutte le sere e sistematicamente dimenticato di comprare il detersivo per i piatti. Non avrebbe più avuto coltelli puliti e avrebbe quindi dovuto usare un cucchiaio per spalmare il burro sul pane. Mamma avrebbe messo su venti chili e passato tutto il suo tempo sdraiata sul divano, in pigiama, a guardare quei programmi sugli uomini che vogliono diventare donne. È successa la stessa cosa anche alla mamma di Lauren, finché un giorno Lauren ha detto basta e ha spento la tivù un attimo prima che un certo Bob mostrasse al pubblico le sue tette nuove. La mamma di Lauren era parecchio scocciata. Comunque, per lei quell'episodio è stato un campanello d'allarme: è dimagrita mangiando soltanto proteine e alla fine è andata a un appuntamento con un uomo più giovane indossando un paio di jeans di Lauren taglia quaranta.

Fissavo i miei, di jeans, stesi ad asciugare sul termosifone. Non potevo lasciare che anche alla mia famiglia capitasse una cosa del genere. Mi intrufolai nella camera da letto dei miei e cominciai a curiosare nel comodino di mamma per cercare di capire cosa stesse succedendo. Nel cassetto in alto trovai un portagioielli con la chiave infilata nella serratura. Mi accertai che tutto fosse tranquillo e girai la chiave. Udii un *clic* rassicurante. Dentro il portagioielli c'erano delle bustine di plastica con ciocche di capelli miei e di Soph. Trovai anche le impronte delle nostre manine e dei nostri piedini, e i braccialettini che ci avevano messo in ospedale appena nate. Le cose di Dot dovevano essere in un'altra scatola, che però non mi detti la pena di trovare perché la mia attenzione era stata catturata da una lettera, chiusa in una busta giallognola, nascosta sotto la bustina che conteneva il mio primo dentino.

Calligrafia di papà. Sbiadita. Non ricordo parola per parola, ma so che c'erano un mucchio di cose sdolcinate a proposito dei capelli biondi di mamma morbidi come la seta, o dei suoi occhi verdi come le placide acque di un lago di montagna, o del suo carattere forte che brillava come una grande stella fulgida nell'oscurità tutto intorno. La mamma che conosco io si preoccupa di coloranti e conservanti, fa attenzione a non mettere in lavatrice i calzini rossi con le magliette bianche e si assicura che prendiamo le vitamine tutti i giorni. Mi dispiace di non aver mai conosciuto quell'altra. Rimisi tutto a posto e aprii il secondo cassetto.

Trovai un sacco di roba sulle protesi cocleari, pagine e pagine stampate da Internet e sottolineate con l'evidenziatore rosa. Sotto la pila di fogli, scovai una lettera della banca che parlava dell'accensione di una seconda ipoteca. *Ipoteca*. Era una parola che non avevo mai sentito, ma la lettera mi sembrava piuttosto ufficiale. Pensando di poterne venire a capo, andai dritta nello studio e mi sedetti in braccio a Soph.

«Scendi» strillò lei. Mi misi ancora più comoda e mi impossessai del computer. «Santo cielo, Zo, pesi un quintale!»

Trovai un forum riservato a persone di mezza età. Copriteiera7 stava considerando di ricorrervi per pagarsi il patio. Ma ricorrere a che cosa? Continuai a cercare. Scoprii che accendere una seconda ipoteca è un sistema per ottenere parte del denaro impegnato in una casa nell'evenienza in cui si avesse bisogno di risorse per un acquisto importante, oppure in caso di difficoltà finanziarie.

«Difficoltà finanziarie?» si intromise Soph. «Chi è che ha difficoltà finanziarie?»

«Noi» le risposi tutta contenta. Sempre meglio che il divorzio.

Siccome ci venne fame prima che arrivassero i miei, scaldai la pasta e mangiammo sedute al tavolo della cucina. Mentre Soph era intenta a raccogliere i pezzetti di oliva rimasti nel piatto, le rubai il cellulare e corsi al piano di sopra, ma lei mi fu subito alle calcagna. Mi precipitai in bagno, chiusi la porta a chiave e chiamai Lauren. Soph infilò un foglietto sotto la porta con su scritto che ero una donna MORTA in lettere maiuscole accanto a un disegno di me con un coltello piantato in testa. Aveva anche aggiunto un post scriptum in cui mi chiedeva se potevo prestarle il goniometro per finire i compiti di geometria. Mamma e papà rientrarono mentre ero ancora al telefono, sdraiata nella vasca vuota con i piedi appoggiati sul rubinetto dorato.

«Vieni di sotto, Zoe!» strillò mamma.

«Allora mi prometti che posso venire a vivere da te se ci ritroviamo senza casa?» chiesi a Lauren.

«Certo. Fonderemo una ditta tutta nostra, tipo una ditta di *dog sitting* che chiameremo Cani coi Controfiocchi, perché saremo le migliori in assoluto nel nostro campo».

«*Zoe*!» chiamò di nuovo mamma.

«Devo andare. Ci vediamo domani sera al falò» dissi in fretta.

«Fammi un *bau*».

«Devo andare!»

«Solo se prima mi fai un *bau*».

«*Bau*».

Lauren rideva ancora quando finalmente riuscii a riattaccare. Sul pianerottolo scorsi un bagliore argenteo e vidi una sagoma luccicante che si fiondava verso di me.

«Che stai facendo?» boccheggiai. Dot era ricoperta dalla testa ai piedi di festoni natalizi.

«Ho trovato gli addobbi per l'albero di Natale in camera di mamma e papà».

Mi inginocchiai e le spiegai con gesti velocissimi che doveva toglierseli subito. «Mamma e papà pensano che io ti abbia tenuta d'occhio!»

Dot sollevò le braccia e fece una piroetta. «Non vedo l'ora che sia il 25 dicembre» mi rispose. «Che arrivi Babbo Natale. È vero che ti porta tutto quello che gli chiedi?»

«Sì» risposi. «Ma devi...»

«*Qualunque cosa* al mondo tu gli chieda?» insistette guardandomi dritto negli occhi.

«*Sì*. Però devi toglierti questa roba di dosso».

Dot mi mostrò le palline che si era appesa dietro le orecchie. «Ti piacciono i miei orecchini?»

Serrai le mascelle. «Da matti. Però adesso per favore togliti tutto. Mamma è arrivata».

Dot spalancò gli occhi e schizzò via. Corse nella sua stanza e si richiuse la porta alle spalle. In cucina, mamma stava impilando i piatti sporchi vicino al lavello.

«Questi pensavi di lasciarli per me?» mi rimproverò.

Mi rimboccai le maniche. «Scusa».

«E i compiti li hai almeno cominciati?»

«Non ancora».

«Zoe!»

«Ho tutto il fine settimana!» protestai, riempiendo il lavello d'acqua. «Ho solo dieci problemi di matematica da fare, e scrivere l'introduzione di un saggio».

«Un saggio? Non me l'avevi detto!»

«Soltanto il primo paragrafo».

«Comunque sia, dovrai dedicarci del tempo».

«Chi ha detto che *non* ci dedicherò del tempo?» borbottai, passando vigorosamente la spugna su un piatto pieno di sugo di pomodoro. «Inglese mi piace un sacco. So quello che faccio».

«Ti aiuterò».

«Non ce n'è bisogno, mamma. Ho preso un mucchio

di appunti a lezione. Praticamente ho riempito un intero quaderno».

Mamma aprì il frigo per cercare qualcosa da mangiare. Misi il piatto pulito sullo scolapiatti. «Allora quando l'avrai scritto lo controllerò. Inglese è una materia importante per chi studia legge».

«È importante anche per chi scrive» dissi a voce bassa perché mamma non sentisse.

Prese dell'insalata e schiacciò leggermente un pomodoro per controllare che fosse maturo. «Me lo farò bastare. Non ho molta fame, a dire la verità».

«Tu e papà comprerete un patio?» le chiesi a bruciapelo.

«Un patio? No. Perché questa domanda?»

Cominciai a strofinare un altro piatto. «Così».

Il giorno dopo era il 5 novembre. Signor Harris, potrei sbagliarmi, ma non credo che in America si festeggi la congiura delle polveri. Adesso le spiego tutto. Quattrocento anni fa, per la precisione il 5 novembre 1605, un certo Guy Fawkes e i suoi amici cercarono di far saltare in aria il Parlamento per sbarazzarsi del re. Guy Fawkes aveva il compito di dar fuoco alle polveri. Tuttavia, il complotto venne sventato e l'intera popolazione ne fu talmente sollevata che cominciò ad accendere dei falò e a festeggiare per le strade. È diventata una consuetudine. Da allora, il 5 novembre di ogni anno, in Inghilterra si costruiscono dei fantocci di Guy Fawkes riempiendo i vestiti vecchi di giornali come il *Sun* (o il *Times* se si vuole avere un fantoccio più aristocratico) e poi li si getta nelle fiamme. Per come la vedo io, è abbastanza disdicevole che la gente si mangi tranquillamente le mele caramellate mentre Guy Fawkes brucia vivo per un crimine che non ha neppure commesso. Comunque, è divertentissimo per i fuochi d'artificio, le candeline magiche e l'odore di fumo che ti rimane nei capelli per qualche giorno.

Da noi si svolge tutto in un parco appena fuori dal centro, per cui immagini ampi spazi verdi, piste ciclabili, sentieri, tanti alberi e un fiume dalle acque impetuose. All'ingresso c'è una grande cancellata in ferro battuto. Quando scesi dall'auto di papà, mi sembrò che l'aria profumasse di libertà. Okay, anche di hot dog, di fumo e di zucchero filato se proprio devo essere sincera. Però, più di tutto, profumava di libertà.

Il falò ardeva nel bel mezzo del parco, brillando nei toni dell'arancio, del rosso e del giallo. La gente si avvicinava a frotte, come falene a una torcia, e io ero una di loro, mi sgranchivo le ali dopo settimane di prigionia. Siccome Lauren era seduta su una panchina, mi avvicinai quatta quatta alle sue spalle, l'afferrai per i fianchi e le feci *bù!*, forte. Lauren strillò *CAZZOOOOOOOOOOOOOO!* con quanto fiato aveva in gola. Il suo grido risuonò nell'immensità di quello spazio aperto, di quell'intero universo che aspettava soltanto di essere esplorato. Mi sedetti accanto a lei e ce ne stemmo a chiacchierare per un sacco di tempo, mangiando zucchero filato, mentre il falò accendeva d'oro il buio della notte.

Tutto quello zucchero mi fece venire sete. Lasciai Lauren a far la guardia alla panchina e andai a cercare dell'acqua. Le bancarelle erano lungo il fiume: donne che vendevano magliette e gioiellini, uomini che gridavano 'giocattoli'. Si sentiva il rumore dell'acqua e il fumo riempiva l'aria di piccoli mulinelli. Uno degli ambulanti, un uomo con la barba, mostrava il modellino di una Ferrari rossa, vale a dire l'auto preferita di papà. Gliela comprai, dato che era così preoccupato per il nonno.

Mentre stavo per pagare, scorsi il Ragazzo dagli Occhi Castani vicino al falò. A proposito, so benissimo che qui avrei potuto mantenere alta la tensione narrativa, specialmente adesso che ho imparato tutte queste tecniche a lezione (per creare suspense usare frasi brevi, pause e allusioni). Il fatto è, signor Harris, che questa è la realtà, non un romanzo, e quindi ho voluto farle capire come sono andate realmente le cose. Nella realtà, non esiste la dilatazione dell'azione fino al raggiungimento del culmine narrativo. Nella realtà le cose accadono all'improvviso quando meno te le aspetti, come quella volta in cui papà investì un cane.

In un romanzo, ci sarebbero sicuramente stati un paio di quasi-incidenti per lasciar presagire ciò che sarebbe accaduto, e magari, mentre papà svoltava l'angolo a tutta velocità, si sarebbe sentito abbaiare per far capire al lettore che stava per succedere qualcosa di brutto. Nella realtà, papà stava tornando dal supermercato in una giornata di sole. Nel momento in cui alla radio lanciavano *Dancing Queen*, l'auto passò sopra un dosso che si rivelò poi essere un pastore tedesco. La stessa cosa accadde la sera del 5 novembre. Niente dilatazione dell'azione. Nessun avvertimento. Un secondo prima voltavo le spalle alla bancarella e un secondo dopo mi ritrovavo davanti lui, il Ragazzo dagli Occhi Castani. Così.

«La macchinina».

«Eh?»

L'uomo mi porgeva la Ferrari. «La macchinina».

Me la cacciai in tasca senza staccare gli occhi dal ragazzo. Indossava una maglietta con una scritta bianca sul davanti e fissava il falò pensando sicuramente a qualche cosa di importante. Sembrava che stesse sognando a occhi aperti. Mi immaginai una nuvoletta sopra la sua testa e mi ci tuffai dentro a capofitto. Mi dimenticai che avevo sete e mi dimenticai anche di Lauren. Col batticuore, mi avviai a grandi passi verso il falò. Facendomi largo a spintoni, passai accanto a un papà che portava una bimba sulle spalle e a una donna con un barboncino avvolto in un cappottino di tartan.

L'aria era piena di scintille, pezzi di ambra rovente che diventavano neri non appena si libravano nell'aria.

«Lo butto?» gridò qualcuno. La folla esultò. Un uomo teneva sollevato in aria il fantoccio di Guy Fawkes con una maschera da fantasma, pantaloni neri e un vecchio cardigan. «Lo butto?» gridò l'uomo ancora più forte. La bimba batté le manine. Anche il barboncino scodinzolò il suo assenso.

Il Ragazzo dagli Occhi Castani fece un grande sbadiglio e distolse lo sguardo dal falò. Io mi avvicinai strisciando i piedi nella speranza che si accorgesse di me. L'uomo afferrò il fantoccio per un braccio e una gamba. Lo fece dondolare verso il falò e la testa di Guy Fawkes sfiorò le fiamme. Feci un balzo indietro. La folla esplose in un boato.

«Uno...» Tutti allungavano il collo per riuscire a vedere meglio. «Due...» Tutti contavano all'unisono. «*Tre!*» Guy Fawkes finì tra le fiamme e il fuoco crepitò forte. Proprio quando il fantoccio scomparve in quel rogo infernale, il ragazzo si allontanò dalla folla e mi vide.

Sulla maglietta c'era scritto *Salviamo Guy Fawkes*. Ci guardammo per cinque secondi, poi lui sorrise.

«Ciao». Quella singola parola fece sì che mi librassi in volo. Il falò scomparve. La gente scomparve. C'eravamo soltanto lui e io, gli occhi negli occhi, al centro dell'universo.

«Bella maglietta» riuscii a dire. «Mi dispiace per Guy Fawkes».

«Anche se è un cattivo?»

«Guy Fawkes aveva le sue buone ragioni. Forse».

Gli occhi del ragazzo ebbero un guizzo. «Buone ragioni per commettere cattive azioni... Interessante».

«Molto interessante». Il cavo che collegava le nostre menti si fece incandescente. Arrossii e distolsi lo sguardo. Da qualche parte, a migliaia di chilometri di distanza, la maschera del fantoccio si stava sciogliendo.

«Non c'è niente di meglio di un bel rogo per attirare una folla» disse il ragazzo sorridendo. «Forse adesso dovremmo gettare anche il barboncino nelle fiamme». Il cane abbaiò tutto agguerrito nel suo cappottino di tartan. Il ragazzo scosse la testa. «Magari è scozzese. Se lo è, possiamo perdonare i suoi padroni. Come ti chiami?»

mi chiese tutt'a un tratto. Questa volta riuscii a rispondergli. Mentre le pronunciavo, le due sillabe che compongono il mio nome mi sembrarono nuove di zecca. «Meglio di *Ragazza-Uccellino*» disse lui, «che è il nome che ti ho dato dalla sera della festa. Oppure anche *Trappola per Topi*». Ebbi un tuffo al cuore. Una serie di tuffi al cuore. Anche lui aveva pensato a me.

«Immagino che neppure tu sia il *Ragazzo dagli Occhi Castani*».

«Quello è il mio secondo nome. Il primo è Aaron».

Prima che potessi dire altro, una mano si materializzò sul braccio di Aaron.

«Ciao!» disse la ragazza. Stavolta, quella singola parola bastò a farmi riprecipitare sulla terra. Aveva lunghi capelli rossi come il fuoco, indossava un cappottino nero come il carbone e rivolse ad Aaron un sorriso che continuò a bruciarmi nella mente per un bel pezzo.

«Ci sei anche tu!» disse lui stringendola in un abbraccio. Il volto di lei fece capolino sulla spalla di Aaron – carnagione chiara con la perfetta quantità di lentiggini e un nasino diritto di cui qualunque chirurgo plastico sarebbe potuto andare fiero.

«Ho veramente bisogno di parlarti» gli sussurrò all'orecchio, sfiorandogli la nuca con la mano.

«Certo» disse lui. Era esattamente l'opposto di quello che avrei voluto sentirgli dire, ma feci del mio meglio per sorridergli alla francese, con *nonchalance*, quando, scusandosi, si riavvicinò alle fiamme per parlare con lei.

Guardai l'orologio. Le nove e un quarto. Di lì a quarantacinque minuti mamma sarebbe passata a prendermi.

Quarantaquattro minuti.

Quarantatré min...

«Eccoti finalmente! Pensavo ti avessero assassinata». Lauren era accanto a me, con un muso lungo così. «Dov'eri finita?»

Avvicinando le mani al fuoco, feci finta di avere i brividi. «Avevo freddo».

«Avresti potuto dirmelo. Io sto congelando, cazzo. E sto morendo di sete. Ho dovuto lasciare la panchina. Ci avevo messo sopra la borsa ma un vecchiaccio si è avvicinato zoppicando e mi ha detto: 'Non puoi tenere la panchina occupata' e ha cominciato a blaterare che sua moglie aveva bisogno di sedersi».

«Che carino».

«Che *demente*. Era da solo. Penso fosse una di quelle persone che vedono cose che non esistono. Hai presente la necrofilia o come si chiama?»

Trattenni un sorriso. «Vuoi dire schizofrenia».

«Eh?»

«Schizofrenia. La necrofilia è... lasciamo stare».

Guardai la schiena di Aaron. Quarantuno minuti all'arrivo di mamma.

Lauren mi prese per un braccio.

«Dai».

«Dai cosa?»

«Ho sete» fremette Lauren.

Aaron teneva le mani della ragazza tra le sue e aveva lo sguardo incollato al viso di lei.

«Okay» borbottai voltando le spalle al falò. Mi sentii addosso un freddo che non aveva niente a che vedere col fatto che ci stavamo allontanando dal fuoco.

Mentre eravamo in fila, Lauren parlò in continuazione.

Non sono sicura che l'espressione *parlare come una mitragliatrice* abbia senso, signor Harris, ma per farsi un'idea provi a immaginare le parole che escono con la velocità dei proiettili. Mi raccontò in lungo e in largo di un certo ragazzo di terza che era riuscita a baciare alla festa da Max. Feci del mio meglio, ma seguire il suo discorso mi divenne quasi impossibile quando vidi che Aaron circondava con un braccio le spalle della ragazza.

Lauren comprò una bottiglietta d'acqua. Partì il primo fuoco d'artificio. La folla lo salutò con un *oooh*. Poi ci fu un lungo *aaah*. Senza pensarci due volte, afferrai Lauren per un braccio e in men che non si dica eravamo sdraiate sull'erba a goderci lo spettacolo. La notte si riempì di scoppi e di luci.

«Sembrano dei girini» dissi, indicando i serpentelli blu.

«Più spermatozoi, direi» commentò Lauren. Scoppiammo a ridere. Era vero: i serpentelli si dimenavano nel cielo come se stessero facendo a gara per riuscire a fecondare la luna. Lauren ne imitò il movimento con la mano. «Nuotate, spermatozoi».

Un volto attraversò il nostro campo visivo. «Bello».

Capelli biondi. Occhi castani. Fuochi d'artificio tutt'intorno. Il cuore mi esplose in un'enorme meteora rossa. Aaron?

Lauren si portò una mano alla fronte per riuscire a vedere meglio. Io strizzai gli occhi e lo misi a fuoco. Il ragazzo di terza allungò una mano e aiutò Lauren ad alzarsi. Mi rimisi in piedi anch'io, delusissima.

«Ti stavo cercando» disse il ragazzo. «Passeggiamo lungo il fiume?»

Lauren mi si attaccò a un braccio. «Solo se viene anche Zoe».

«Non preoccuparti» le dissi. Provai l'improvviso bisogno di restare un po' sola. Attorno al falò si era raccolta ancora più gente, ma di Aaron e della ragazza non c'era traccia. Lauren mi studiò. Spalancai gli occhi in uno sguardo pieno di incoraggiamento. «Veramente. Preferisco così. In ogni caso, tra dieci minuti la mamma passerà a prendermi». Quando il ragazzo la tirò per la mano, Lauren mi stampò un grosso bacio a schiocco sulla guancia.

Il fragore delle fiamme era fortissimo. Tutto quel fumo mi faceva lacrimare gli occhi e sentivo la pelle pizzicare dal troppo caldo, così finii per tornarmene sulla panchina, dove trovai il vecchietto che parlava al vuoto. Era una scena triste, ma soltanto in apparenza. Voglio dire, l'uomo mi sembrava contento: raccontava alla sua invisibile consorte come si fanno i fuochi d'artificio, spiegandole per filo e per segno come vengono assemblati per ottenere i diversi colori. Signor Harris, mi chiedo se lei parli mai a sua moglie Alice. Mi domando anche che cosa le dice se e quando il suo spirito, dopo essere sgusciato tra una sbarra e l'altra, le appare davanti e si mette a volteggiare intorno alla lampadina. Forse le chiede di perdonarla e spero che Alice le risponda che l'ha già fatto. Dopotutto, è stata anche un po' colpa sua se è successo quel che è successo.

Le famiglie se ne stavano andando e le coppiette si abbracciavano vicino al fuoco. Persino il vecchietto aveva qualcuno con cui parlare e chi se ne importa se in realtà accadeva tutto soltanto nella sua mente. Mi incamminai mogia mogia verso il parcheggio, dove mi misi a sedere su un muretto. Scorsi in lontananza l'orologio di un campanile e feci un sospiro profondo. Fino a poco prima avevo creduto di non avere tempo a sufficienza, mentre in quel momento mi sembrava di averne anche troppo. Venti lunghi minuti senza niente da fare tranne che...

Sentii delle voci!

Di un ragazzo e di una ragazza.

Strisciando lungo il muro, andai a nascondermi dietro un cespuglio. Intravidi Aaron che entrava nel parcheggio seguito dalla ragazza dai lunghi capelli rossi e sentii una fitta allo stomaco. Se ne stavano andando insieme. Camminavano lentamente tenendosi abbracciati in vita. Sotto un lampione era parcheggiata una vecchia auto azzurra a tre ruote, col tettuccio ammaccato e la targa con su scritto DOR1S. Sbirciando tra le foglie, vidi che Aaron apriva la portiera per la ragazza e la baciava sulla fronte prima che salisse in macchina. La fitta allo stomaco si fece tanto intensa da inghiottire ogni traccia di speranza.

Ora signor Harris lei si aspetterà forse che abbia preso a calci il cespuglio, o che sia scoppiata in lacrime o che mi sia precipitata nel parcheggio a fare una scenata. Be', mi dispiace deluderla, ma me ne stetti completamente immobile con un'espressione impassibile sul viso. L'unica cosa che riuscii a fare fu strappare una tela di ragno, rompendola in due con la mano. Una metà rimase attaccata al muro e l'altra prese a penzolare da un ramo. Quella era l'unica prova al mondo che, dentro di me, qualcosa si era spezzato.

I finestrini della macchina si stavano appannando. Non volevo pensare a cosa stesse accadendo là dentro. Voglio dire, *Titanic* l'abbiamo visto tutti – o forse lei no? – insomma, si immagini la scena in cui una mano appare contro il finestrino tutto appannato per il fiato, il sudore e la passione. Facendo attenzione a non farmi vedere, scavalcai il muro. Avevo schiena e gambe rattrappite. Ero distrutta. Tutto intorno, il mondo era gelido e persino le stelle mi apparivano malevole, bianchi frammenti acuminati che squarciavano il buio. Mentre tornavo verso le bancarelle, scivolai malamente su una pietra e presi una storta pazzesca alla caviglia, che fece un rumore di cui mi stupii io stessa perché non sentii alcun dolore.

«Zoe?» Intravidi qualcuno che si avvicinava, una sagoma nera contro lo sfondo arancio del falò. Strizzai gli occhi e riconobbi Max. Teneva una lattina di birra in mano. Aveva provato qualche volta a incrociare il mio sguardo dal giorno della foto, ma l'avevo sempre ignorato. In quel momento, però, non avevo via di scampo, era proprio davanti a me. «Tutto a posto?»

«Sì. Tu?»

«Ho freddo».

Silenzio.

Sebbene non avessi male, feci roteare la caviglia, spremendomi le meningi alla ricerca disperata di qualcosa da dire.

«Fa sempre più freddo quando è sereno. C'è meno isolamento. Come per le pecore».

Max bevve un sorso di birra. «Eh?»

«Le pecore. Hai presente? Quando è nuvoloso è come se il mondo avesse il vello. Stiamo più al caldo eccetera eccetera. Ma quando il cielo è sgombro di nuvole è come se il pianeta fosse stato tosato...» Vidi l'espressione perplessa di Max e scossi la testa.

«Stupidaggini».

Bevve un altro sorso, poi disse: «No, per niente».

Un altro silenzio. Un fuoco d'artificio esplose in mille piccole stelle sopra le nostre teste. Le osservammo per un bel pezzo, ci guardammo, infine ce ne rimanemmo per qualche tempo con lo sguardo fisso sul prato. Max si schiarì la voce.

«Mi dispiace, sai» disse, facendo rotolare un sasso tra un piede e l'altro. Fui colpita dal tono sincero della sua voce. «È stato un vero casino».

«Proprio».

Calciò via il sasso e incrociò le braccia sul petto. «Ho cancellato la foto. Anche se non è stato facile...»

«Non ti ricordavi più come si fa?»

Fece un sorriso. Sbilenco. Spiazzante. «No, non per quello. Non è stato facile perché era bella».

«Davvero?» ribattei, sforzandomi di sembrare indifferente. «L'altra volta non hai detto così».

«Max Morgan il Magnifico non diceva la verità». Sorrisi con riluttanza quando mi accorsi dell'occhiata furtiva che mi indirizzava al seno. «Sul serio, eri...»

«Ubriaca» finii la frase per lui, con il cuore in gola. «Molto ubriaca. Per poco non ti ho vomitato sulla moquette».

«Io *ho vomitato* sulla moquette» disse Max. «Dopo che te ne sei andata, ho sboccato mancando di poco il tappeto. A meno che non fosse roba tua...»

«Assolutamente no!» protestai.

Max mi agitò un dito davanti agli occhi. «Penso che tu mi stia raccontando una bugia».

«Pensa quello che ti pare» ribattei. Fu davvero notevole, quella conversazione. Insomma, chi avrebbe mai pensato che il vomito potesse essere argomento da flirt?

Le stelle mi parvero meno malevole. Più gentili. Più dorate che bianche. Anche il cielo mi sembrava meno nero e più blu. Max bevve un'ultima sorsata e lanciò la lattina in un cestino, al quale si appoggiò incrociando i piedi. I lacci delle scarpe da ginnastica erano srotolati nel fango.

«Allora, ce l'hai ancora con me?» mi chiese dopo un po'. Un razzo schizzò in cielo. Ci voltammo entrambi a osservare le scintille d'argento. Poi ci guardammo, e questa volta nessuno dei due distolse lo sguardo.

«Certo» dissi. «Sei stato un idiota».

«Un idiota che tu hai baciato per prima».

«Un idiota che se n'è approfittato mentre ero ubriaca» risposi, facendo però un passo verso di lui.

Max si mise una mano sul cuore. «Non succederà più. Sul serio. La prossima volta che sarai senza maglietta, giuro che non...»

«La prossima volta?!» esclamai, avvicinandomi di un altro po'. «Come fai a sapere che ci sarà una prossima volta?»

«Ho questa sensazione» sussurrò lui, tirandomi verso di sé e baciandomi con trasporto.

Ma non troppo. Gli appoggiai una mano sulla nuca e premetti le mie labbra sulle sue con più forza. Non so perché, ma di colpo pensai al finestrino tutto appannato per il fiato, il sudore e la passione. Max mi infilò le mani sotto la maglietta, mi accarezzò i fianchi e la schiena. Sentivo le sue dita gelate percorrermi la spina dorsale. Le nostre lingue si toccarono. Mi strinsi ancora di più a lui, serrandogli una gamba tra le mie. Quella specie di sfregamento mi piacque e inarcai la schiena in un movimento felino che non avevo mai conosciuto prima d'allora. Le sue labbra mi sfiorarono una guancia e poi il collo. Le sue mani risalirono costola dopo costola fino a raggiungere la base del reggiseno. E poi l'interno del reggiseno. Rimasi senza fiato quando sentii che stringeva forte. Buttai la testa all'indietro e aprii gli occhi giusto in tempo per vedere un altro fuoco d'artificio che esplodeva nel cielo. Ebbi un brivido di piacere, il cuore mi batteva a mille, ma siccome mamma sarebbe arrivata di lì a poco, mi costrinsi a sciogliermi da quell'abbraccio.

«Non qui» ansimai. Max mi trascinò verso un'area giochi deserta. Puntai i piedi per terra. «Non stasera. Probabilmente mia mamma è già nel parcheggio».

«Allora domani?» mi chiese. Esitai a rispondere perché sapevo che non mi avrebbero mai dato il permesso. «O dopodomani?» Sembrava stranamente in ansia. Max Morgan. In ansia per causa mia. Lauren non ci avrebbe mai creduto.

Incapace di resistere, alzai una spalla. «Sì, perché no?»

Mi baciò di nuovo, più teneramente questa volta, ma io mi scostai. «Sono in ritardo». Mugugnando, Max mi prese per mano. Mi balenò alla mente l'immagine di mamma seduta al volante. «Non è il caso che mi accompagni al parcheggio. Sul serio».

«Nessun problema. Vado via anch'io».

Gli lasciai la mano. «Allora vai prima tu. Mia mamma è un po'...»

«Lunatica? Dev'essere una cosa di famiglia» disse con un sorrisetto. Gli rifilai una gomitata nel fianco. Poco prima di lasciare il parco ci appostammo dietro un albero. Max lanciò un'occhiata al parcheggio. «Se domani non mi senti, chiama un'ambulanza. Vado a casa in macchina con mio fratello, che ha passato il test di guida soltanto un paio di settimane fa. Al primo tentativo, naturalmente. Penso che mio fratello non abbia mai sbagliato un colpo in vita sua. Il che non significa che sappia guidare, però. Dico sul serio, di' a tua mamma di tenere gli occhi aperti».

Avevo ancora un sorriso stampato sulla faccia mentre lo guardavo correre via. Oltrepassò la mini di mamma, ignorò una jeep e raggiunse svelto la macchina parcheggiata sotto il lampione.

Una vecchia auto azzurra con i finestrini appannati.

Feci qualche passo in avanti. Il mio cuore smise di battere nel momento in cui Max aprì la portiera posteriore e si sistemò sul sedile dietro ad Aaron.

Ora signor Harris, esiste un modo di dire, 'restare di sasso', che è l'unico che possa descrivere il mio stato d'animo mentre raggiungevo a grandi passi la macchina di mamma. Continuai a sentirmici, di sasso, fino a quando non arrivammo a casa e mi preparai una tazza di tè – che diventò esageratamente forte perché rimasi ad affondare la bustina per parecchio tempo, nel vano tentativo di venire a capo di quella faccenda. Fratelli. *Fratelli.* Forse avrei potuto sospettarlo. Un pochino si assomigliavano e poi il fatto che Aaron fosse alla festa di Max anche se è di qualche anno più grande di noi. Eppure... Non era sufficiente per arrivarci.

Seduta sulla moquette del salotto con la tazza fumante in mano, sorseggiavo il mio tè e mi chiedevo se i due si confidassero l'un l'altro e se in quel preciso istante stessero tranquillamente chiacchierando in cucina. Magari preparandosi un panino. Cercai di immaginare se l'avrebbero riempito con le stesse cose o con cose diverse, tipo, Max avrebbe scelto il prosciutto e Aaron avrebbe preferito il formaggio, mentre la ragazza dai lunghi capelli rossi ci avrebbe messo del tonno, così le sarebbe puzzato l'alito di pesce. Avrei dato qualunque cosa per poter essere una mosca e dare un'occhiata.

È bizzarro, ma c'è davvero una mosca nel capanno in questo momento. O c'era. Ne vedo una piccola e nera intrappolata nella ragnatela sul davanzale. È avviluppata nel filo del ragno e scruta il giardino, domandandosi forse che fine ha fatto la sua libertà. Scommetto che prima dell'alba il ragno se la sarà mangiata. A giudicare dal colore del cielo, tra non molto farà giorno ed è meglio quindi che ritorni in casa, prima che mamma si svegli. Da quando abbiamo tirato indietro le lancette dell'orologio, il sole sorge un'ora prima, il che dovrebbe esserti di qualche consolazione, Stuart. Sebbene a cena tu sia sempre al buio, la colazione riesci invece a farla con la luce del sole. Spero davvero che i suoi raggi ti riscaldino la pelle.

Zoe x

Via dei Narratori, 1
Bath

14 novembre

Ciao Stuart,

non giudicarmi perché non è stata affatto colpa mia e non avrei mai accettato di andarci se mamma non avesse cominciato a insospettirsi. Quando sono tornata da scuola era al telefono. Non chiedermi come facessi a sapere che stava parlando con Sandra perché lo sapevo e basta. Faceva *ahah*, *mmmmh*, *certo...* Riattaccando, mi ha annunciato che saremmo andate a trovarla per un caffè.

Naturalmente, ho protestato.

«Neppure lo bevo il caffè!»

«Cosa sono tutte queste storie?» mi ha chiesto mamma socchiudendo gli occhi come se cercasse di frugarmi tra i pensieri. «Potrebbe farti bene vederla. E so che a lei farebbe molto piacere. Non ti è antipatica, vero?»

«No. È che... ho... ho mal di gola, ecco tutto».

Mamma mi ha fatto ingoiare due compresse di analgesico e mi ha trascinata fuori casa. Un quarto d'ora dopo ero seduta nella piccola veranda di Sandra per la prima volta dal funerale.

«Esci?» le ha chiesto mamma.

«Un pochino» ha risposto Sandra. «Ogni tanto». Papà non aveva esagerato riguardo alla sua magrezza. Viso scavato. Scapole sporgenti. Braccia pelle e ossa. Anche i capelli mi sembravano diversi. Un tempo li portava neri, scalati e con le mèches color mogano, mentre ora il taglio aveva perso qualsiasi forma, e il colore stava sbiadendo. «Cerco di tenermi occupata».

«È un'ottima idea» le ha detto mamma. «È la strada giusta. Occupa il tuo tempo».

«Non mi ero mai resa conto di averne così tanto» ha mormorato Sandra. «Ore e ore. Ne percepisco ogni minuto».

Intanto era spuntato il sole. Brillava nella fontana del giardino. Ho rivisto il dito di Max che sfiorava appena le ali di una falena morta. Ho sbattuto le palpebre per scacciare quell'immagine, non riuscendo che a renderla più vivida. Ho rivisto anche Aaron che osservava la civetta e la mano di Max sulla mia coscia e Aaron che mi studiava tutta, pelle e labbra e forme. Il cuore mi batteva all'impazzata, avevo lo stomaco in subbuglio e proprio quando ero sul punto di vomitare, Sandra ha chiesto: «E tu, Zoe, come stai?» Non me la sono sentita di rispondere.

«Malissimo» ha detto mamma. «Ne risente anche il rendimento scolastico».

«Be', erano molto amici, no?» ha commentato Sandra. Stuart, la sua era una di quelle domande retoriche alle quali non c'è bisogno di dare risposta. «Che sia finito tutto così...» Sono balzata in piedi.

«È tutto a posto, Zoe?» mi ha chiesto mamma. Sentivo uno strano formicolio alle mani, di colpo la stanza era diventata troppo piccola e la cravatta dell'uniforme troppo stretta. Ho cercato di allentarla ma il nodo era tesissimo. «È meglio che andiamo» ha aggiunto in fretta. «Non si sente bene oggi. E ho lasciato le altre due da una vicina. Grazie per il tè».

Sandra si è alzata con fatica. Aveva un'aria preoccupatissima. Siccome guardarla mi faceva stare male, fissavo il cielo. Poi mi ha preso la testa tra le mani e se l'è appoggiata a una spalla.

«So come ti senti» ha detto, stringendomi forte. «Davvero. Vieni a trovarmi quando vuoi». Mi ha allontanato da sé con delicatezza e mi ha messo una mano sulla guancia. «Possiamo aiutarci a vicenda». Ho serrato i pugni e le mascelle. E proprio nell'istante in cui pensavo che non avrei potuto sopportare la sua gentilezza un secondo di più, Sandra ha ritratto la mano e si è avviata verso la porta di casa. Indossava un paio di vecchie ciabatte tutte scucite. Si è fermata davanti a una foto appesa al muro. «L'avevi vista questa?»

Cornice argento.

Io con un vestitino blu e col viso più raggiante che mai.

Max e Aaron sorridenti, uno alla mia destra e l'altro alla mia sinistra, al luna park.

Sullo sfondo brillavano le luci dell'autoscontro. L'aria era piena del fumo dei furgoncini che vendevano hot dog. La data nell'angolo era quella del primo maggio.

«È...?»

«L'ultima foto di lui, sì». Sono impallidita. Ho avuto la netta sensazione che il colore mi scivolasse dal viso, giù giù lungo il collo come trucco sciacquato via con acqua fredda. «È la mia preferita» ha ripreso Sandra. «Sembra così felice. Sembrate tutti felici» ha detto accarezzando i tre volti con il pollice. Stuart, è stato in quel momento che sono corsa fuori e ho vomitato vicino all'albero.

Zoe x

Via dei Narratori, 1
Bath

29 novembre

Ciao Stuart,

la grandine sta picchiando sul tetto, e se in Texas non avete questo tipo di condizioni atmosferiche, immagina che all'improvviso il cielo svuoti il proprio congelatore. Sicuramente il ragno si sta domandando che cosa diavolo stia succedendo. Se ne sta nel bel mezzo della tela vuota, ritto sulle gambe nerissime, e ho la strana sensazione che stia guardando me. Forse per via di come sono vestita. Cappello e sciarpa di lana viola, vestaglia, scarponi da montagna di mamma. Ho trovato tutto nel capanno: Dot deve aver giocato agli esploratori. Usa sempre questo posto per giocare. Mi sono sistemata la giacca di papà sulle gambe a mo' di coperta e mi sento al sicuro qui sotto, al riparo dalla pioggia, dal vento, dalla mano che affonda e anche dall'urlo di Sandra, che stanotte ho sognato per la prima volta.

Farei qualunque cosa pur di riuscire a dimenticare. Qualunque cosa. Mangiarmi il ragno o salire sul tetto del capanno nuda o affrontare montagne di esercizi di matematica per il resto dei miei giorni. Qualunque cosa fosse necessaria per cancellare tutto quanto dalla mia mente come si fa con i computer: schiacci un bottone ed elimini immagini, parole e bugie... le stesse che non tarderanno a comparire nel prossimo pezzo della storia.

PARTE QUINTA

Il giorno dopo il falò, Max avrebbe dovuto chiamare. Avevo ancora i capelli che odoravano di fumo e sentivo le farfalle nello stomaco. Ogni volta che il cellulare faceva qualche suono, il cuore mi passava da zero a cento in una frazione di secondo esattamente come la Ferrari che avevo comprato a papà. Per una strana combinazione, parlammo proprio di macchine a tavola, e per tua informazione il pranzo era di salsicce biologiche con purè.

«Stasera comincia la nuova serie di *Top Gear*» dissi a papà. È un programma di motori che lui adora. «Alle nove».

«Fantastico» rispose senza troppo entusiasmo. «Lo faccio adesso?» chiese alla mamma.

Lei bevve un sorso d'acqua e disse: «Se proprio devi».

Papà posò la forchetta e sistemò il piatto esattamente al centro della tovaglietta. «Dobbiamo dirvi una cosa» cominciò con gesti faticosi. Dot era intenta a versare un quintale di ketchup nel suo piatto. Le diedi un colpetto sul ginocchio e le indicai papà. Dot alzò uno sguardo allarmato, ma quando capì che non correva rischi, schiacciò il tubo ancora più forte. La salsa rossa schizzò su tutto il tavolo.

«Deficiente» borbottò Soph.

«Dobbiamo dirvi una cosa» ripeté papà, ignorando quel disastro. «Una cosa importante».

«Non vogliamo che vi preoccupiate» aggiunse mamma, anche se la ruga profonda che aveva tra le sopracciglia sembrava contraddire le sue parole.

«State divorziando?» chiese Soph, con un pezzo di salsiccia sospeso a mezz'aria. «Per il fatto che litigate così spesso?» Mamma e papà si scambiarono un'occhiata colpevole.

«Non abbiamo litigato *così spesso*» disse la mamma.

«Cosa sta succedendo?» chiese Dot a gesti. Percepiva la tensione ma non riusciva a seguire la conversazione. Avendo ripulito il ketchup, esibiva le dita tutte rosse.

«Mamma e papà stanno divorziando» disse Soph, per una volta usando i gesti. Dot si portò le manine alla bocca, e forchetta e coltello le caddero sul tavolo.

«Sophie!» la rimproverò papà. «Non abbiamo detto questo».

«Perché state divorziando?» chiese Dot con gesti concitati. Aveva del ketchup spalmato su tutta la faccia. «Papà è andato a letto con un'altra signora?»

«Cosa??? No!» rispose mamma.

«Non stiamo divorziando» dichiarò papà. «Ho perso il lavoro, tutto qui». Mi cadde la mascella sul tavolo. Sapevo delle difficoltà finanziarie, ma quella notizia mi giungeva inattesa. Dot mi tirò per una manica, sulla quale naturalmente lasciò altre impronte rosse.

«Papà ha perso il lavoro» le dissi a gesti, sforzandomi io stessa di crederci. Dot tirò un sospiro di sollievo e recuperò le posate.

«Ti hanno licenziato?» chiese Soph. «Per che motivo? Hai fatto perdere un sacco di soldi allo studio?»

«Sei andato a letto con la tua capa?» chiese Dot.

Papà sospirò lentamente. «Non mi hanno licenziato.

Il mio studio si è fuso con un altro studio e io faccio parte del personale in esubero».

«Quando troverai un altro lavoro?» chiese Dot con gesti rapidi. «Domani? O dopodomani? O il giorno dopo ancora?»

«Non lo so» ammise papà mentre Dot mescolava il ketchup al purè per poi farne dei mucchietti sull'orlo del piatto.

«Basta giocare con il cibo!» la rimproverò mamma.

«Sono nuvole» rispose Dot.

«Le nuvole non sono rosse» disse Soph a gesti.

«All'alba, sì» ribatté Dot con aria di sfida. «E nel mio piatto è l'alba e la salsiccia pensa sia bellissimo».

Con il coltello disegnò un sorriso sulla salsiccia.

«Stai facendo un pasticcio» disse mamma.

«Un bellissimo pasticcio» replicò Dot raggiante. Girò il piatto in modo che mamma potesse vederlo. La salsiccia se ne stava coricata a pancia in su e sorrideva alle nuvole di ketchup.

«Molto carino» disse mamma. «Ma adesso finisci di mangiare come si deve, da brava bimba».

Papà si alzò per servirci altre salsicce.

«Qualcosa troverò. Ci sono un mucchio di studi in giro e ho già cominciato a fare telefonate. I soldi saranno forse pochini per un po', ma ce la caveremo».

«Altrimenti, potremo sempre accendere una seconda ipoteca» suggerii. Mamma era sbalordita. «E ottenere liquidità» proseguii, annuendo saggiamente.

«Certo» disse papà, stupito. «Proprio così. Oppure mamma potrebbe trovarsi un lavoro». Lo disse senza pensarci, mettendole una salsiccia nel piatto. Mamma spalancò gli occhi verdi a tal punto da scoprire tutto il bianco intorno.

«Neanche per idea!»

«Ma...»

«Neanche per idea» ribadì mamma. «Il mio lavoro è qui. A casa. Con le ragazze. Tu hai perso il tuo e tu te ne trovi un altro».

Papà fissò mamma. Mamma gli lanciò un'occhiataccia. Soph e io ci guardammo. Solo Dot continuò a mangiare tranquilla, lasciando la salsiccia che sorrideva per ultima. La prese con le dita e la osservò per un attimo. Agitò la manina come per darle il suo solenne addio e poi le staccò la testa con un morso.

Max non chiamò né dopo pranzo né la sera. Dopo il bagno, mi misi il pigiama e mi allungai sul pavimento della mia camera. Cercai, senza riuscirci, di fare i compiti di francese, e di tanto in tanto pigiavo un tasto a caso del cellulare per verificare che fosse vivo. Quando finalmente emise un suono, lanciai un gridolino.

Un messaggio!

Rotolai sui verbi francesi che avrei dovuto memorizzare per il test. Vivere, amare, ridere, morire.

A CASA MIA DOMANI DOPO LA SCUOLA?

Non credevo ai miei occhi. Sul serio. Sbattei le palpebre due volte e rilessi il messaggio. Sì. Proprio così – un invito a casa di Max Morgan. Per me. Avrei voluto protendere il telefono fuori dalla finestra e proiettare quelle parole nel cielo. Invece me ne rimasi a fissare il paralume, cercando di escogitare la risposta perfetta. Non fraintendermi, Stuart, naturalmente era un no. Doveva esserlo.

La mamma non mi avrebbe mai dato il permesso di andare a casa di un ragazzo. Mai e poi mai. Con quali parole spiegarlo però? Di' pure che sono una superficiale, ma non volevo assolutamente che Max perdesse interesse, anche se in realtà mi piaceva di più suo fratello.

Cominciai a digitare. Cancellai. Ritentai. Eliminai di nuovo. Strappai una pagina dal quaderno di francese e dopo dieci minuti di tentativi scribacchiati, ebbi una risposta di cui essere soddisfatta, oltre a diciassette autografi e a quello che molto probabilmente era un coniglio con due enormi dentoni, vale a dire l'unica cosa che so disegnare.

Il mio messaggio diceva che avevo già degli impegni ma che mi avrebbe fatto piacere vederlo un altro giorno. Proprio mentre stavo per premere *Invia*, la pendola batté le nove.

«Papà! Papà? Tra poco comincia *Top Gear*». Nessuna risposta. «Papà?» chiamai di nuovo. Lasciai il telefono sulla moquette e mi avventurai nel corridoio. Passando davanti alla porta dello studio notai il filo di luce filtrante e abbassai la maniglia. «*Top Gear* comincia tra...»

Papà fissava lo screensaver del computer con sguardo assente. Sulla scrivania c'era un grosso faldone aperto su una pagina piena zeppa di appunti scritti con la grafia di papà. *Holdsworth e figlio. Mansons. Leighton West.* La lista comprendeva un'altra ventina di nomi di studi e, accanto a metà di essi, c'era una croce.

«*Top Gear* sta per cominciare» dissi, scuotendolo per un braccio.

Papà si stiracchiò sbadigliando. «Registralo, Zoe. Lo guarderò poi. Adesso sto facendo un'altra cosa».

Pensavo si trattasse di lavoro, ma quando mosse il mouse, sullo schermo apparve la foto di una coppia. In una stanza piena di fumo e di gente, la ragazza era saltata in braccio all'uomo e gli si teneva aggrappata in vita con le gambe. Piedi ben tesi rivolti verso il soffitto e testa rovesciata all'indietro. I capelli castani (proprio come i miei) arrivavano a sfiorare le scarpe lucide dell'uomo. Il ballerino, con gli occhi socchiusi e la bocca spalancata in una risata, riusciva con due braccia forti a tenere la donna sospesa a pochi centimetri dal pavimento.

«Nonno» spiegò papà. «E nonna. Vero che sono...»

«Sì» mormorai. «Proprio». Sapevo che papà avrebbe voluto dire *giovani.*

Stuart, non erano né i loro volti né il fatto che non avessero rughe. È difficile da spiegare. Penso fosse questione di come si sentivano. L'energia che sprigionavano. La si coglieva sulla fronte imperlata di sudore del nonno. Nella curva disegnata dalla schiena della nonna. Non era soltanto il ballare. Era la vita. La vita pura e semplice, tipo immaginare un istante colto in tutta la sua ampiezza e non nella sua durata, e due persone decise a riempirlo fino all'ultimo millimetro.

«Fa pensare, vero?» commentò papà.

«Sì». Poi chiesi: «Fa pensare a cosa?»

«Che la vita è breve. E che non è fatta soltanto di preoccupazioni».

«E di scuola» aggiunsi, sistemandomi sul bordo della scrivania.

Papà ridacchiò. «Ah ah, buona questa! Fa' attenzione alle foto».

Mi scostò da una pila di fotografie in bianco e nero. «Le sto scansionando. Non voglio che sbiadiscano...»

Sentii che avrebbe voluto aggiungere *come il nonno* e gli chiesi: «Come sta adesso?»

Papà si strofinò il naso. «Non bene, a dire il vero. La memoria gli è andata in mille pezzi. La settimana scorsa non si ricordava neppure più della sua passione per il ballo. Gli ho portato qualche foto, ma le ha gettate da una parte e ha detto che voleva la Bibbia e una marmellatina di fragole».

«Non sa più che quest'uomo era lui?» chiesi osservando sullo schermo il giovane che rideva e rideva e rideva. «E di nonna si ricorda?»

«Di quando era anziana, sì. Ma tutto ciò che riguarda il passato l'ha perso». Papà mi sembrava esausto. Scivolai fuori dallo studio e tornai tenendo una cosa nascosta dietro la schiena.

«*Ta-daa*. Goditi questa finché non te ne puoi permettere una vera». Aspettai che mi ringraziasse, invece si ripiegò su se stesso. Spostò lo sguardo dalla Ferrari alla lista di studi che aveva sulla scrivania. A tutte quelle croci. «Non intendevo... Non è perché sei in esubero. Non volevo dire...»

«È bellissima» mi interruppe papà. Prese la macchinina e la fece correre sulla scrivania, imitando il rombo del motore. Si stava sforzando, lo sapevamo tutti e due.

«Grazie, cucciola» disse infine, mentre la macchinina faceva un'inversione a U nei pressi del faldone e parcheggiava accanto al mouse.

Appoggiando il mento sul palmo della mano, papà tornò a concentrarsi sulle foto. Fece un *clic* e al posto dei ballerini apparve l'immagine di un picnic sotto la pioggia: una giovane coppia e una coperta, e l'unica traccia di sole era sui loro volti, raggianti. La mano del nonno stringeva la spalla della nonna. Stavano uno appoggiato all'altra e le loro teste si toccavano.

«Perché mamma lo odia così tanto?» chiesi. «A me sembra una brava persona».

Papà si schiarì la voce. «Non è che lo *odi*».

«Ma che cosa è successo, papà? Non capisco. Perché non possiamo andare a trovarlo?»

«Be', c'è stata una...»

«Discussione. Questo lo so. Il giorno del McDonald's. Ma per che cosa?»

Papà si schiarì la voce una seconda volta. «Non pensarci, cucciola».

«Ma io voglio sapere».

Per un attimo mi sembrò che stesse per cedere, ma poi mormorò: «Certe cose è meglio lasciarle al passato».

«Certe cose del tipo?» chiesi, ben sapendo che rischiavo di tirare troppo la corda.

«Adesso non è il momento, Zoe».

«Ma perché tutti questi segreti? Qual è il problema?»

«Senti, è inutile riparlarne ancora» scattò papà. «Alla mamma non farebbe piacere».

«Ma *perché*?» chiesi seccata. «Che cosa ha fatto di così terribile?»

«Basta!» esplose papà. «Sul serio, Zoe. Capisci quando è ora di smetterla!»

Ferita, mi precipitai fuori dallo studio. Recuperai il cellulare e rilessi la risposta a Max in cui dicevo che non potevo andare a casa sua. Decisi di non premere il tasto *Invia*. Premetti invece *Cancella*. Stuart, se mamma e papà potevano avere i loro segreti, allora potevo averne anch'io. Con gesti pieni di rabbia digitai due soli caratteri.

Sì.

Zoe x

Via dei Narratori, 1
Bath

3 dicembre

Ciao Stuart,

tra poco è Natale. O quasi. Già da novembre, in Inghilterra, in tutti i negozi si ascolta *Jingle Bells*. E il primo dicembre città grandi e piccole installano le luci natalizie. Ho controllato su Google per ben tre volte senza riuscire a trovare alcuna informazione sul Natale nel braccio della morte. Comunque, scommetto che le guardie non vi permettono di appendere la calza nelle celle. Anche se la prigione ha l'albero di Natale, probabilmente non si respira una grande aria di festa quando si è costretti a mangiare sbobba dietro le sbarre. Immagino anzi che in questo periodo dell'anno ci si senta ancora più tristi.

È ciò che mi ha detto Sandra ieri. Ha telefonato di nuovo. Il mio cuore ha perso un paio di battiti quando ho letto il suo nome. Per la verità, non volevo affatto rispondere ma poi ho pensato che avrebbe potuto chiamare sul telefono di casa, parlare con mamma e invitarci da lei. Ho risposto proprio all'ultimissimo squillo mentre tornavo da scuola. Stavo camminando sotto gli angioletti fatti di flebili lucine che brillavano a intermittenza nella via principale vicino alla chiesa.

Sandra mi ha detto che stava passando una giornata difficile. Forse si aspettava che le proponessi di andare a trovarla, per poterci crogiolare insieme nel ricordo di suo figlio. Invece le ho detto che dovevo preparare qualcosa per un concorso di torte. È stata l'unica cosa che mi è venuta in mente perché in quel momento avevo in mano un pezzo del pan di spagna che avevo preparato durante la lezione di Scienze alimentari.

«Un concorso di *torte*?» ha ripetuto lei.

Di punto in bianco mi sono fatta prendere dal panico e ho temuto che il mio atteggiamento potesse insospettirla.

«Sarà una cosa semplice» ho aggiunto in fretta. «Niente glassa. Probabilmente noiosissima».

«In bocca al lupo» ha risposto incerta. «Verrai ancora a trovarmi prima di Natale, vero? In questo periodo dell'anno è tutto molto più difficile. Pensare che lui è sotto terra mentre il resto del mondo è... Comunque, mi farebbe tanto piacere vederti».

«Anche a me» ho borbottato. In realtà non ho nessuna intenzione di andare a trovarla, né oggi né domani né qualunque altro giorno della mia vita, ora e sempre nei secoli dei secoli amen.

Forse ti sembrerò spietata, ma non la conosco poi così bene. Contando tutti i minuti, penso che abbiamo trascorso insieme al massimo un paio d'ore, prima del momento in cui, il giorno del funerale, lei si è aggrappata al mio braccio lasciandomi i segni delle unghie sulla pelle, mentre piangeva in silenzio accanto alla bara. L'attimo in cui le nostre vite si incrociarono per la prima volta fu così breve che quasi non conta. Ed eccoti la storia, Stuart. Immagina la scena divertente di me a scuola durante la lezione di Scienze alimentari mentre cerco disperatamente di fare il pane integrale.

PARTE SESTA

Alzando gli occhi dalla bilancia, intravidi la chioma castana di Max, seduto nella classe accanto. Il mio stomaco eseguì una bella capriola e atterrò con un tonfo che mi fece tremare persino il cervello. Tutti i pensieri sensati che avevo si rovesciarono come si rovescia il sale, che per tua informazione avevo dimenticato di aggiungere all'impasto. La mia pagnotta fu un vero disastro, piatta e bruciacchiata. Non potei fare altro che buttare tutto. Caso volle che il cestino si trovasse vicino alla porta dell'aula di grafica e Max dovette avvertire la mia presenza, perché mentre grattavo via il pane dalla teglia con un coltello, sollevò lo sguardo dal disegno. Sfortunatamente, lo salutai agitando proprio la mano in cui tenevo il coltello e, inoltre, la tensione mi impediva di sorridere. Quindi, Max mi vide comparire alla finestra brandendo con aria impassibile un'arma contundente, per poi sparire l'attimo dopo.

Lauren non riusciva a credere alle sue orecchie.

«A casa di Max. *A casa di Max*» continuava a ripetere. Io gongolavo del tono di ammirazione che sentivo nella sua voce. «Andrai veramente a casa sua questo pomeriggio?»

«Perché no?» chiesi con leggerezza.

«E tua mamma ti ha dato il permesso?» ribatté Lauren. Aveva il grembiule completamente bianco di farina.

«Non proprio». Le raccontai che avevo mentito ai miei genitori dicendo loro che sarei andata in biblioteca a cercare del materiale sui fiumi per il progetto di geografia. «Se loro hanno dei segreti che non vogliono rivelarmi, allora non mi sento per niente in colpa a non raccontargli i miei».

«È un terreno scivoloso» canticchiò Lauren. Stuart, aveva così ragione! Ma io mi limitai a dare una scrollata di spalle con noncuranza e dissi: «Una bugia piccola piccola non nuocerà a nessuno».

Al suono della campanella, buttai i libri nello zaino e mi precipitai alla tettoia per le biciclette, dove eravamo d'accordo di incontrarci. Mi domandai che cosa diavolo stessi facendo. A casa di Max. *A casa di Aaron*. Per la verità, fui quasi sul punto di fare marcia indietro. Immagina uno di quei conigli del banco frigo del supermercato con addosso l'uniforme della scuola e sul musetto un'espressione di terrore. Poi però arrivò Max, incredibilmente bello, quasi perfetto, e prima che potessi rendermene conto mi ritrovai a seguirlo fuori dal cancello, sperando che tutte le altre ragazze potessero vederci.

Ma non sentirci. Adesso che Max era sobrio, la conversazione non era esattamente sciolta. L'affiatamento della sera del falò era svanito, *puff*, dissolto nel nulla. Eravamo semplicemente due adolescenti con l'uniforme che camminavano svogliati sotto la pioggerellina, senza fuochi d'artificio di cui poter parlare.

«Cosa hai fatto ieri?» chiesi, mentre eravamo fermi alle strisce pedonali ad aspettare l'omino verde.

«Partita».

«Vinto?»

«Tre a due».

«Tre a due» ripetei io nell'istante in cui si accese l'omino verde.

«Perché saluti?» mi chiese Max. Stavo appunto agitando la mano in aria. È una mia abitudine, una cosa che faccio per far ridere Dot, salutare l'omino verde come se fosse una persona in carne e ossa con un vero e proprio lavoro, e non soltanto una lampadina del semaforo.

«Scacciavo un moscerino».

«Ma è inverno».

«Allora una rondine» scherzai, ma Max non capì la battuta.

Quando arrivammo a casa sua e risalimmo il vialetto, feci ben attenzione a non calpestare i coccodrilli. Max aprì la porta di casa. Anche se non c'era alcun bisogno che appoggiassi anch'io le dita sulla maniglia, lo feci comunque perché in biologia abbiamo appena studiato il DNA e di come ne perdiamo continuamente dei frammenti senza neppure accorgercene. Strinsi quindi il metallo freddo chiedendomi quante volte Aaron avesse fatto lo stesso.

«Entri?» mi chiese Max, togliendosi la giacca e appendendola all'attaccapanni dell'ingresso. Con ancora il pizzicore della doppia elica multicolore di Aaron sulla pelle, mi richiusi la porta alle spalle.

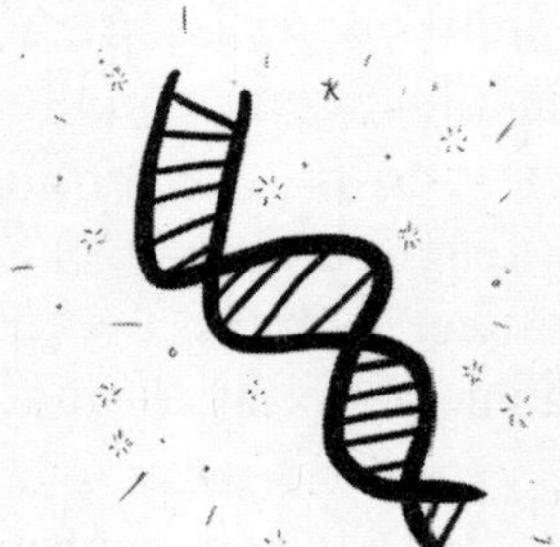

«Allora, ehm, vuoi bere qualcosa? Succo d'arancia?» abbozzò Max. Annuii, cercando di spalancare le orecchie per sentire se in casa ci fosse qualcun altro. Escludendo il ronzio dei termosifoni in cucina, non si udiva alcun rumore. Eravamo soli. Fuori, la strada era deserta.

«Dov'è tua mamma?» chiesi, anche se non era alla sua macchina che stavo pensando.

«Al lavoro» rispose Max riempiendo due bicchieri di succo. La cucina era piccola, c'erano un tavolo nell'angolo e due piante mezze morte sul davanzale della finestra.

«E tuo papà?»

«Non vive con noi».

«Oh certo. Me l'avevi detto. Scusa» aggiunsi. Max si era rabbuiato.

«Nessun problema. Non me ne importa nulla». Mi diede un bicchiere. «Se n'è andato un paio d'anni fa, ormai ci sono abituato». Buttai giù il succo d'arancia tutto d'un fiato. Max fece lo stesso. Quando appoggiammo i bicchieri vuoti nel lavello, i calici si toccarono tintinnando. Fuori, un cane abbaiò. «Mozart. Che nome stupido per un cane».

«Avrebbero dovuto chiamarlo *Bau*thoven» dissi con un sorriso. Non ricevendo risposta da Max, chiesi dov'era il bagno, anche se non avevo alcuna necessità di andarci e sapevo dove si trovava dal giorno della festa.

«Ti faccio strada» mi disse, dirigendosi al piano di sopra. Sulla porta del bagno si fermò a osservare qualcosa accanto allo sciacquone argentato e fece una smorfia imbarazzata. Seguendo il suo sguardo, vidi che dove avrebbe dovuto esserci un rotolo di carta igienica c'era invece un cilindro di cartone. «Ehm, te ne prendo dell'altra».

«Non ce n'è bisogno» risposi. Max spalancò gli occhi. Non avevo intenzione di usare il water, ma lui, effettivamente, non poteva saperlo.

«Sei sicura?»

«Sì. Cioè no. Ne vorrei un rotolo» dissi. Max spalancò gli occhi ancora di più. «Non un rotolo intero» aggiunsi. «Soltanto un pezzo».

Nel caso in cui Max stesse origliando, feci finta di fare pipì. Furbescamente, tirai anche l'acqua e aprii il rubinetto. Vidi la saponetta ridotta alle dimensioni di una moneta da cinquanta centesimi e immaginai Aaron intento a lavarsi le mani. Mi avvicinai al sapone per sentirne l'odore. Mi riempii i polmoni del profumo di Aaron. Raccolsi la saponetta e me la infilai nella tasca del cappotto. Stuart, forse ti sembrerò pazza, ma la gente fa un sacco di cose strane, come in quel programma televisivo che piazza delle telecamere nascoste nei luoghi pubblici. Per esempio, nel bagno di un ristorante elegantissimo, dove una signora di mezza età si è avvicinata all'asciugamani elettrico a passo di fox-trot e ha fatto per svenire sotto il getto d'aria calda dicendo 'Oh, Johnny' come se fosse in una scena di *Dirty Dancing*. Oppure come quando, poco prima che Dot nascesse, mamma mi portò a Londra a vedere un musical e a tutti i costi volle andare nel posto in cui i Beatles avevano attraversato la strada. So che sembra uno scherzo, ma è accaduto veramente, per la precisione sulla copertina di un loro album.

C'erano tantissimi turisti che scattavano foto e rischiavano la vita mettendosi in posa sulle strisce pedonali, cercando di schivare gli autobus rossi. Se i turisti erano storditi, mamma lo era più di tutti loro messi insieme. Che tu ci creda o no, si mise in posa abbracciata a un tizio di Wokingham vestito da John Lennon. Credo proprio che quella donna elegante avrebbe agguantato volentieri il sapone di Patrick Swayze, e che quell'uomo di Wokingham si sarebbe intascato la saponetta di John Lennon. Quindi, Stuart, non penso che prendere la saponetta di Aaron sia stato un gesto poi così strano. Scommetto che anche tu hai fatto qualcosa di bizzarro quando ti sei innamorato di Alice durante quel primo appuntamento al fast food. Magari ti sei portato via una bustina di ketchup e, anche quando in casa l'avevi finito, non ti decidevi mai ad aprirla. Può darsi che quella bustina sia ancora nella tua dispensa, tra la mostarda e la salsa Worcester.

Comunque sia, il tempo fugge ed è meglio quindi che mi infili i pattini. Immagina le mie dita ben bene infagottate per l'inverno e questa lettera completamente ghiacciata sulla quale la mia mano scivola veloce. Basterà dire che in camera di Max l'atmosfera si stava facendo pesante. Nel momento in cui le sue dita stavano per raggiungere la cerniera della mia gonna, sentii che qualcuno, fuori, parcheggiava un'auto. Tutto d'un tratto, *BAM!*, tornai in me.

«Dove stai andando?» mugugnò Max. Ero saltata giù dal letto e mi riordinavo i vestiti.

Finsi di dare un'occhiata al telefono e lo posai sulla scrivania. «Mi aspettano». Infilandomi le scarpe, mi sistemai i capelli con le dita. Qualcuno aprì e richiuse la porta di casa.

«Non devi scappar via» disse Max. «Per la mia famiglia non è un problema che io porti le ragazze a casa».

«Devo proprio andare» risposi, immaginando la faccia di Aaron quando mi avrebbe vista con suo fratello. Qualcuno lasciò cadere una borsa ai piedi delle scale e accese la tivù. «Adesso...»

«Fermati ancora un po'». Battendo la mano sul copriletto, fece finta di rabbrividire. «Ho freddo senza di te...»

«Abbottonati la camicia allora» gli dissi. Eseguì facendo il muso e impiegandoci un secolo, mentre io gironzolavo in mezzo alla stanza. Volevo solo andarmene, ma cercavo di non darlo a vedere.

«Non è bello» disse tutto imbronciato. Finalmente si alzò e scendemmo al piano di sotto.

«Sei tu, Max?» gridò qualcuno sovrastando il suono della tivù. Una voce di donna. Tirai un sospiro di sollievo.

«No, mamma. È un ladro che si sta fregando tutta la tua roba» rispose Max con tono impassibile.

«Oh, ah ah. Spiritoso. Tutto bene a scuola?»

«Come sempre» rispose Max. «Matematica. Noioso. Inglese. Noioso. Scienze. Noioso».

«Vacci piano con l'entusiasmo, ragazzo. Aaron è a casa?»

Trasalii ma mi grattai il naso per dissimularlo.

«No. Probabilmente è da Anna». Si chiamava così, allora. «Ciao» disse rivolgendosi a me. Avevo aperto la porta di casa.

«Non vuoi presentarmi la persona che si aggira furtivamente nel mio ingresso?» chiese sua madre.

«Magari un'altra volta» rispose Max. Fine. Il mio primo contatto con Sandra si era concluso.

Stuart, se fossi stato un vicino ficcanaso di Max saresti rimasto assai deluso perché non successe assolutamente niente quando ci salutammo in giardino. Agitai la mano, Max fece altrettanto e richiuse la porta in fretta. La verità è che fu un po' un flop. Immagina un petardo zuppo d'acqua che non esplode e potrai farti un'idea di cosa voglio dire.

Quando uscii dalla casa di Max, la luna brillava alta nel cielo color indaco. Vorrei tanto poter scrivere che era una luna piena e attribuirle così un significato speciale, ma purtroppo non era né particolarmente luminosa né particolarmente romantica. Quindi, non mi aspettavo affatto che di lì a poco sarebbe accaduto qualcosa di straordinario. Quel qualcosa di straordinario si rivelò essere una vecchia macchina azzurra ferma al semaforo vicino alla chiesa. Un piccione arrivò volando da chissà dove. Mi abbassai di scatto perché stava per colpirmi in testa. Quando mi rialzai, qualcuno suonò un colpo di clacson. Cercando di abituare gli occhi alla luce abbagliante dei fari, mi resi conto che era Aaron. Ebbi una scarica di adrenalina.

«Ragazza-Uccellino!» gridò dalla macchina. «A spasso coi piccioni!»

«Attaccata dai piccioni» lo corressi.

«Be', meglio che ti dia un passaggio, allora!»

Credo di non aver neanche risposto. Mi limitai ad attraversare di corsa la strada proprio nel momento in cui il semaforo diventò verde e un uomo alla guida di un furgone gridò infuriato sporgendosi dal finestrino. Con la mano alzata in segno di scusa, mi tuffai a capofitto dentro DOR1S. Aaron ripartì a tutta velocità prima che riuscissi a chiudere la portiera. Intrappolata nella cintura di sicurezza, ero finita con la faccia dalle parti del freno a mano e, mentre l'auto accelerava in avanti, andai a sbattere col naso contro la coscia di Aaron. Scoppiammo a ridere.

«Accosta» gli dissi. Avevo i fianchi doloranti e un piede incastrato sotto una gamba. «Mi è venuto un crampo!»

Aaron si fermò davanti al takeaway cinese. «Ciao» disse, quando mi fui sistemata sul sedile.

«Ciao» risposi nel buio. Tra di noi esplose come un fuoco d'artificio. Aaron indossava un paio di jeans sbiaditi e un grosso maglione blu. I capelli biondi non facevano niente di speciale ma mi sembrarono semplicemente perfetti nel modo in cui se ne stavano sulla sua testa.

«Allora dove andiamo?» mi chiese.

In un posto lontano. Avrei voluto rispondergli così, e la prima idea che mi balenò in testa fu Timbuctu, ma naturalmente gli chiesi soltanto un passaggio fino a via dei Narratori, perché sapevo che mamma stava aspettando che rientrassi. Aaron si voltò per controllare che non sopraggiungessero altre auto e ripartì, proprio mentre nel takeaway una donna stava capovolgendo l'insegna sulla porta. APERTO. Si accesero le luci e un dragone verde apparve nella vetrina. Mi fece pensare a mille avventure in terre lontane, e desiderai più di qualunque altra cosa avessi mai desiderato in vita mia che la macchina azzurra fosse magica e potesse portarci dritto a Timbuctu, che all'epoca pensavo fosse un luogo mitico tipo Narnia e non una città dell'Africa dilaniata dalla povertà e dalla fame.

«E via dei Narratori sia» dichiarò Aaron. Naturalmente disse il nome vero della mia via, e mi fece piacere constatare che conosceva il posto e non aveva bisogno di chiedere informazioni per arrivarci.

Una volta papà ha letto un libro sull'adattabilità del genere umano e su quanto siamo incredibili nella capacità di abituarci a qualunque cosa. È così vero, Stuart, se pensi a come la gente si addormenta sugli aerei, senza considerare quanto sia prodigioso essere in cielo e volare più in alto delle nuvole verso il Sudamerica o altri posti del genere, andare in bagno a migliaia di metri lontano da terra o fare pipì sugli oceani. Era la stessa percezione che avevo seduta accanto ad Aaron. Inizialmente fu tutto un *woooahhhh*, ma dopo qualche minuto mi ci abituai ed ebbi la stranissima sensazione che quel sedile fosse davvero l'unico posto in cui avrei dovuto essere. Procedemmo tranquillamente lungo la strada e al semaforo il verde scattò proprio nell'istante giusto, come se il dragone del takeaway avesse soffiato per noi fiamme color smeraldo indicanti la via di casa.

Aaron considerò la mia uniforme.

«Bath High?» chiese. «Ci sono andato anch'io. Mio fratello è in quella scuola».

«Veramente?» chiesi, mantenendo un'espressione interessata sul volto mentre dentro mi si assideravano le viscere. Fegato. Milza. Cuore. Tutto congelato.

«Max Morgan. Lo conosci?» chiese Aaron svoltando a destra. Accelerò lungo una strada deserta, poi rallentò di nuovo e svoltò a sinistra.

«Max...» Un'ambulanza a sirene spiegate sopraggiunse dietro di noi a tutta velocità. Aaron sterzò bruscamente per liberare la strada e inchiodò. Qualcosa di duro sbatté contro il parabrezza. Un piccolo pupazzo rosso appeso allo specchietto retrovisore sbatacchiava contro il vetro. Lo adagiai sul palmo della mano mentre l'ambulanza sfrecciava via e scompariva dietro una curva.

«C'è mancato poco!» sospirò Aaron.

«Questa è...»

«La Miss Scarlett del Cluedo» annuì Aaron. «E i dadi. Tutti all'università avevano quelli brutti di peluche così ho pensato di appendere i dadi veri al mio specchietto. E poi Cluedo è una figata».

«Ti piace Cluedo?»

«Ti piace Cluedo?»

«Lo adoro» rispondemmo all'unisono.

«Molto meglio di Monopoli, in cui si gira sempre in tondo...» disse Aaron.

«Si passa dal Via...»

«Si rubano i soldi alla banca per comprare le case...» concluse. «Tutti rubiamo un po'» protestò davanti alla mia espressione inorridita.

«Io no!»

«Sì, invece».

«Sul serio, io no!»

«Non hai mai rubato dei soldi a Monopoli?» mi chiese. «Allora non hai mai vissuto. Prima o poi ti farò vedere come si fa».

«Certo» dissi con una scrollata di spalle. Il cuore, però, mi si stava sciogliendo.

Apparve il cartello di via dei Narratori a caratteri neri su fondo bianco. Sopra si era accovacciato un grosso gatto marrone. Sul serio, Stuart, in questo preciso istante ne sento uno fuori dal capanno. Miagola nel buio. Quello sul cartello se ne stava buono buono, noi ci avvicinavamo sempre di più e i suoi occhi diventavano sempre più brillanti, ma io non volevo arrivare a casa, non ancora, non avrei voluto arrivarci mai.

«Fermati qui un secondo» dissi.

Aaron fece finta di togliersi un immaginario cappello da chauffeur e accostò davanti al gatto. «Auguriamogli la buonasera».

«Cosa... No... *Aspetta!*» gridai, ma Aaron era già sparito lasciando la portiera spalancata.

«Buona sera, signor Gatto» disse, accarezzando la macchiolina bianca tra le orecchie appuntite della bestiola.

«Lloyd» lo corressi. «È il gatto dei vicini. Insieme con Webber».

«Lloyd Webber» mormorò Aaron. Il gatto saltò giù dal cartello e venne a strofinare la testolina contro la mia gamba facendo delle rumorose fusa. «Il cane dei miei vicini si chiama Mozart» continuò.

Annuii come se mi avesse rivelato qualcosa che ancora non sapevo. «Avrebbero dovuto chiamarlo *Bau*thoven» scherzai senza però metterci il cuore. La risata di Aaron mi rese felice e triste al tempo stesso. Stuart, immaginati le due maschere di tragedia e commedia appese alle costole al centro del mio petto.

«Bellissimi, i gatti» sussurrò Aaron, mentre l'animale scompariva tra i cespugli. «Vero?»

Mi arrampicai sul muretto e fui percorsa da un leggero brivido. «Non saprei. Preferisco i cani».

Aaron si sedette accanto a me. «I gatti sono sicuramente meglio. Più liberi. Come Lloyd, che si è appena lanciato in una nuova avventura».

«Ma se ne stanno sempre per conto loro. I cani sono più socievoli. Scodinzolano e ti corrono intorno».

«I gatti si arrampicano sugli alberi» argomentò Aaron.

«Ma i cani sanno nuotare. E i gatti uccidono gli uccelli, una cosa che io non potrei mai fare».

«Tu e i tuoi uccellini...» disse Aaron, appoggiando un piede sul muretto e le braccia sul ginocchio piegato.

«Li adoro. Sono meglio dei cani e dei gatti e di tutti gli altri animali messi insieme».

«Cos'hanno di tanto speciale?» chiese Aaron, voltandosi a guardarmi come se fosse terribilmente interessato a conoscere la risposta.

Riflettei un attimo. «Be', sanno volare».

Aaron rimase a bocca aperta. «Sul serio?!»

Gli mollai un pizzicotto al braccio. «Non fare lo scemo! Non ti dico più niente se...»

«No, va' avanti» disse con un guizzo negli occhi.

«Be', sanno volare...» Gli lanciai un'occhiata sospettosa ma lui rimase in silenzio. «... il che è incredibile. Voglio dire, immagina, poter spiccare il volo e andare ovunque tu voglia. Come le rondini. È pazzesco quanto lontano riescano ad andare».

«Sono quelle che migrano?» chiese Aaron.

Sistemai le mani sotto le cosce e annuii. «Svernano lontano, piccole creature che sfrecciano impavide sugli oceani. Viaggiano per più di trentamila chilometri, e poi ripercorrono la stessa distanza per tornare indietro quando il mondo è diventato un pochino più caldo. Non so. Mi sembra bello» conclusi senza troppa convinzione.

Aaron mi strinse la gamba e disse: «È bellissimo». Una scarica elettrica mi attraversò la coscia e continuò a ronzarmi in tutto il corpo anche dopo che scostò la mano. «Che cosa fai questo fine settimana?» mi chiese, sforzandosi di avere un tono disinvolto.

Mi sforzai ancora di più nell'articolare la mia risposta. «Sistemerò i libri nella biblioteca dove lavoro. E tu?»

«Devo scrivere un saggio. Una vera barba».

«Anch'io ho un sacco di compiti da fare. Mia mamma mi mette parecchia pressione, sempre a parlare di voti e a ripetermi che devo darmi da fare se voglio iscrivermi a legge».

«Vuoi iscriverti a legge?» mi chiese Aaron, incrociando le braccia.

Arricciai il naso. «Veramente no. Ma mamma e papà sono entrambi avvocati e quindi...»

«E quindi cosa?»

«Be', è un bel lavoro, no?»

«Dipende da che cosa intendi per bello» disse lui. «Per quanto mi riguarda, non riesco a immaginare niente di più brutto. Seduto tutto il giorno in un ufficio. Scartoffie. Sempre davanti a un computer».

Terrorizzata dal fatto che potesse pensare di avere davanti una persona noiosa, dissi: «In realtà, vorrei scrivere romanzi». Era la prima volta che lo dicevo in modo tanto sfrontato e mi sentii subito stupida. «Non che io abbia qualche possibilità di riuscirci, però».

«Ehi, non dire così! Sei troppo giovane per essere cinica».

«Non cinica. Realista. Non ci si può mantenere scrivendo» dissi, ripetendo le parole di mamma.

«Secondo J.K. Rowling si può».

Risi. «Fidati, la mia storia non è fenomenale come *Harry Potter*».

«Quindi stai scrivendo qualcosa? Raccontami».

«Scordatelo!»

«Coniglio». Cominciò a imitarne il movimento del naso mostrando gli incisivi.

«Aaron, quella è una foca».

Abbozzò un sorriso. «Non sarò un zoologo, ma riconosco un fifone quando ne vedo uno».

«E va bene. Si intitola *Burlotto Fasolis...*»

«Bel titolo».

«... e parla di una pelosa creatura blu che vive in una latta di fagioli. Un giorno a un ragazzo chiamato Mod vien voglia di mangiare pane e fagioli, apre la latta e versa il contenuto in una ciotola ma salta fuori Burlotto. E non ho mai raccontato queste cose a nessuno quindi voglio che resti impassibile». Fece come gli chiesi. Letteralmente. Rimase completamente immobile e trattenne il respiro. Alzai gli occhi. «Okay, puoi respirare».

«*Fiu*» sospirò. «Stavo quasi per soffocare». Mi diede una leggera spinta con la spalla, per gioco. «Mi sembra una bella storia».

«E tu, invece, cosa hai intenzione di fare?» chiesi per cambiare argomento. Mi sistemai a cavalcioni sul muretto, per guardarlo bene in faccia.

«Io? Non lo so».

«Tutti sanno cosa vorrebbero fare» esclamai sorpresa.

«Io no».

«Allora, finirai l'università e poi...»

«E poi...» Aaron sventolò una mano in aria. «... si vedrà. Ci penserò su. Non c'è nessuna fretta, giusto?»

Raccolsi un po' di muschio e cercai di immaginarmi Aaron di lì a trent'anni. Serio. Annoiato. Capelli grigi sulle orecchie come papà. Impossibile. Specialmente dopo che balzò in piedi sul muretto tirando su anche me. Mi aggrappai al suo braccio per evitare di cadere.

«Mi piace arrampicarmi sui muri» annunciò all'improvviso.

«Ehm... Anche a me piace arrampicarmi sui muri» assicurai, cercando di mantenere l'equilibrio.

«Mi piace l'inverno, il buio, la pioggia, mi piacciono i gatti, mi piace camminare in montagna e rimanere seduto in vetta circondato dalla nebbia. Per ora mi basta sapere questo. È semplice. E posso fare tutte queste cose gratis».

«Ma hai anche bisogno di soldi» argomentai. «Tutti abbiamo bisogno di soldi».

«Vero. Ma solo quel che basta per vivere. E magari un po' di più per andare all'avventura. Ecco quel che farò dopo l'università. Me ne andrò da qualche parte. Quando ho compiuto diciassette anni mio padre mi ha fatto un grosso assegno perché potessi comprarmi una macchina con la targa personalizzata. Non penso che avesse in mente DOR1S però. Invece funziona benissimo e ho messo da parte il resto dei soldi per poter fare qualcosa di bello».

«*Tutto questo* è bello» dissi senza pensarci, e domandandomi se anche mamma e papà si fossero sentiti così all'inizio, quando si scrivevano lettere d'amore.

«Già» rispose Aaron, rovesciando indietro la testa nella pioggia. «Lo è davvero».

Proprio mentre pensavo che non avrebbe potuto essere più perfetto di così, mi si affacciò alla mente l'immagine di un parcheggio e di due persone che lo attraversavano, si fermavano sotto il lampione e si abbracciavano nella luce gialla.

«Devo andare» dissi tutt'a un tratto. Saltai giù dal muretto. Avevo rovinato il momento. «Mamma mi ha detto che dovevo rientrare per le sei».

Aaron rimase dov'era, in bilico su una gamba sola, le braccia allungate, perpendicolari al corpo. «Meno male che ti ho dato un passaggio. Saresti arrivata in ritardo. A proposito, che cosa ci facevi da quelle parti?»

«Cosa?» chiesi, anche se ci avevo sentito benissimo. Mi aggiustai la gonna, cercando di non incontrare il suo sguardo.

«Perché eri da quelle parti dopo la scuola? Io abito in quella zona».

«Ero andata a trovare mio nonno» mormorai, scuotendo via della polvere immaginaria dalla stoffa.

«In che via sta?»

Siccome non mi venne in mente nessun nome, dissi: «È sepolto nel cimitero vicino al semaforo».

«Oh. Scusa».

«Non fa niente. È in pace». Un po' era vero, Stuart, perché starsene in ospedale e chiedere la marmellatina di fragole non è esattamente la situazione più stressante del mondo.

Aaron balzò sul marciapiede e io aprii la portiera. Gli si contrasse il bicipite nello sforzo di sollevare il mio zaino. Quando mi porse lo spallaccio, le nostre dita si sfiorarono. Dieci secondi dopo, mi stava ancora porgendo lo spallaccio, e io sentivo sulle mie il pizzicore della doppia elica multicolore del suo DNA.

«Questo è il punto in cui mi dai il tuo numero» sussurrò. «Senza che io te lo debba chiedere». Il mio cuore sobbalzò esultante, ma esitai, pensando alla ragazza dai lunghi capelli rossi. «O magari posso darti il mio? Sai, così possiamo metterci d'accordo per la rapina in banca».

Sorridevo e sorridevo e sorridevo. Siccome non conosco il mio numero a memoria, cacciai una mano nello zaino e cercai il telefono. Libri, penne, un elastico. Frugai in ogni angolo. Graffetta, gomma da masticare, tappo di plastica.

«Non c'è» dissi, confusa. Poi mi ricordai.

«Cosa?»

«Devo... devo averlo dimenticato a scuola».

Aaron estrasse una penna dallo zaino, mi prese una mano e mi scrisse il numero sul palmo. La punta mi faceva il solletico mentre tutti quegli zeri, quei sette, quei sei e quegli otto comparivano tra il pollice e il mignolo lungo la linea della vita, lungo quella dell'amore e lungo le mille altre linee che le zingare leggono per predire il futuro. L'inchiostro nero brillava nella luce della luna ma io non riuscivo a visualizzare altro che il mio telefono nella camera di Max. Sulla scrivania. Con una foto di me e Lauren come salvaschermo. Ritrassi la mano e mi sistemai lo zaino in spalla. Aaron corrugò leggermente la fronte. Avrei voluto tuffarmi in quella piccola ruga e sprimacciarla come un cuscino.

«Tutto a posto?» mi chiese. Stuart, la sua era una domanda da un milione di euro, ma per la seconda volta in quel pomeriggio mi fu risparmiata la pena di rispondere grazie all'arrivo di un'ambulanza.

La stessa che avevamo visto qualche minuto prima.

Stava uscendo da via dei Narratori, la *mia* via, con i lampeggianti accesi.

Ora, Stuart, sono certa che hai sentito parlare di sesto

senso, cioè di quella sensazione che ti fa il solletico al cervello per avvertirti che una persona a cui vuoi bene è in pericolo. Magari anche tu lo senti quando, per esempio, tuo fratello (di cui immagino tu non voglia parlare) ha mal di gola, e pure a te danno fastidio le tonsille. Be', non appena vidi l'ambulanza cominciai a correre. Aaron mi chiamava a gran voce, ma non mi voltai perché percepivo chiaramente quella sensazione. Infatti, quando imboccai il vialetto, di Dot non c'era traccia e Soph era in lacrime.

Mamma era salita sull'ambulanza con Dot, ordinando a Soph di rimanere a casa. Be', non mi stava affatto bene, così chiamai un taxi. Saltammo in macchina e per tutto il tragitto verso l'ospedale, Soph non fece altro che piangere piangere e piangere.

«È caduta» mi disse singhiozzando. «Dalla cima al fondo».

«Di cosa?» sussurrai.

«Delle scale. È rimasta a terra e non si muoveva più e...» La frase restò sospesa nell'aria perché eravamo arrivate all'ospedale, dove un'infermiera dal volto severo ci accompagnò in sala d'aspetto.

Ora, non so se tu sia mai stato nella sala d'aspetto di un ospedale, ma secondo me è il posto peggiore di tutto l'universo. Immagina un sofà mezzo sfondato, un tavolino sporco e appiccicoso, un cestino traboccante di immondizia, un erogatore d'acqua completamente vuoto e una piantcella triste che mi sembrava più malconcia di tutti i pazienti del reparto messi insieme. Nella terra asciutta c'erano un sacco di mozziconi di sigarette, sebbene sulle pareti facessero bella mostra di sé non solo sei cartelli con la scritta VIETATO FUMARE, ma anche un poster sul cancro ai polmoni con tanto di foto di disgustose masse tumorali. Sotto il poster c'era una pila di volantini sull'incontinenza, che spiegherebbe il motivo per cui le infermiere non avevano più riempito l'erogatore d'acqua.

Sentii delle voci provenire dall'altra stanza. Soph scattò in piedi e spalancò la porta, ma non si trattava né di mamma, né di papà, né tantomeno di Dot. Erano soltanto due dottori che ci passarono davanti coi loro stetoscopi intorno al collo e i camici bianchi svolazzanti. Una sirena risuonò lontano. Una barella sferragliò sul pavimento. Da qualche parte uno di quegli aggeggi che tengono sotto controllo il cuore fece *biiiiip*. Pregai con tutte le mie forze che non fosse quello di Dot.

Dopo un secolo, i cardini della porta cigolarono e sulla soglia comparve mamma, con la canotta fuori dai jeans.

«Come sta?» chiesi.

«Sta bene?» sussurrò Soph.

Mamma si lasciò cadere su una sedia. «Si è...»

«Si è cosa?» domandai, aggrappandomi al braccio di Soph.

Mamma fece un profondo sospiro. «Si è rotta il polso».

«Si è rotta il polso?» chiese Soph.

«*Soltanto* il polso?» dissi io.

La porta si aprì di nuovo. Sobbalzammo tutte e tre. Papà aveva con sé una valigetta e indossava l'abito nero costosissimo che usa soltanto per i funerali o per le riunioni con i clienti importanti. Aveva il fiatone e la faccia tutta rossa.

«Ho visto il tuo messaggio! Cosa è successo? Come sta?»

«Si è rotta il polso».

«Oh, grazie a Dio» disse papà.

«Grazie a Dio?»

«Be', da quello che mi hai scritto nel messaggio pensavo che... A ogni modo, sta bene?»

Mamma non alzò lo sguardo. «È tutta colpa mia. Avrei dovuto tenerla d'occhio».

«Non puoi tenerla d'occhio ventiquattro ore su ventiquattro» disse papà con dolcezza. «È impossibile».

«È caduta dalle scale. Deve essere inciampata in un festone. Non so perché ne avesse uno addosso, ma è inciampata ed è semplicemente... *caduta*. Ha perso conoscenza. Non riuscivo a farla rinvenire, Simon, e se ne stava a terra immobile come quella volta, quasi senza respirare e...»

Papà le si accovacciò davanti. «Non è colpa tua, cucciola. Succede».

Mamma annuì incerta, facendo un respiro profondo, mentre papà le accarezzava la guancia. «A te come è andata?» chiese, accorgendosi che papà indossava l'abito. «È andata bene?»

«Ero uno dei due candidati selezionati, ma hanno assunto l'altro tizio».

Prima che mamma potesse rispondere, la luce del corridoio inondò la sala d'aspetto. L'infermiera tenne la porta aperta per far passare Dot, che aveva il polso ingessato e un festone d'argento appeso intorno al collo. Soph fu la prima a raggiungerla. Le si inginocchiò davanti e le parlò con gesti rapidissimi, più veloci di quanto non l'avessi mai vista fare. Non capii quello che disse, ma Dot fece segno di sì con la testa e Soph la soffocò in uno dei suoi rari abbracci. Papà sollevò Dot da terra e la strinse forte forte. Mamma disse: «Attento, Simon» e ce ne tornammo tutti a casa. Stuart, so di interrompermi bruscamente ma sento il gatto miagolare vicino alla porta quindi aspetta un secondo che vado ad aprirgli.

Scusami, ma devo chiudere qui perché è impossibile scrivere con Lloyd che mi fa le fusa sulle gambe e si strofina contro la carta. La macchiolina bianca che ha tra le orecchie è più morbida che mai e non ho ancora smesso di accarezzarla e baciarla. Avrei voluto raccontarti di come mi arrotolai una borsa di plastica intorno alla mano per proteggere il numero di Aaron mentre facevo la doccia. Di come mi raggomitolai sotto le coperte con la mano contro l'orecchio e di come immaginai di chiamarlo e di parlargli nel buio. Le parole mi viaggiavano attraverso le vene, sospese in cielo come cavi telefonici. Gli spiegai del perché il mio telefono si trovasse nella camera di Max e lui mi spiegò della sua amica e naturalmente ci perdonammo a vicenda e rimanemmo a parlottare tutta la notte. Attraverso i polsi, ci sussurrammo paroline dolci al pallido chiarore di quella luna che non era né particolarmente luminosa né particolarmente romantica.

Zoe x

Via dei Narratori, 1
Bath

20 dicembre

Ciao Stuart,

ieri ti ho scritto un biglietto d'auguri, ma non preoccuparti: non ci troverai immagini di allegre famigliole che mangiano il tacchino o di lucine scintillanti o di pupazzi di neve che sorridono felici grazie a dei sassolini che il tempo non potrà mai scalfire. Nessuna di queste atmosfere di festa mi sembrava appropriata, così ti ho disegnato un uccellino, un nibbio rosso in volo sopra la tua cella che, a quanto dice Google, dovrebbe avere più o meno le dimensioni del mio capanno per gli attrezzi, anche se da te non ci sono annaffiatoi, giacche, scatole di mattonelle che ti tagliano le cosce. E di certo nella tua cella non senti l'odore delle vecchie scarpe da ginnastica di papà. A dire il vero, non c'è molto in una cella, se non un letto con il materasso sottile sottile sistemato in un angolo e una tazza sul lato opposto. Secondo me non è molto igienico e dovresti mandare una lettera di reclamo a chi si occupa dell'antinfortunistica. O magari scrivere un'agguerrita poesia di protesta.

La settimana scorsa ho letto la tua poesia intitolata *Verdetto*. Il secondo verso dice che non hai pianto quando il giudice ha pronunciato la parola 'colpevole'. Non hai gridato dalla rabbia nel momento in cui tuo fratello ha esultato. Non hai urlato di terrore mentre ti accompagnavano in cella. La tua mente fluttuava su tutto e tutti e dall'alto riusciva a vedere soltanto un uomo in manette. So esattamente cosa intendi, sul serio, perché ieri anche la mia mente volteggiava sulla quercia insieme a un piccione e da lassù osservava una ragazza col cappotto nero intenta a scrivere su un biglietto rettangolare bianco.

Ero assente mentre andavamo alla tomba, ero assente quando abbiamo depositato le corone di fiori ed ero assente anche nel momento in cui Sandra ha toccato la lastra di marmo e a una a una ha sfiorato con un dito le lettere dorate.

«Non ti dimenticheremo mai» ha sussurrato. Stuart, mentre Sandra leggeva il biglietto riuscivo a vedere i suoi occhi castani che mi guardavano fisso. «Sarai sempre nei miei pensieri e nel mio cuore. Buon Natale, figlio mio adorato».

Quando è stato il mio turno di parlare, ho mosso labbra che non sentivo più mie. «Buon Natale». Le parole sul coperchio della bara si sono fatte incandescenti, il calore bruciante della verità saliva dalla terra e io mi sono sentita avvampare in viso.

Avrei voluto essere altrove. Non sarei mai andata al cimitero se Sandra non fosse inaspettatamente comparsa a casa mia nel pomeriggio. Ha suonato il campanello tre volte.

Dalla mia stanza l'ho sentita chiedere: «Zoe è in casa?» Mi sono irrigidita.

«Ehm...» Mamma era spiazzata. «Sì. Sì, è qui. Ti fa piacere entrare un momento, Sandra?»

«No, grazie. Voglio solo parlare un attimo con Zoe».

Quando mamma ha cominciato a salire le scale, mi sono buttata a terra per capire se avrei potuto nascondermi sotto il letto, ma lei ha fatto capolino dalla porta prima che riuscissi a volatilizzarmi. Naturalmente sono scesa di sotto, mi sono mostrata gentile con Sandra e ho acconsentito ad accompagnarla a visitare la tomba, anche se dentro di me urlavo 'NO!' talmente forte che mi è parso incredibile che lei non sentisse.

«Sei sicura, tesoro?» mi ha chiesto mamma, preoccupata. Ho cercato di farle capire con lo sguardo che non avrei voluto andarci.

«Certamente» s'è intromessa Sandra. Era ancora più magra, Stuart. Il suo volto sembrava un teschio, le mani erano pelle e ossa, e nei capelli non c'era più traccia delle mèches mogano. «Anche Zoe vuole vederlo, vero?» Non sono riuscita a contraddirla, ho deglutito e annuito. Facevo fatica a respirare, mi sentivo pervadere dalla rabbia e dal senso di colpa al tempo stesso. Quei due sentimenti andavano formando un unico grumo nel mio stomaco, che ha cominciato a farmi male. Il dolore non mi è ancora passato, anzi, lo sento palpitare piano nell'intestino.

Può essere che lui abbia scritto la verità anche nelle mie viscere. Stuart, so che ti sembrerà assurdo, ma è quello che sento a volte: come se le sue parole mi attanagliassero dentro, piaghe rosse e gonfie che, forse, sanguinano persino. L'unica strada per liberarmene, e per calmare l'angoscia, è metterle nero su bianco, raccontandole a te. Anche se stasera sono stanca, ti scriverò ugualmente, a cominciare dal giorno dopo l'incidente di Dot.

PARTE SETTIMA

Mentre me ne stavo in bilico sul gradino della veranda, cercando di prepararmi psicologicamente ad affrontare quel tempaccio, mamma si offrì di darmi un passaggio a scuola.

«Ci manca solo che tu ti prenda il raffreddore, oltre a tutto il resto».

Aveva il viso emaciato e borse violacee sotto gli occhi. Pioveva a dirotto, autentica pioggia inglese che scendeva a linee tratteggiate, e non a puntini, da nuvoloni neri come la pece. Mamma guidava così lentamente che un vicino suonò il clacson perché ci togliessimo di mezzo. Mamma sussultò borbottando qualcosa a mezza voce. Era di pessimo umore, come se avesse passato la notte a girarsi e rigirarsi nel letto senza riuscire a chiudere occhio nemmeno per un secondo.

I tergicristalli sbattevano forte e le ruote schizzavano acqua dalle pozzanghere. Vidi Lloyd correre sul marciapiede con il pelo tutto appiccicato alle ossa, e mi sembrò grosso la metà del micione che si era adagiato sul cartello. Sentii un tuffo al cuore e con tutte le mie forze desiderai di poter essere nuovamente sul muretto e dire 'Almeno i cani non sono così stupidi da uscire a passeggio sotto la pioggia'. Mi domandai per la centesima volta se Aaron avesse visto il mio cellulare e se i due fratelli avessero cominciato a litigare, e magari uno avesse pure finito per assestare un pugno all'altro. Mamma era protesa talmente in avanti che quasi avrebbe potuto appoggiare il mento sul volante. Dot se ne stava allacciata sul sedile posteriore, a fare smorfie di dolore tenendosi il polso. Di tanto in tanto lanciava un'occhiata a mamma per assicurarsi che la vedesse. Quel giorno le aveva permesso di restare a casa da scuola. Ci aveva provato anche Soph, adducendo la scusa del mal di gola, ma mamma le aveva controllato le tonsille prima che uscissimo di casa. «Mi sembra tutto a posto. E poi non hai la febbre».

Quando lasciammo Soph al cancello della scuola elementare, a malapena ci salutò prima di trascinarsi verso l'ingresso. Dot abbassò il finestrino e agitò allegramente la manina che avrebbe dovuto farle tanto male.

Quel giorno, la prima volta che incrociai Max mi trovavo in mensa e, dico sul serio, mi mancò il respiro. Ne fui sorpresa, perché un secondo prima avevo cominciato a inspirare normalmente, ma quando lui arrivò bel bello con un pallone da calcio sotto il braccio e i capelli bagnati fradici, i miei polmoni smisero di colpo di funzionare. Mentre facevamo la fila, con la signora della mensa che strillava continuamente 'Dimmi!', ci scambiammo un sorriso.

«Insalata?» mi chiese Lauren quando misi sul vassoio una ciotola di roba verde. «Tu odi l'insalata».

La guardai con insistenza e risposi: «Niente affatto. Mi piace un sacco».

Lauren sostenne il mio sguardo, assolutamente ignara della presenza di Max. «Durante la lezione di storia mi hai detto che avevi talmente fame che ti saresti mangiata anche tua nonna se te l'avessero servita impanata con un contorno di patatine e piselli». Max sorrise divertito della mia espressione mortificata, ma decisi comunque di lasciare l'insalata e prendere un piatto di cibo vero.

Passai il resto del pranzo con Lauren nella nostra classe, dove i termosifoni buttavano aria calda a manetta. Scarabocchiando le pagine del diario, le raccontai per filo e per segno di Max, ma non di Aaron. Rise per la scena della carta igienica. Enfatizzai il momento d'imbarazzo nell'ingresso, con sua madre. In un certo senso, sentivo quella con Max come una storia più da raccontare, meno personale. Quella con Aaron, invece, era troppo intima perché riuscissi a parlarne ad alta voce. La festa, il falò e il giro in macchina, tutto era accaduto dentro una rassicurante cornice d'oscurità e mi risultava quindi più difficile da tirar fuori, specialmente in un'aula scolastica illuminata dalle luci al neon in cui alcuni nostri compagni stavano giocando a frisbee. Lauren disegnò una casetta, io stilizzai una faccina sorridente, lei aggiunse un cuore e io una specie di cane e un gatto con le code attorcigliate in un bel fioccone.

«Carini» sbadigliò Lauren rovesciando indietro la testa. Proprio in quel momento il frisbee si materializzò dal nulla e la prese in pieno sul naso.

Lauren entrò in infermeria e io rimasi fuori ad aspettarla. Presi un volantino che parlava di gravidanza in età adolescenziale. *Come dirlo ai tuoi genitori*. Sentii un rumore di passi alle mie spalle. Mi voltai e vidi che Max stava sbirciando il volantino. Spalancò gli occhi tutto allarmato, anche se noi non eravamo arrivati neppure lontanamente vicini a correre quel rischio.

«Ho ricevuto una visita da un certo Gabriele. Circondato di luce. Due ali enormi».

Max mi guardò prima perplesso, poi divertito. «Non capisco sempre le tue battute, ma mi piace che tu le faccia».

Si buttò a sedere sul pavimento e allungò una gamba. Aveva la camicia tutta sporca di fango e il profumo del suo dopobarba si mescolava all'odore di erba e di pioggia. Tre ragazze di prima ci passarono davanti proprio mentre Max si abbassava un calzino. Ridacchiarono bisbigliando e aggrappandosi l'un l'altra, in una sorta di adorazione più o meno totale. Max aveva il piede gonfio. Lo sfiorai delicatamente e lanciai un'occhiata in direzione di quelle tre, che infatti mi trafissero con lo sguardo. Gongolai, immaginando il luccichio delle lame che mi arrivavano addosso.

«Mi piace» mormorò Max. Lo sfiorai di nuovo.

«Per caso hai il mio cellulare?» chiesi. «L'ho lasciato a casa tua?»

Max chiuse gli occhi e serrò le mascelle. «Sì. È nel mio armadietto. Ci vediamo lì dopo la scuola?» Nella sua voce, nulla mi diceva che suo fratello avesse trovato il telefono. Anche esaminandogli il volto da vicino, non vidi traccia di contusioni.

Naturalmente, al suono della campanella non avevo la benché minima intenzione di baciarlo, ma non ebbi molta scelta. Stuart, immagina una bocca che si attacca con forza alla tua e due mani che ti spingono vigorosamente contro il muro. Ora che ci penso, può essere che purtroppo tu abbia già provato quest'esperienza. Ho sentito parlare di quel che succede nei penitenziari maschili. Sebbene cercassi di protestare, Max incollò le sue labbra alle mie e le parole si persero nella saliva. Comunque, non mi sforzai più di tanto per recuperarle.

Quella sera mamma e papà cominciarono un'altra lite che continuò per tutta la settimana, in cucina, in salotto e persino in bagno mentre mamma si lavava i denti. Li sfregava talmente forte che pensai le sarebbero caduti tutti quanti. Papà insisteva che mamma si trovasse un lavoro e lei si rifiutava categoricamente.

«Ma adesso che sono più grandi hanno meno bisogno di te!» ripeté papà per la ventesima volta, riuscendo così a svegliarmi. Era sabato mattina.

«Guarda cos'è successo a Dot!» ribatté mamma, sputando con forza nel lavandino. «Bisogna che io rimanga a casa!»

«E per chi, esattamente?»

«Cosa vorresti insinuare?»

«Le ragazze sono a scuola, Jane, e se durante il giorno non hanno bisogno di te, allora per chi devi rimanere a casa, eh?»

Mamma aprì il rubinetto.

«Sono una mamma, giusto? Il mio lavoro è qui!»

«Puoi essere mamma e al tempo stesso lavorare in ufficio. Part-time, magari. Non devi essere a casa tutto il santo giorno. Una volta riuscivi a conciliare le due cose».

«E poi cos'è successo, eh?» gridò mamma. Non avevo idea di che cosa intendesse dire. Mi misi a sedere sul letto e rimasi in ascolto. «Cos'è successo quando ho ripreso a lavorare, Simon?» Sentii un rumore di vetro contro le piastrelle. Mamma aveva spalancato la porta della doccia. «Non rischierò un'altra volta. E adesso puoi uscire per favore così finisco di prepararmi?»

Soph comparve in fondo al mio letto in pigiama, con i capelli tutti scompigliati.

«Non c'è più amore tra quei due».

Quando mamma aprì la doccia a palla, mi tirai il piumone sulla testa, ben decisa a godermi ancora un po' quel calduccio prima di cominciare il turno in biblioteca. «Sì che ce n'è» dissi, non troppo convinta. «È solo sepolto».

«Sepolto sotto cosa?»

«Preoccupazioni. Soldi, lavoro, il nonno...» Lasciai la frase in sospeso, domandandomi se succedesse a tutte le coppie. Come e quando.

Senza sapere perché, mi ritrovai a pensare al nonno e alla nonna delle foto in bianco e nero, e poi vidi mamma come una stella nel cielo, la cui luce argentea si affievoliva a mano a mano che papà si allontanava.

«Non voglio diventare grande» mi interruppe Soph. Era esattamente quello che stavo pensando anch'io. «Mai e poi mai» disse buttandosi sul letto.

«Vuoi avere nove anni per il resto dei tuoi giorni?» chiesi da sotto le coperte.

«No di certo. Nove anni è l'età peggiore».

«Quindi non vuoi rimanere bambina ma non vuoi neanche diventare grande?» puntualizzai.

«Esatto. Voglio essere... cos'è rimasto?»

Mi affacciai dal piumone. «La morte». Scoppiai a ridere, ma Soph non fece altrettanto.

«Sarei un bel cadavere» disse dopo un po', congiungendo le mani sul petto. «Sarebbe bello starsene in una bara per qualche tempo».

«Moriresti di noia».

«No».

«Sì, invece. E poi mi mancheresti un sacco».

Distese le braccia come uno zombie. «Tornerei dal regno dei morti per venirti a trovare» cantilenò in tono lugubre. «Soltanto te, però» aggiunse con la voce di sempre. «Mamma e papà no, e Dot manco per sogno».

All'inizio del turno, mi dedicai agli scaffali della sezione di Storia, sistemando i volumi in ordine cronologico. Proprio come la sera del 5 novembre, non ci fu alcuna dilatazione dell'azione. Un attimo prima Aaron non era in biblioteca e l'attimo dopo se ne stava seduto là, a pochi metri dallo scaffale dietro il quale mi trovavo io. Mi ci aggrappai per non perdere l'equilibrio e sbattei le palpebre una dozzina di volte per assicurarmi che non si trattasse di un'allucinazione. Infilai il naso tra un libro e l'altro e, appoggiandomi sul disegno di una svastica (ero nella sezione Nazismo), osservai Aaron aprire lo zaino, estrarne un taccuino, sfogliarne le pagine, e mettersi a scrivere.

Con una specie di sorriso accattivante stampato in faccia, mi avviai verso il tavolo a cui era seduto, ma all'ultimo momento cambiai idea e tornai di corsa dietro lo scaffale. Avevo la pancia piena di farfalle. Di' pure che sono una fifona, ma avevo paura di balzargli davanti e fare la figura dell'impertinente, specialmente dopo la sera in cui, ottenuto il suo numero, mi ero dileguata nel buio. Oltretutto, non l'avevo chiamato, e non sapevo proprio come scusarmene senza menzionare suo fratello e il bacio lungo cinque minuti che ci eravamo dati vicino agli armadietti, e del quale avevo assaporato fino all'ultimo, umido secondo.

Aaron mordicchiò la penna e poi scarabocchiò qualcosa sul margine del foglio. Quando rialzò la testa, mi abbassai di colpo, aggrappandomi allo scaffale col cuore che sbatacchiava contro le costole. Mi rialzai lentissimamente per tornare a sbirciare tra un libro e l'altro. Ogni muscolo del mio collo era teso per lo sforzo e mi sentivo il respiro fremere nelle narici. Aaron aveva ripreso a scrivere. Gli osservai le spalle larghe sotto la maglietta bianca, che era la cosa più luminosa della biblioteca e quasi certamente del mondo intero. La sua visione mi teneva avvinta come una forza gravitazionale, perché quello splendido ragazzo costituiva se non il centro del mio universo, di certo un'attrazione maggiore che sistemare libri su scaffali polverosi.

Serrando le labbra, mi avvicinai. Lui era talmente assorbito da quel che stava facendo, e i miei nervi erano a tal punto fuori controllo, che lo oltrepassai a tutta velocità senza fermarmi. Cercai goffamente di non calpestargli lo zaino e per poco non gli sfiorai il braccio con la coscia. Mi sembrò di percepire un rumore come di occhi che cadano dalle orbite, con il fumetto che dice *booooiiiiiiing*. Praticamente corsi al bancone e, pur di fare qualcosa, sollevai con mani tremanti lo scatolone dei libri da riportare a scaffale.

Lo rovesciai con troppo impeto. I libri caddero sul bancone con un tonfo fragoroso e da dietro il computer la signora Simpson, la responsabile, disapprovò facendo schioccare la lingua. *Cime tempestose. Casa desolata. La regina dei castelli di carta*. Un libro sul muro di Berlino e una pubblicazione sui rospi.

«Ragazza-Uccellino» sussurrò qualcuno. Mi voltai e vidi Aaron, a pochi centimetri da me. Sorrise quando arrossii.

«Quei libri non ci ritorneranno da soli sugli scaffali» disse la signora Simpson guardandomi dall'alto in basso. Presi due libri a caso e diedi un leggero strattone alla manica di Aaron per fargli capire che mi seguisse.

Casa desolata di Charles Dickens.
D.
Letteratura, primo piano.

Non so se fosse la scala a chiocciola oppure il rumore dei passi di Aaron dietro di me a darmi il capogiro. Arrivati di sopra, mi infilai nello spazio angusto tra due scaffali. Eravamo completamente soli. Arrossii dalla punta dei capelli fino alle dita dei piedi.

«Non hai chiamato» disse lui.

«Lo so» sussurrai. «Mia sorella si è rotta il polso e sono stata un po' impegnata».

«Ti perdono» rispose Aaron, adocchiando *Canto di Natale* sullo scaffale di fronte. «Andrò a vederlo tra qualche settimana. Il musical. Mia mamma lo adora. Ci costringe ad andare tutti a teatro. Max non ne è entusiasta».

«Io adoro il Natale» dissi in fretta, ansiosa di allontanare il discorso da suo fratello. «Il tacchino, i regali, l'attesa e tutto il resto».

«Qual è stato il tuo Natale migliore?» chiese Aaron, appoggiando un gomito sullo scaffale.

«Facilissimo. Quello in Francia. Avevo sette anni, credo, e feci un pupazzo di neve con della...»

«Neve?» finì Aaron.

Sistemai *Casa desolata* al suo posto. «Be', ovviamente. Ma anche con un croissant».

«Hai detto *croissant*?»

«Be', non avevo né banane né altro per fargli la bocca così dovetti arrangiarmi con quel che trovai. Ho mille risorse, sai?» gli dissi.

«Come l'hai chiamato il pupazzo di neve?» chiese lui. «Pierre?»

«No, Fred».

«Molto francese».

«Aveva l'aria da Fred!»

«E come sono i Fred?»

«Allegri» azzardai dopo una pausa. «E vecchi. Gli mettemmo un berretto in testa e infilammo una pipa nel croissant. Finta, naturalmente. Fatta con un bastoncino... Che c'è?» chiesi, dal momento che Aaron mi fissava con uno strano guizzo negli occhi.

«Niente» rispose, ma dal tono capii che qualcosa c'era, ed era qualcosa di bello.

Quando fece scorrere un dito sul dorso di un paio di libri, sentii un brivido corrermi lungo la schiena. Avanzai lentamente verso di lui. Aaron fece lo stesso. Stuart, in quel momento non era rimasta che la distanza di un libro tra di noi. Guarda caso, si trattava di quello sul muro di Berlino, che come sicuramente sai era impossibile da scavalcare. Ci scambiammo un sorriso prima che i nostri volti si facessero seri seri nella vastità di quei trenta centimetri che ancora ci separavano. Col sangue che mi pulsava alle tempie, mi sporsi verso di lui e...

«Mi scusi».

Ci voltammo contemporaneamente, e vedemmo una vecchia signora con la giacca a vento.

«Sto cercando un libro per la mia nipotina che si fermerà da me qualche giorno. Può suggerirmi dei titoli?» Con una smorfia di frustrazione, scesi la scala a chiocciola e raggiunsi la sezione di Letteratura per l'infanzia. Le diedi la prima cosa che mi capitò a tiro, un libro illustrato dal titolo *Molly la Muu-cca*. La signora sbatté le palpebre. «Mia nipote ha sedici anni. Ed è vegetariana».

Quando ebbi finalmente trovato il libro adatto, la signora Simpson era comparsa fra le poltroncine nel suo cardigan giallino coi bottoni a forma di fiore.

«Zoe, in ufficio ci sono un mucchio di documenti da

sistemare» disse, col suo carré curatissimo che, come un casco di capelli, le incorniciava il viso spigoloso.

«Ma devo riportare questo a scaffale» obiettai, mostrandole il libro sul muro di Berlino. «E la sezione di Letteratura mi sembra piuttosto in disordine».

La signora Simpson seguì il mio sguardo. Aaron era ancora alla lettera D, e aspettava che lo raggiungessi.

«Me ne occupo io» disse, tirando su col naso. «C'è bisogno che tu stia in ufficio».

Rimase a fissarmi finché non mi decisi a muovermi. Più veloce della luce, smistai i documenti in tanti plichi, in piedi accanto alla scrivania, terrorizzata che Aaron potesse andarsene senza neanche dirmi ciao. La settima volta che alzai la testa per guardare dal vano della porta, era successo proprio quel che temevo. Non era più seduto al tavolo e anche la sua borsa era sparita.

Mi lasciai cadere su una sedia, ma nel preciso istante in cui vi atterrai sentii bussare alla finestra. Stuart, mi piacerebbe poterti scrivere che Aaron aveva i capelli scompigliati e che c'era persino una foglia in mezzo alle ciocche, così tu penseresti: 'Aveva scavalcato la siepe e chissà quali altri ostacoli per arrivare da lei'. Però sarebbe una bugia, perché Aaron era semplicemente su un normalissimo marciapiede con le auto che sfrecciavano dietro di lui. La scena non aveva proprio nulla di speciale, ma il mio cuore sembrò pensarla diversamente. Mi sgusciò fuori dal petto e si librò in cielo, una macchiolina rossa in tutto quel blu.

Ci salutammo con la mano. Poi Aaron appoggiò la sua al vetro e io lo imitai. Lui fece una faccia buffa, spalancò gli occhi e sbatté le ciglia per rimarcare quel momento magico. La cosa strana è che stavamo davvero vivendo qualcosa di speciale, lo sapevamo benissimo tutti e due, ed ecco perché le nostre guance diventarono dello stesso identico colore rosso acceso.

Zoe x

Via dei Narratori, 1
Bath

25 dicembre

Ciao Stuart,

è Natale da un'ora e fa talmente freddo che posso vedere il vapore del mio fiato. Sono molto contenta di aver ritrovato cappello, sciarpa e la giacca di papà. Non mi fermerò a lungo perché ho già le dita mezze congelate e Dot si alzerà certamente all'alba per vedere se è passato Babbo Natale. Volevo comunque che sapessi che ti penso, e che spero tu stia dormendo profondamente come Gesù bambino, anche se a differenza di lui hai quella cicatrice e la testa rasata, e nessuno ti porterà oro, incenso e mirra. Non preoccuparti, non ti perdi granché. Nell'ora di religione ho scoperto che la mirra è una specie di resina appiccicosa prodotta da un albero, e secondo me il terzo Re Magio è stato un po' meschino a regalare escrementi di quercia al Salvatore del Mondo. Sarebbe stato meglio se avesse attraversato il deserto in groppa al suo cammello portando qualcosa di più tradizionale, per esempio dei cioccolatini a forma di renna come quelli che troverai dentro la busta.

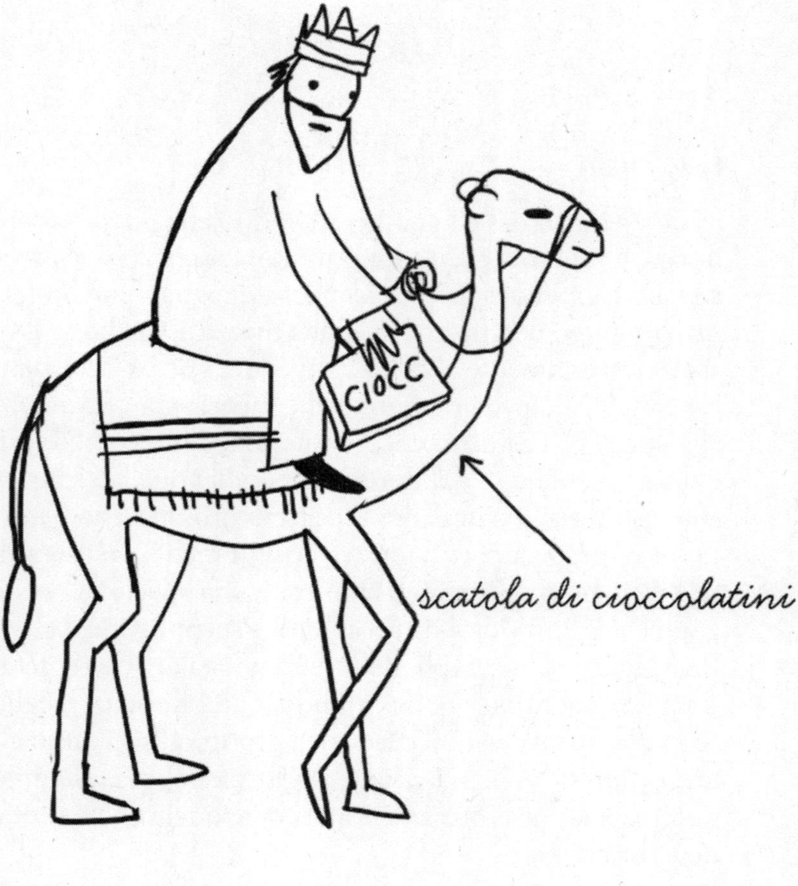
CIOCC
scatola di cioccolatini

Dot era super eccitata, ieri sera, galoppava avanti e indietro in salotto con le mani sulla testa a mo' di corna. La sua contentezza mi ha fatto venire il magone. Forse anche tu hai il magone, Stuart, quando ripensi al tempo in cui tu e tuo fratello mettevate un bicchiere di sherry e un pezzo di torta sul caminetto per Babbo Natale. Adesso, invece, tu sei in prigione e lui è da qualche parte chissà dove, magari con una foto di tua moglie appesa al muro accanto a un albero di Natale ancora spoglio perché non trova la forza di decorarlo.

Ma perdo tempo. Devo assolutamente cominciare prima che Dot si svegli. Siccome è Natale, pensavo di raccontarti dello scorso dicembre. Immagina quindi il giardino completamente gelato, al pari dell'atmosfera che si era creata in casa nostra, perché alla fine papà aveva proprio dovuto lasciare lo studio e stava compilando una domanda di lavoro con mamma che gli soffiava sul collo.

PARTE OTTAVA

«*Ne* non ha l'accento».

Papà tamburellò con le dita sulla scrivania. «Sì, invece».

«Solo quando è negazione: né questo, né quello. Per il pronome non devi usare l'accento».

Papà schiacciò il tasto cancella. «Perché non fai domanda tu per questo lavoro invece di correggere me? È il tuo campo».

Mamma si chinò sulla tastiera e digitò la parola corretta. «Ne abbiamo già discusso. Non ho nessuna intenzione di riparlarne». Prese tre tazze sporche e uscì dallo studio.

La casa era più linda che mai, i rubinetti in bagno luccicavano e i mobili profumavano di cera. Non si poteva sgarrare sull'ora di andare a dormire e i compiti ci venivano controllati più meticolosamente che mai. Mamma mi costrinse a rifare il saggio di storia e a includere i fatti che avevo tralasciato in merito alla Guerra Fredda, che secondo me fu proprio esagerato da parte sua perché, da quanto ho potuto capire, non successe granché in quegli anni tra Russia e Stati Uniti. Immagina un incontro di boxe durante il quale i due avversari se ne stanno seduti tutto il tempo agli angoli opposti del ring a mostrare i muscoli senza mai cominciare a combattere.

Mamma obbligava Dot a fare gli esercizi di lettura delle labbra praticamente tutti i pomeriggi dopo la scuola, finché un giorno papà le disse di darci un taglio.

«Come faccio a darci un taglio se tu non mi concedi alternative?»

«Dot è sfinita» ribatté papà. La mia sorellina si era infatti accasciata sul bracciolo della poltrona con le mani penzoloni. «Dai, Jane. Per oggi può bastare».

«Fa solo finta» disse mamma, rimettendo Dot a sedere.

«Siete lì da più di un'ora!»

«Un'ora e ventidue minuti» borbottò Soph seduta al pianoforte. Batté energicamente sui tasti facendone uscire un accordo minore così triste e desolato che la presi per mano e la trascinai di sopra nell'armadio di mamma e papà.

I vestiti di mamma oscillarono sulle grucce mentre buttavamo all'aria le scarpe per metterci comode. Aprii l'astuccio e diedi a Soph la mia stilografica preferita per consolarla.

«Che c'è?» le chiesi nel buio. Era un venerdì sera quasi senza luna e quindi dentro l'armadio era proprio buio pesto. Presi un pastello e aspirai profondamente. Soph esitava, mordicchiandosi un labbro. «E va bene, facciamo un patto. Tu mi dici il tuo segreto e io ti dico il mio».

Ci pensò su un attimo e poi farfugliò: «Mi dicono sempre le parolacce».

«Chi?»

«Tutte le bambine della mia classe. Tutte. E stasera fanno un pigiama party con seduta spiritica e Porzia vuole chiedere al fantasma di rivelare a tutte i miei segreti».

«Ne hai parlato con le maestre?» Mi guardò come se fossi fuori di testa. Allora le afferrai le mani, lasciando che il pastello andasse a finire in una scarpa di papà. «Devi dirlo a qualcuno». Soph storse il naso. «Devi» ripetei più risoluta. «Almeno a mamma o a papà se non vuoi parlarne a scuola».

«Okay» sussurrò, annuendo senza convinzione. «Se le cose peggiorano. Magari a mamma».

Toccava a me parlare, così le raccontai di Max.

«Continua a chiedermi di vederci agli armadietti dopo la scuola».

«E tu ci vai?»

«È Max Morgan, sai? Non si può dirgli di no».

«Cosa succede quando vi vedete?»

Alzai gli occhi. «Cosa pensi che succeda, Soph?»

«Quindi sei la sua ragazza o non proprio?» mi chiese, aspirando la penna stilografica.

«*Non proprio*. Non mi ha chiesto di uscire o cose così».

«Quindi vi baciate e parlate e...»

«Non parliamo. Ci baciamo e basta. Non tutti i giorni. Quando gli va. Penso di piacergli, però».

«E tu? Ti piace?»

«Sì...» risposi, pensando a quei capelli castani, a quegli occhi scuri e al sorriso sbilenco che faceva morire di invidia le altre ragazze quando era diretto a me.

«Allora perché non gli chiedi tu di uscire?» suggerì Soph. Anche se borbottai qualcosa a proposito di mamma, Stuart, non era quello il motivo per cui temporeggiavo, lo sai benissimo.

Aaron era stato in biblioteca altre tre volte dall'episodio della finestra. Lui scriveva e io sistemavo i libri, ma se i nostri corpi fingevano di lavorare, con gli occhi eseguivamo una specie di balletto segreto. I nostri sguardi si cercavano e si sfuggivano. Si cercavano e si sfuggivano. Si cercavano, indugiavano, battito di ciglia, battito di ciglia, battito di ciglia... finché non ci scambiavamo un sorriso timido, e ricominciavamo tutto da capo. Parlavamo anche, di tutto e di niente, sussurrando tra gli scaffali o al suo tavolo. Una volta ci parlammo anche nell'atrio, mentre appendevo gli avvisi del gruppo di lettura. Non gli chiesi della sua ragazza e Aaron non la nominò mai. Sinceramente non avevo idea di che cosa fossi per lui, così decisi di lasciare che la situazione evolvesse da sola per un po'. E vedere quel che sarebbe accaduto. Mi dicevo che non c'era nulla di male. Se tra me e Aaron non succedeva niente di fisico, e se non accordavo un'esclusiva a Max, allora non stavo facendo nulla di male.

Il 19 dicembre feci l'ultimo turno in biblioteca prima di Natale. Aveva nevicato parecchio, quasi quindici centimetri di neve candidamente bianca e soffice come i batuffoli d'ovatta che si userebbero su un biglietto d'auguri per ricreare la vera atmosfera del Natale. Ogni volta che la porta girevole si metteva in movimento, alzavo lo sguardo, sorridendo fiduciosa, ma Aaron non arrivò né alle nove, né alle dieci e neppure alle undici. Siccome non comparve nemmeno a mezzogiorno, mi accasciai davanti al computer e, col berretto di Babbo Natale che mi cadeva moscio sulla fronte, cominciai a digitare numeri su numeri per completare le statistiche dei prestiti.

«Puoi andare» mi disse la signora Simpson quando l'orologio segnò l'una.

«Finisco» dissi io, fingendo di studiare le statistiche. «Devo ancora inserire qualche dato».

«Ci penso io».

«No, davvero, non mi pesa» insistetti. Se il mouse fosse stato un topolino in carne e ossa, Stuart, avrebbe squittito tanta era la forza con cui mi ci aggrappai. La signora Simpson posò la tazza di caffè e mi cacciò via.

«Vai. Tuo padre ti starà già aspettando. Oh, Zoe?» Rivolgendomi uno dei suoi rari sorrisi, premette il badge che aveva appuntato con cura al cardigan. Il cartellino si illuminò e fece *Oh oh oh* mentre la signora Simpson mi salutava con la mano.

Poiché la biblioteca è in centro, a quell'ora le strade lì intorno erano stracolme di turisti e di gente a caccia di regali di Natale. Mi avviai sospirando, seccata che papà fosse in ritardo.

«Zoe?» sentii una voce alla mia destra. «Zoe!»

Aaron agitava le braccia nel bel mezzo del giardino della biblioteca. Indossava un cappotto e dei guanti spaiati.

«Ci sei allora! Pensavo non venissi più... Ciao!» esclamai, senza riuscire a nascondere la contentezza.

Aaron mi fece cenno di avvicinarmi. «Carino il berretto».

Gli diedi un colpetto riuscendo a farlo finire tutto da un lato, col pompon penzoloni sul mento. «Grazie».

«Ed è la *mise* giusta per la tua sorpresa... Buon Natale!» disse, indicando qualcosa ai suoi piedi.

«Ehm... Buon Natale» risposi incerta, non sapendo come interpretare l'ammasso di neve che gli arrivava alla vita.

«Avrebbe dovuto essere più grande. E non sono riuscito a trovare né berretto né pipa». Mi guardava con un'espressione disperata. «È Fred! Il tuo pupazzo di neve francese, Fred». Estrasse un croissant da un sacchetto di plastica e lo sistemò al centro di quell'enorme palla di neve. «*Voilà!*»

«Ma la testa dov'è? E gli occhi? E il naso?»

«Non ho avuto abbastanza tempo» borbottò Aaron. Il croissant si staccò e cadde ai nostri piedi. «Oh, santo cielo, tutto questo è patetico, vero?»

«Un po'» risposi, ridendo. Smisi quasi subito, però, perché Aaron mi fissava scuotendo il capo.

«Santo cielo, che risata sexy che hai». Avevo la faccia e le dita dei piedi congelate ma dentro sentivo tanto, tanto, tanto, tanto caldo. «Quel tuo ridacchiare... È ai primissimi posti nella mia classifica dei rumori preferiti in assoluto, insieme allo starnuto di mio padre e allo scrocchiare dei fagiolini».

«Lo starnuto di tuo padre?» ripetei, dato che non trovavo proprio nient'altro da dire. Cercò di imitarlo, facendo '*AAAAA*' forte e '*uuuuu!*' pianissimo e con voce acuta, concludendo l'esibizione con un gesto teatrale delle mani. Annuii con decisione: ero assolutamente d'accordo. «Questo sì che è un signor rumore».

«L'ho sentito ogni notte per anni. Avevamo una gatta, sai? Un mostriciattolo...»

«Non essere cattivo!»

«Non l'hai mai vista! Era grossa, proprio enorme, aveva il pelo folto folto e il muso schiacciato. Le volevo bene, però. Anche mio padre gliene voleva. Cioè, è allergico ai gatti, ma lasciava sempre che gli si acciambellasse sulle gambe così poi starnutiva tutta la sera. Mamma se la prendeva con lui, gli diceva che era uno stupido e gli ordinava di chiudere il gatto in cucina, ma papà rispondeva che voleva un gran bene alla gatta e che la gatta voleva un gran bene a lui, e che quindi era contento così. 'Il vero amore è fatto di sacrificio' diceva sempre papà».

«Anche Gesù diceva così».

«Sì. Ma Gesù non andava a letto con la vicina di casa, rendendo tutte quelle parole sull'amore assolutamente insignificanti».

«Magari sì, invece» mormorai, sorpresa dall'improvvisa nota di amarezza nella voce di Aaron. «Ho sempre avuto l'impressione che la Bibbia tralasci gli episodi piccanti. Gesù era un uomo, no? Andava al bagno. Faceva i rutti». Ammiccai. «Si dava qualche grattatina giù in basso mentre nessuno guardava. Magari ha anche avuto una storia».

«Tu» disse Aaron, calpestando il croissant e piazzandosi proprio di fronte a me, «sei ufficialmente unica». Scossi la testa. «Lo sei, Zoe. Il figlio di Dio che rutta? La pelosa creatura blu chiamata Burlotto?» disse, guadagnando subito un centinaio di punti per essersi ricordato il nome. «Chi altro può immaginare cose simili?»

«Non saprei, ma credo che il rutto di Gesù entrerebbe nella mia lista dei rumori preferiti in assoluto».

Aaron scoppiò a ridere. Sentii il suo fiato caldo sul viso. «E cos'altro?»

Arricciai il naso e ci pensai un attimo. «Il rumore delle ali di un uccello che si alza in volo. È un bellissimo suono».

«Il suono della libertà».

«Esattamente» risposi, stupitissima che avesse capito senza bisogno di spiegazioni. «Oh, e sai cos'altro?» chiesi. Tuttavia, non ebbi la possibilità di descrivergli il picchiettio delle zampe di Teschio sul pavimento della cucina perché il cellulare di Aaron cominciò a suonare con un trillo che non mi piacque neanche un po'. Fissammo entrambi il nome che era apparso sullo schermo.

ANNA.

«Meglio che vada» dissi bruscamente.

«No. Nessun problema». Quando il telefono smise di suonare, Aaron lo ricacciò in tasca. «Può aspettare... Ma mia madre no» aggiunse con rammarico, lanciando un'occhiata dietro di me. Mi voltai e vidi una donna grassottella coi capelli neri e le mèches color mogano procedere a grandi passi verso la biblioteca guardandoci con interesse. «Le ho promesso che le avrei dato un passaggio fino a casa».

«Certo. Mio padre arriverà tra poco, comunque».

Si chinò per raccogliere il croissant e risistemarlo sul pupazzo di neve, dove rimase. «Ciao ciao, Ragazza-Uccellino».

«Ciao» dissi. Aaron corse verso sua madre e io sorrisi beata, mentre le sue parole mi riecheggiavano nelle orecchie.

Può aspettare.

Be', dopo quella rivelazione non potevo certo resistere e gli mandai un messaggio, anche se riuscii ad attendere fino alla sera così da non sembrare troppo impaziente.

Grazie ancora per la sorpresa. Fred è senza dubbio il miglior non-pupazzo di neve mai visto al mondo.

Non ne sono sicuro, rispose nel giro di qualche secondo. *Hai mai visto il cartone* Pupazzo di neve*? Quando alla fine il bambino si sveglia e trova un mucchietto di neve? Sicuramente è quello il miglior non-pupazzo di neve.*

Neanche per sogno! Si era tutto sciolto. Un mucchietto di fanghiglia. Fred è meglio.

Fred ti ringrazia per le belle parole, ma sa di non poter competere con il pupazzo di neve che È VOLATO FINO AL POLO SUD.

Vuoi dire al Polo Nord?

Fa lo stesso. Polo Sud o Polo Nord. HA VOLATO. IN CIELO.

Ma Fred ha un sorriso di pasta sfoglia. Dovrà pur contare qualcosa...

Eravamo ancora presi nella conversazione quando dovetti indossare gli stivali di gomma e uscire a riempire la mangiatoia degli uccellini per la mattina dopo. Mentre versavo il becchime nel cilindro di rete metallica, sentii il telefono vibrare contro la coscia. Lo estrassi dalla tasca sorridendo.

Mi mancano i tuoi baci ah x

Delusione. Era Max. Sussultai quando arrivò un altro messaggio.

Conta tantissimo, devo ammetterlo. Fai sogni d'oro, Ragazza-Uccellino. P.S.- Fred ti augura la bonne nuit *socchiudendo il croissant x*

Scoppiai a ridere. Non potei farne a meno, anche se nella mia mente si andava formando l'immagine dei due fratelli seduti l'uno di fianco all'altro nella stessa stanza, col cellulare in mano, ignari di mandare messaggi alla stessa ragazza. Mentre la mangiatoia oscillava sul ramo, osservai le stelle. Piacevo ad Aaron e lui piaceva a me. Che fossi o meno la ragazza di Max, non mi stavo certo comportando correttamente nei suoi confronti. Decisi di lasciare che nei giorni a seguire i rapporti tra noi si attenuassero per poi chiudere in modo definitivo dopo Natale.

Sorpresa sorpresa, mamma e papà trascorsero tutte le vacanze a litigare.

«Come puoi sapere dove sono stati allevati quei volatili? Magari scrivono 'Biologico' sulla confezione così i fessi come noi li pagano il doppio...»

«Se c'è scritto 'Biologico' allora è biologico» troncò mamma, scaraventando un sacchetto di carote nel carrello, poi fece per passare oltre. «Esistono delle leggi in materia, dovresti saperlo. Non eri un avvocato?»

«Non lo eri anche tu?» rispose papà. Io li seguivo, arcistufa di tutte quelle discussioni. Considerai le rughe sulla fronte di mamma e l'espressione corrucciata di papà. Guardai le mani di mamma che stringevano forte il carrello e le braccia conserte di papà. Nessuno dei due aveva intenzione di cedere. Seriamente, Stuart, ebbi la sensazione che la Guerra Fredda non fosse affatto finita, ma che anzi stesse continuando nel reparto ortofrutta del supermercato, all'altezza delle patate.

«Senti, è inutile spendere tutti quei soldi per un tacchino adesso che i fondi scarseggiano» continuò papà.

«Scarseggiano solo perché tu non riesci a trovare...» Mamma s'interruppe all'ultimo momento e si concentrò su una confezione di cavolini di Bruxelles.

«Dai» ringhiò papà. «*Dillo*. Abbi il coraggio».

«Pensi che questi bastino?» chiese mamma, soppesando la confezione.

Alla fine mamma fece di testa sua per il tacchino che, nonostante tutto, la mattina di Natale arrostiva dorato e appetitoso nel forno diffondendo un profumino invitante mentre noi ci scambiavamo i regali. Per una volta, anche il nonno ci aveva mandato dei biglietti augurali con dentro dei soldi (anche se la grafia era quella di papà). Papà sorrise raggiante quando Soph infilò la banconota da venti sterline nell'elastico del pigiama chiedendo a mamma se avremmo potuto andare a trovarlo in ospedale, magari il giorno di Santo Stefano. Lei si limitò a spruzzarsi sui polsi un po' del suo nuovo profumo. Poi chiuse gli occhi e inspirò profondamente.

«Babbo Natale è stupido» disse Dot dopo che mamma e papà furono usciti dal salotto per andare a preparare il ripieno. Riusciva a usare i gesti con più facilità da quando le avevano tolto l'ingessatura. «La mia lista non l'ha neppure *letta*».

«Che cosa gli avevi chiesto?»

«Un iPod».

«Ma non puoi sentire la musica!»

«Oppure un telefono in modo da avere qualcosa di meglio di questa». Ci mostrò una calcolatrice rotta e ne schiacciò i tasti tutta triste.

Prima di sera le era già passata, e arrivò correndo in camera mia. Mi chiese se volevo sentire il profumo del suo nuovo bagnoschiuma. Quando la acchiappai e la cacciai nella vasca, annusai l'aria.

«Arancia?» chiesi con i gesti. «O pesca? O frappè di fragola, banana e kiwi?» scherzai. Soph, seduta contro il termosifone con Teschio in braccio, fece una smorfia. Stava cercando di convincerlo ad affrontare un ostacolo fatto con un flacone di shampoo antiforfora e due saponette. Sguazzando nell'acqua, Dot mi raccontò di una ricerca sul futuro che aveva cominciato a scuola, e che la sua classe avrebbe costruito una capsula del tempo riempiendo una scatola con ogni genere di oggetti per poi sotterrarla.

«La cosa che vorrei metterci io è un fiore di tarassaco».

«Un fiore di tarassaco?»

«Per mostrare agli alieni, fra cent'anni, che fiori abbiamo adesso» spiegò Dot. Soph e io scoppiammo a ridere. Dot sorrise tutta contenta in mezzo alla schiuma, ma non credo capisse il motivo della nostra risata.

«Il fiore sarà bell'e che morto tra cento anni» disse forte Soph.

«Sssh!» feci io, ma Soph continuò a sorridere compiaciuta.

«Dot, il fiore marcirà» le disse Soph con gesti eloquenti. Dot corrugò la fronte.

«Non se lo sotterri per bene» la rassicurai, lanciando un'occhiataccia a Soph, che mi mostrò la lingua. «Non marcirà».

«Pensi che agli alieni piacerà?» mi chiese Dot.

La tirai fuori dall'acqua e la avvolsi in un asciugamano. «Un sacco».

Dopo averla asciugata la misi a letto, cercando di ignorare il fatto che mamma e papà stavano litigando, al piano di sotto, su chi dovesse lavare i piatti. Rannicchiata sotto le coperte, le raccontai la storia di un omino verde che viveva dentro un semaforo. Quando la storia finì, Dot mi chiese di raccontargliela ancora una volta.

«Ingorda!» le dissi, facendole il solletico ai fianchi.

«Be', vuoi il tuo regalo di Natale allora?» chiese. Senza darmi il tempo di rispondere, si inginocchiò sulla moquette e prese da sotto il letto un pacchettino avvoltolato in una borsa di plastica.

«Un libro!»

«Non è questo il regalo» rispose Dot, sollevando piano piano la copertina. «I fiori non marciscono, Zoe. *Guarda*». Tra le prime due pagine c'era un fiore di tarassaco schiacciato. «Quel giorno in giardino mi hai detto che sono i tuoi preferiti».

«Sì» dissi io. Stuart, non era più una bugia, perché tutt'a un tratto erano diventati davvero i miei fiori preferiti.

«Buon Natale» disse Dot.

«Buon Natale» le sussurrai. E adesso, Stuart, devo proprio andare quindi tanti auguri di Buon Natale anche a te.

Con affetto,

Zoe x

Via dei Narratori, 1
Bath

1° gennaio

Ciao Stuart,

Be', questa sera avrei voluto alzare in alto il mio bicchiere d'acqua e dirti auguri e felice anno nuovo eccetera eccetera, ma forse non sarebbe stata una buona idea. Probabilmente in prigione non si resta alzati fino a mezzanotte come nel resto del mondo, perché lì non c'è un bel niente da festeggiare. Di solito il 31 dicembre si pensa alle cose positive che sono accadute nell'anno appena trascorso e alle cose belle che ci riserverà quello nuovo, come per esempio finire la scuola, prendere la patente, andare all'università o altre soddisfazioni del genere. Per quanto ne so io, i carcerati non hanno alcun motivo di essere contenti, a meno che nel braccio della morte non si festeggi la mezzanotte perché si è tutti di un giorno più vicini all'esecuzione. O forse alzate le braccia al cielo perché avete vissuto un altro anno, un anno che non pensavate di avere, e perché vivere in un posto piccolo come questo capanno è meglio che non vivere affatto.

Sinceramente, Stuart, questa situazione tanto triste mi ricorda un po' *Canto di Natale*. Se non hai mai letto Dickens o visto la versione dei muppets, lascia che ti racconti. Ai tempi della regina Vittoria, Bob Cratchit era un uomo talmente povero che, il 25 dicembre, la sua famiglia poteva permettersi soltanto un'oca piccolissima. Ciononostante, i suoi bambini la guardavano meravigliati come se fosse enorme e piena di buona carne bianca che li avrebbe nutriti per settimane. Quando veniva servita in tavola, applaudivano persino. Quell'applauso era un tantino esagerato rispetto a ciò che avevano davanti, ed è esattamente lo stesso per te che, con indosso la tuta arancione e stringendo una mano nell'altra, canti *Auld Lang Syne* per festeggiare il frammento di vita che ancora ti resta da passare in cella.

Nel caso te lo stessi domandando, in scozzese *auld lang syne* significa 'in nome dei vecchi tempi', come mi ha detto la prof di geografia, che dovrebbe saperlo dal momento che l'haggis, il pasticcio di avena e frattaglie di pecora, è il suo piatto preferito. Cantiamo questa canzone per ricordare i bei tempi passati con i nostri cari, che è un'interpretazione di gran lunga più affascinante di quella che gli avevo attribuito io. Lauren mi ha rivelato le parole esatte dodici mesi fa, e credo che stasera comincerò da quel punto, con Lauren che ride a crepapelle perché si rende conto che, avendo sempre capito male il testo, pensavo che tutti festeggiassero il Capodanno con una canzone sui problemi di vista di un vecchietto.

PARTE NONA

«*Old Lan's eye*, 'Gli occhi del vecchio Lan'! Pensavi che dicesse così?»

«Sta' zitta» le intimai, colpendola con un palloncino. Stavamo preparando delle decorazioni per la festa a casa sua. Lauren aveva cominciato a invitare gente soltanto quella mattina, dopo l'annuncio di sua madre che il compagno le aveva regalato un viaggio-sorpresa a Londra per il weekend. 'Weekend a luci rosse' mi aveva spiegato poco prima al telefono. 'Scoperanno all'Hilton'.

Gonfiai un altro palloncino.

«Quante persone ci saranno stasera?»

Lauren prese il palloncino, lo chiuse con un nodo e lo buttò nel mucchio che cresceva sempre di più.

«Non ne ho idea. Ho invitato tutti quelli che conosco, però, così spero che ci sarà abbastanza gente. Anche mio fratello ha invitato qualche suo amico». Mi diede un colpetto nel fianco. «Max ha detto che sarebbe venuto». Siccome non risposi, mi chiese: «Sei contenta, no?»

«Sì, sì, certo» risposi con un sorriso forzato. Pensavo alle decine di messaggi che mi aveva mandato durante le vacanze di Natale e ai quali non avevo risposto se non un paio di volte, giusto per essere gentile. Oramai doveva essere evidente che la cosa non mi interessava più così tanto.

«Bene! Perché se non lo vuoi tu, allora me lo prendo io. Sul serio. Prima delle vacanze ho sentito delle ragazze parlare di te nei bagni. Dicevano: 'Oh, santo cielo, è talmente fortunata'; e Becky, quella con il collo stranissimo, raccontava che gli era stata dietro per tre anni. Non che abbia delle chance, questo no, a meno che Max non abbia un debole per i cigni». Sorrisi a quella battuta. «Okay, anche questo è fatto» esclamò Lauren dopo che ebbi gonfiato l'ultimo palloncino. «Lascio la doccia prima a te. È ora che tu ti faccia bella per il tuo Romeo...»

Ora, Stuart, sarai forse stupito che avessi ottenuto il permesso di andare a quella festa. Il fatto è che mamma non aveva assolutamente idea che fossi là. Mi aveva lasciata dormire a casa di Lauren perché le avevo detto che avremmo fatto un pigiama party tra ragazze. E se proprio vuoi saperlo, non mi sentivo per niente in colpa per quella bugia dopo tutti i litigi che mi ero sorbita durante le vacanze.

«Un pigiama party? Per far che?» mi aveva chiesto mamma.

«Metterci lo smalto. Guardare un film» avevo replicato.

«Usa uno smalto chiaro. Tra qualche giorno si torna a scuola. E non guardare cose che non vanno bene, tesoro. Niente film horror o altro. Ho quel cartone del gigante se lo vuoi, eh?»

Qualche ora più tardi, il dvd di *Shrek* giaceva abbandonato sul letto di Lauren e casa sua era piena zeppa di gente, e intendo piena come le valigie che mi porto in vacanza, con la cerniera sul punto di scoppiare perché non sono assolutamente in grado di viaggiare leggera. In cucina, mi unii alla ressa attorno al tavolo delle bevande. Zigzagai tra cinque persone per riuscire a prendere una manciata di patatine e una bottiglia di vino. Quando la stappai, mi balenò davanti l'immagine di mamma, ma mi versai comunque un bel bicchiere che, a dire il vero, faceva la sua figura nel palmo della mia mano, con vino e unghie dello stesso colore rosso rubino intenso.

Partì la musica e tutti cominciarono a ballare, che si trovassero nell'ingresso, in veranda o in salotto, muovendosi al ritmo dei bassi, rovesciando il contenuto di bicchieri di plastica, tazze e persino di una brocca, perché Lauren a un certo punto aveva finito i bicchieri. Agitavano i fianchi e le spalle, ondeggiavano la testa, come se facessero tutti parte dello stesso enorme corpo che riempiva la casa. Per la prima volta in vita mia ne facevo parte anch'io, urlando *wooooo* e agitando le braccia accanto al tostapane, nel bel mezzo della cucina.

È incredibile quel che riesce a fare l'occhio umano: cogliere ciò che succede a lato del nostro campo visivo mentre guardiamo qualcosa che sta davanti a noi. Lauren mi volteggiava sotto un braccio con indosso la sua canotta tutta luccicante, ma con la coda dell'occhio intercettai un cappotto nero e dei capelli rossi come fiamme crepitanti sul carbone. Sul mio radar era comparso un piccolo puntino lampeggiante. Quando mi resi conto di chi fosse mi si attorcigliò lo stomaco: Anna stava entrando in cucina seguita da Aaron, che indossava un maglione extralarge. Era stato sicuramente invitato dal fratello di Lauren, era l'unica spiegazione plausibile. Di colpo mi dimenticai di ballare e rimasi impalata a fissarlo. Dopo tutto quel flirtare. E il *pupazzo di neve*. Strinsi i pugni quando la ragazza gli sussurrò qualcosa all'orecchio e Aaron scoppiò a ridere. Stuart, aveva mentito dicendomi di non avere programmi per Capodanno. A dire il vero, gli avevo raccontato una bugia anch'io perché non volevo sapesse che avrei partecipato alla stessa festa a cui sarebbe andato suo fratello. Ma comunque. Abbattuta, lo osservai sfiorare il braccio di Anna e chiederle se volesse qualcosa da bere, indicando il tavolo pieno di birre, vino e vodka proprio alla mia destra.

NO!

Non so se lo dissi ad alta voce oppure soltanto tra me e me, ma lei annuì e Aaron si avviò verso il tavolo. D'istinto feci per nascondermi, ma dove? Dietro la poltrona nell'angolo? Nella credenza, accanto ai cereali? In preda al panico e col cuore in gola, mi abbassai dietro un ragazzo alto pieno di brufoli proprio mentre Aaron passava accanto a Lauren. Il cuore prese a battermi all'impazzata quando raggiunse il tavolo. Scambiò un cenno di saluto con il tipo brufoloso e mi sentii mancare. Si trovava a un metro di distanza da me e non potevo assolutamente permettere che mi vedesse, primo perché era in compagnia di un'altra ragazza e secondo perché di certo anche suo fratello sarebbe presto spuntato in qualche angolo della casa.

Facendomi piccola piccola, mi allontanai dal tavolo sforzandomi di guardare nella direzione opposta almeno fino a quando Aaron non se ne fosse andato, ma come ebbe modo di verificare anche Orfeo, era molto più facile a dirsi che a farsi. Nel caso te lo stessi domandando, secondo la mitologia greca, per salvare la sua adorata moglie dall'oltretomba, Orfeo avrebbe dovuto condurla per mano senza mai voltarsi a guardarla. Proprio mentre stavano per lasciare il regno dei morti, Orfeo però si voltò e sua moglie scomparve nel nulla. Sfortunatamente, quando lo guardai, Aaron non scomparve nel nulla. Niente affatto. Anzi, si mise in bocca dei nachos ed ero talmente vicina a lui che quasi riuscii a sentirne il *crunch*.

Prese due birre e, facendole ondeggiare, ritornò vicino alla ragazza. Alzandomi sulle punte, vidi che le accarezzò la schiena. Tutto il suo DNA brillava tra le scapole di lei. Mi si riempirono gli occhi di lacrime. A testa bassa, mi feci largo tra la gente, uscii dalla cucina e raggiunsi l'ingresso. Volevo soltanto andarmene, ma proprio mentre mi avviavo su per le scale, qualcuno mi afferrò la mano.

Toccai quelle dita, sfiorai il palmo, raggiunsi il polso e il braccio. Il cuore mi batteva sempre più forte, ma si fermò di colpo quando mi resi conto che quella era la mano di Max e non di suo fratello. Max allungava il collo cercando di guardarmi negli occhi, ma un sacco di gente continuava a salire o scendere lungo le scale, per cui il suo viso mi appariva e scompariva davanti. Gridandomi qualcosa che non riuscii a sentire e stringendomi forte il polso, mi tirò verso di sé. Feci per resistere, ma con uno strattone mi costrinse a scendere qualche gradino e ad avvicinarmi a lui. E quindi anche ad Aaron. Inciampando, versai del vino sulla moquette.

«Andiamo fuori» mimò Max con le labbra.

Conducendomi per mano, Max attraversò l'ingresso. Io tenni gli occhi incollati al pavimento, terrorizzata che ci vedessero. Quando scorsi la porta d'entrata, facilitai le cose a Max accelerando il passo e zigzagando tra gli invitati con più destrezza, ma solo perché avrei voluto scomparire, Stuart. Dovevo andarmene da quella casa, da Aaron e dalla ragazza coi lunghi capelli rossi. Scavalcammo diverse paia di gambe e ci infilammo nei pochi spazi rimasti tra una persona e l'altra, mentre la musica diventava ancora più assordante e il caldo nella stanza sempre più soffocante. Cercammo di guadagnare la veranda percorrendo a fatica la distanza che ancora ci separava dall'uscita.

Finalmente, Max riuscì ad afferrare la maniglia d'ottone. Spalancò la porta e mi diede un altro strattone. Eravamo in giardino. I nostri passi scricchiolarono sulla neve. I ghiaccioli luccicavano sotto i davanzali e i rami spogli disegnavano linee nere contro la luce arancio dei lampioni. Max mi guidò dietro un abete e la casa scomparve dalla nostra vista.

«C'è da impazzire là dentro» dissi con voce innaturalmente monotona.

«Ma qui fuori si sta bene» fece Max, porgendomi il suo cappotto blu. «Tieni. Mettitelo». Mentre mi infilavo le maniche, rovesciai dell'altro vino, che finì sul terreno ghiacciato formando una macchia rossa su tutto quel bianco. «Sono contento di vederti».

«Anch'io» risposi. Un po' era vero, Stuart. Tirandomi a sé sorrise, come sollevato. Naturalmente lo lasciai fare, perché era forte e muscoloso e perché Aaron era dentro con un'altra ragazza. Appoggiai il bicchiere sul muretto e gli misi le braccia intorno al collo. «Passato un buon Natale?»

«Una noia» biascicò Max, andando subito al sodo. Riconobbi quelle labbra morbide e rassicuranti.

Da qualche parte, alla mia destra, qualcuno emise un colpo di tosse. Mi allontanai da Max con un balzo, terrorizzata che fosse Aaron, ma da dietro l'angolo comparve invece un uomo che portava a spasso il cane.

La porta di casa si aprì con un cigolio. Sobbalzai di nuovo. Spostai i rami dell'abete per cercare di vedere qualcosa, ma era soltanto una ragazza che si fumava una sigaretta.

Max mi accarezzò un braccio.

«Sei un po' nervosa».

Esitai, mordicchiandomi un labbro, poi dissi: «Non sarebbe forse meglio andare in un posto più tranquillo?»

Max fece un sorrisetto e mi baciò la punta fredda del naso. «Cos'hai in mente?»

Scostai il viso da una parte, ma Max mi sfiorò il collo con le labbra e mi mise le mani sul sedere. «Ehm... niente... Cioè, qui mi sembra un po' troppo 'pubblico'. E poi sto congelando».

Max rifletté un momento. «Aspetta qui» disse. Corse via prima che potessi ribattere.

Tornò qualche minuto dopo con qualcosa di argentato in mano. Mi mostrò delle chiavi, facendole tintinnare nel buio.

«La macchina di mio fratello è parcheggiata in fondo alla strada».

Rimasi a bocca aperta. «Non possiamo farlo!»

«Rilassati. Per mio fratello non è un problema. Gliel'ho chiesto» spiegò Max, avviandosi.

Non riuscii a muovermi, il cuore che mi batteva a mille. «Gliel'hai *chiesto*? Cosa gli hai detto?»

Max si voltò e prese a camminare all'indietro, facendomi segno di seguirlo. «Gli ho detto che io e la mia ragazza stavamo cercando un posto dove starcene al calduccio. 'Solo per parlare' gli ho detto, ma mio fratello è scoppiato a ridere perché secondo me sapeva benissimo cosa intendevo».

Mi avviai verso di lui tutta agitata. «Gli hai detto chi ero? Hai fatto il mio nome?»

Max fece per rispondere, ma poi esitò. «Perché?»

Dovetti fare uno sforzo enorme, ma riuscii a controllare la voce. «Niente... Be', non voglio rovinarmi la reputazione. Specialmente dopo la questione della foto».

Max mi appoggiò una mano sulla schiena e mi accompagnò con dolcezza fino alla macchina. DOR1S era in fondo alla via. Pensai ai dadi appesi allo specchietto retrovisore. A Miss Scarlett.

«Forse dovremmo tornare alla festa» dissi.

Sentii la lieve spinta della sua mano sulla mia schiena farsi più decisa. «Rilassati. Non c'è niente di cui preoccuparsi. Non ho detto a mio fratello come ti chiami».

«Comunque non penso sia una buona idea».

Max face un sospiro pieno di delusione. «Perché no?»

«Be', è che... non so... penso sia un po'...»

«Dai, Zoe» disse Max, seccato. Non c'era più alcuna dolcezza nei suoi gesti. «Non ti ho vista per tutte le vacanze e sono...»

«Sei *cosa*?» chiesi, puntando i piedi in modo che non potesse più spingermi verso l'auto.

«*Lo sai*» rispose, sforzandosi di apparire disinvolto. «E poi so che vuoi farlo» mi sussurrò all'orecchio.

«Torniamo in casa» implorai. Max aggrottò la fronte, allora aggiunsi: «Cerchiamo una stanza libera». Mi avvicinai di un passo e, odiando me stessa per ciò che stavo facendo, abbassai la voce. Mi costrinsi a dire quelle parole, avrei fatto qualunque cosa pur di allontanarmi dalla macchina di Aaron. «Una stanza con un letto».

Max fece sparire le chiavi in una tasca dei jeans. «Questo sì che è parlare».

Ci avviammo.

Costeggiando il muro, rividi l'abete e la ragazza che fumava. Vidi il vialetto e la porta d'ingresso. La casa brulicava di gente, ed era impossibile distinguere gli uni dagli altri nel buio. Chissà dov'era.

Purtroppo però Aaron non era chissà dove, Stuart. Era proprio davanti a noi, in piedi sulla soglia, rivolto verso la casa. Fissando la nuca di Aaron, spalancai gli occhi dal terrore. Max me lo indicò.

«Quello laggiù è mio fratello».

«Andiamo da questa parte!» squittii. Senza aspettare che mi rispondesse, lo trascinai verso il giardino. Max inspirò profondamente e aprì la bocca. Capii, con un brivido di paura, che l'avrebbe chiamato a gran voce.

«Aaron!»

Non appena Aaron fece per voltarsi, lasciai la mano di Max. Gli vidi un orecchio. Poi il naso. Con un salto di due metri, sparii nell'ombra, alla mia destra.

«Sei già qui?» chiese Aaron. Sentii un suono metallico: Max gli aveva lanciato le chiavi della macchina.

«Abbiamo cambiato idea».

«Abbiamo... chi?» chiese Aaron. Immaginai che ruotasse la testa tutt'intorno per cercare di capire chi fosse l'altra persona. Mi imposi di non guardare, ma i muscoli del collo si misero comunque in movimento, la mia testa decise di voltarsi e questa volta, quando vidi Aaron, desiderai con tutto il cuore che esistesse un oltretomba pronto a risucchiarlo nell'oscurità.

Sporgendosi in avanti, socchiuse gli occhi e allungò il collo per vedere chi fosse la ragazza nascosta nell'ombra con indosso il cappotto di suo fratello.

«Aaron, lei è Zoe» esordì Max.

«Zoe?» ripeté Aaron. Qualcosa nel tono della sua voce mi ferì nel profondo, come dentro le viscere. Uscii dall'ombra, Stuart, perché ormai ero in ballo. «Zoe» disse Aaron ancora una volta. «Sei con mio fratello?»

«Solo stasera» risposi in fretta.

Max mi mise un braccio intorno alle spalle. «Be', e anche tutte le altre sere».

«Le altre sere? Tipo quando?» Rendendosi conto che quella domanda poteva suonare strana, Aaron si nascose dietro un sorriso forzato. «Quanto tempo è che tieni questo segreto, Max?»

«Non tantissimo» replicò Max, contento di essere al centro dell'attenzione. «Solo da settembre».

«*Settembre?*»

Max fraintese completamente il motivo per cui suo fratello era così sorpreso. «Ehi, tutti abbiamo dei segreti. Tu non dici mai una parola della tua...»

«Perché non c'è un bel niente da dire» lo interruppe Aaron. Raddrizzai un po' la schiena. Non sarò stata innocente, ma non lo era neppure Aaron.

«E allora...» Stavo per chiedere 'Anna?', ma pensai che potesse sembrare piuttosto sospetto.

«E allora cosa?»

«La tua ragazza» biascicai, indicando la casa. «Quella con i capelli rossi».

«Anna?» domandò Max, sorpreso. «Intendi lei?»

«Siamo soltanto amici» rispose Aaron, facendomi precipitare lo stomaco sotto le scarpe. «La conosco da quando avevo quattro anni».

«Ma... ma io vi ho visti insieme. Al falò» farfugliai. «Vi siete abbracciati e lei...»

«Aveva appena lasciato il suo ragazzo» concluse Aaron. «Le sono stato vicino. È come una sorella o una cugina o qualcosa del genere».

«Bene» dissi, sorpresa del tono normale della mia voce dato che dentro, invece, urlavo con tutta me stessa.

«Non come voi due» continuò Aaron, avviandosi verso il giardino con le mani in tasca. «Perché me l'hai tenuta nascosta, Max? Sei diventato timido tutt'a un tratto o cosa?» scherzò, facendo ridere il fratello.

«Mah. È venuta a casa nostra. Mica è colpa mia se tu non c'eri».

Chiusi gli occhi.

«Cosa?» esclamò Aaron, irrigidendosi ma sforzandosi di mantenere un tono di voce tranquillo. «Quando?»

«Non so, forse a novembre o giù di lì. Sei stata da noi, vero?»

Riaprii gli occhi lentissimamente.

«Eh già. Sì».

Si alzò il vento, e il cappotto di Max prese a svolazzare. Anche se stavo congelando, avrei voluto strapparmelo di dosso e gettarlo a terra.

«Torniamo dentro» propose Max, prendendomi per mano.

«Veramente» replicai, lasciando la presa, «non mi sento molto bene. Penso che me ne andrò a casa». Mi tolsi il cappotto. «Ho bisogno di stendermi. *Da sola*» aggiunsi dopo che Max mi ebbe strizzato l'occhio.

Senza guardare né l'uno né l'altro, mi accinsi a raggiungere il vialetto. Avevo disperatamente bisogno di chiamare mamma o papà e farmi portare subito a casa. Max mi gridò dietro: «E la tua roba? Il tuo cappotto?»

Mi fermai e imprecai a mezza voce. «Ehm, sono nella stanza di Lauren. Potresti andare a prenderli?» Max non sembrò gradire particolarmente, ma si avviò comunque verso la casa, lasciandomi sola con Aaron.

Nessuno di noi due parlò.

Mi domandai se anche il suo cuore battesse all'impazzata quanto il mio.

«Mi dispiace» sussurrai alla fine. «Avrei dovuto dirtelo».

Aaron tirò su col naso. «Non c'è nessun bisogno di scusarsi. Non c'è stato niente tra di noi».

Deglutii. Riflettei, torcendo le dita. «C'è stato qualcosa...»

Aaron parve sorpreso. «Davvero?»

Avvicinandomi di qualche passo, mormorai: «Lo sai anche tu che qualcosa c'è stato».

Aaron incrociò le braccia sul petto. «Ci siamo sempre incontrati semplicemente per caso. Ti conosco appena».

Quelle parole mi colpirono come un pugno alla bocca dello stomaco. «Non stai dicendo sul serio».

Aaron annuì a lungo. Troppo a lungo. «Sì, invece. Tu e mio fratello, piuttosto, siete una bella coppia».

«Non stiamo insieme».

«Dal mio punto di vista, pare proprio di sì».

Mi scostai i capelli dagli occhi. «Mi dispiace, va bene?»

Aaron rispose con voce indifferente. «Come ti ho già detto, non c'è nessun bisogno di scusarsi. Sei libera di frequentare chi vuoi. Perché non dovresti?»

«Perché io e te siamo...»

«*Amici*» concluse Aaron. «Forse. Più conoscenti, direi».

«Basta!»

«È così» disse lui con sussiego, come se mi stessi comportando come una pazza o cose del genere. Gli lanciai un'occhiataccia. Stuart, forse non avevo il diritto di essere così furibonda, ma vallo a spiegare alla collera che mi ribolliva nelle vene.

«Se è questo che vuoi!»

«Questa è la realtà» ribadì Aaron con lo stesso tono indifferente. Sorrise con le labbra, ma non con gli occhi. «Goditela con mio fratello» disse infine, avviandosi verso la festa. E, seguendolo con lo sguardo, decisi in quel preciso istante che avrei accolto il suo consiglio alla lettera e che con Max me la sarei proprio goduta.

Il primo giorno dell'anno cominciò con un'alba color rosso fuoco, come se tutta la mia rabbia fosse riuscita a incendiare il cielo. Avevo dormito pochissimo, mi ero girata e rigirata quella conversazione nella mente fino a non poter più ricordare cosa avesse detto Aaron o cosa avessi detto io. Sapevo però che lui Aveva Torto Marcio e ho deciso di scriverlo con le iniziali maiuscole, Stuart, per farti capire quanto fossi convinta allora di quel Fatto Incontrovertibile.

Spalancai il frigorifero e, con fare brusco, mi versai del latte, pensando alla mia vendetta. Avrei fatto in modo che Max si innamorasse di me, magari mi sarei a mia volta innamorata di lui e insieme avremmo camminato in montagna e saremmo rimasti seduti in vetta circondati dalla nebbia. Non avrei neppure più fatto i compiti. Ben gli stava, a tutti quanti. Scaraventai il cucchiaio nel lavello. In risposta al fracasso prodotto contro le tazze, Soph disse, con la bocca piena di cereali: «Felice anno nuovo anche a te».

«Sophie, le buone maniere» la rimproverò mamma, alzando lo sguardo dal portatile.

Soltanto Dot era di ottimo umore. Saltellava di qua e di là con la sua lista dei buoni propositi scritta a matita su un grande foglio di carta.

«Allora, il primo è cominciare una dieta» spiegò coi gesti, indicandosi la panciotta rotonda. «Il secondo è imparare a volare osservando gli uccelli, il terzo è essere gentile con tutti tranne che con le maestre e con gli sconosciuti che vogliono rapirmi, e il quarto è...» Continuò così per un bel pezzo, poi mi saltò sulle ginocchia e mi chiese quali fossero i miei buoni propositi.

«Non ne ho nessuno».

«Che ne dici di *Darmi da fare e ottenere buoni voti agli esami di fine anno*?» s'intromise mamma, tenendo però gli occhi incollati a un sito sulle protesi cocleari.

«Sono soltanto simulazioni».

«Le simulazioni sono importanti, Zoe. Se farai legge...»

«Chi ti dice che farò legge?» saltai su io.

Mamma digitò qualcosa a tutta velocità. «Be', che cosa hai intenzione di fare, allora?»

«Magari scrivere. O magari no. Non lo so ancora. Non c'è bisogno di fare programmi».

«Stupidaggini» sospirò mamma, seguitando a digitare imperterrita.

«Non sono stupidaggini» replicai, imbronciata. «Non c'è fretta, o sì? Vedrò cosa mi andrà di fare quando avrò finito la scuola». Mamma disapprovò facendo schioccare la lingua. Siccome le risposi facendole il verso, mi mandò di sopra dicendo che ero un'insolente.

La mia stanza era un disastro, ma non mi misi a riordinare. Mi accasciai invece sulla scrivania e aspettai che Aaron mi chiedesse scusa. Ora, Stuart, non so quando siano stati inventati i cellulari, se prima o dopo il tuo processo per omicidio, per cui forse non ti sei mai trovato ad aspettare un messaggio per ore e ore. Se non ti è capitato, fidati, dovresti esserne grato, perché è una vera tortura: ti sembra di aver sentito un *bip*, mentre prendi il cellulare il cuore ti si riempie di speranza fin quasi a scoppiare, salvo poi precipitare e frantumarsi contro lo schermo vuoto.

Quel giorno, il tempo scorreva lentissimamente e la tivù non contribuì a migliorare la situazione. Trasmettevano soltanto vecchi film, uno dopo l'altro. Sono certa che hai sentito nominare *Via col vento* e, chissà, magari l'hai pure visto. In tal caso, mi domando se sei riuscito a rimanere sveglio fino alla fine, perché quel film è lunghissimo: talmente lungo che dovetti andare in bagno due volte. Quando cominciavo a dare segni di insofferenza, mamma mi sussurrava 'Abbi ancora un po' di pazienza' come se dopo tutto mi spettasse una ricompensa pazzesca per l'enorme sforzo che stavo facendo nel restare sul divano. Resistetti per tutte le quattro ore solo per vedere se alla fine lui e lei sarebbero rimasti insieme, quindi immagina la mia delusione quando Rhett decide di andarsene lasciando Rossella subito prima dei titoli di coda. Guardai mamma con l'espressione da *non può essere finito così*, ma Rhett non tornò sui suoi passi e Rossella non gli corse dietro, quindi il film finì proprio in quel modo.

Dato che *Via col vento* si era rivelato una delusione ancora più cocente de *La grande fuga* (in cui nessuno riesce a fuggire), strappai il telecomando di mano a mamma e schiacciai *Off*.

«Non ti è piaciuto? È una delle più belle storie d'amore di tutti i tempi» disse mamma.

«Be', è piuttosto deprimente».

«Mai come *Titanic*» sbadigliò Soph. «Almeno Rhett non è morto di freddo per poi finire in fondo al mare».

La porta si spalancò e Dot arrivò in salotto di corsa con Teschio in braccio. Si lasciò cadere sulle ginocchia e chiese: «È finita quella cosa col vento?» Le orecchie del coniglio le arrivavano oltre la spalla.

«*Via col vento*» la corresse mamma.

«Io lo so perché si chiama così» sorrise compiaciuta Dot. Sapevo che si era preparata una battuta.

Mamma ponderò attentamente. «Credo si riferisca al fatto che alla fine Rhett se ne va, quasi portato via dal vento» spiegò coi gesti, tutta seria.

Dot scosse il capo e stese le labbra in un sorriso da un orecchio all'altro. «È perché lui fa una puzzetta prima di lasciare il villaggio».

Quella sera mi coricai sotto il piumone, triste e contrariata. Allungai una mano verso il comodino e controllai il telefono per l'ennesima volta. Si illuminò di verde ma sullo schermo non trovai alcuna scritta. Nella luce color smeraldo, giocai per un po' alle ombre cinesi. Feci un cane che abbaiava vicino alla mensola dei libri, sulla quale poi balzò un gatto. Anche se di solito cani e gatti non vanno per niente d'accordo, contro ogni prevedibilità le due bestiole nella mia camera si raggomitolarono l'una accanto all'altra sopra il dizionario. Le guardai per un po' prima di girarmi dall'altra parte. Desideravo Aaron così tanto da sentirne la mancanza come un dolore strisciante sotto la pelle. La finestra sbatacchiò all'infuriare del vento ed ebbi la stranissima sensazione che quelle folate si stessero portando via Aaron.

Con affetto,

Zoe x

Via dei Narratori, 1
Bath

22 gennaio

Ciao Stuart,

ho appena saputo. La notizia è stata pubblicata qualche giorno fa ma io ho acceso il computer soltanto questa sera. Quasi sempre, quando accedo a Internet, cerco il tuo nome e oggi sul *Texas Online Chronicle* ho trovato un articolo nuovo nuovo. Dice che la tua esecuzione è fissata per il primo maggio.

Il primo maggio, Stuart. Non ci posso credere. Proprio il primo maggio.

Mi tremano le mani e mi è quindi difficile scrivere, anche se qui ho una sedia a sdraio nuova di zecca che papà deve aver comprato a una svendita in uno di quei negozi di giardinaggio. Non riesco a immaginare quali possano essere i tuoi sentimenti. Secondo i miei calcoli, molto probabilmente adesso ti starai svegliando, dato che il Texas è sei ore indietro rispetto all'Inghilterra, e scommetto che non riuscirai a toccare cibo. Ovviamente, farò tutto quello che posso per aiutarti. Potrei magari mettermi in contatto con quella suora che è venuta a parlarci della pena di morte e insieme potremmo organizzare qualche cosa, come una raccolta di firme o una manifestazione di protesta. Non temere, sono sicura che raccoglieremo centinaia di nomi già solo nel convento delle suore.

Il governo texano non può farti quell'iniezione. Non è possibile. Giusto la settimana scorsa ho letto la tua poesia *Perdono* e dove esprimi il tuo *Rimorso per aver distrutto una vita con quel coltello da cucina / Specialmente quando si tratta della tua cara mogliettina*. Sinceramente, credo che ti debba essere data una possibilità di riscatto. Te la meriti. Se fossi il presidente degli Stati Uniti, non abolirei certo le prigioni, ma le renderei un luogo in cui i carcerati vengono aiutati, e non uccisi come se per loro non ci fosse più alcuna speranza. Secondo me, nessuno ha il diritto di cancellare una vita umana. Nessuno può guardarti dentro l'anima e decretare che c'è solo del marcio, senza una briciola di buono da salvare.

Il minimo che posso fare è portare a termine ciò che ho cominciato. Ora che il tempo stringe, devo procedere più rapidamente. Devo arrivare alla fine della mia storia prima di quella data. Spero che il mio racconto ti distoglierà per un po' dal pensiero dei preparativi finali, tipo l'ultimo pranzo o l'ultima cena, che immagino sarà cheeseburger con patatine insieme a un frappé con due cannucce e, naturalmente, una bustina di ketchup per ricordare i bei tempi. Comunque sia, procediamo perché la nostra è una lotta contro il tempo. Immagina la lancetta dell'orologio che torna indietro di dodici mesi, fino al gennaio scorso, e cominciamo da me e Lauren sedute su un gradino fuori dalla scuola, il primo giorno dopo le vacanze, a tremare dal freddo avvolte nei nostri cappotti.

PARTE DECIMA

«Allora com'è andata la festa?» chiesi.

Lauren riunì le mani a imbuto e vi soffiò dentro. «Bene. Anzi, benissimo. Però si vedeva che a Max mancavi. Dopo che te ne sei andata, ha sempre gironzolato con un muso lungo così. Ha persino detto di no quando Marie ha cercato di rimorchiarlo».

«Cosa?» dissi bruscamente.

«Non preoccuparti, non ci ha fatto niente. Lei ci ha provato e basta. Sinceramente, Marie è stata un vero disastro. Vacillava da una stanza all'altra, senza la più pallida idea di cosa stesse facendo. Mi ha persino vomitato sul vialetto e la mattina dopo ho visto un merlo che *si mangiava* quella roba».

«Com'è successo?»

«È planato sul vialetto e ha cominciato a beccare all'angolo del...»

«No» la interruppi. «Come mai Max ha detto di no?»

Lauren mi spiegò che Marie gli si era avvicinata barcollando e aveva tentato di baciarlo, ma che Max aveva scostato il viso, certamente perché stava pensando a me.

«O per quello o perché lei puzzava di vomito» concluse Lauren. «In ogni caso, penso che tu gli piaccia».

Il senso di abbattimento che avevo addosso dalla sera della festa si attenuò un pochino. Aaron aveva detto quelle cose, e con ciò? Suo fratello era interessato a me e dovevo fare in modo che continuasse a esserlo. Ecco perché al suono della campanella mi precipitai fuori dall'aula di francese, corsi giù per le scale e raggiunsi il laboratorio di teatro, dove sapevo che Max avrebbe avuto l'ultima ora di lezione quel giorno. Stava uscendo dall'aula infilandosi in bocca una patatina dietro l'altra. Agitai la mano perché mi vedesse e controllai che mi seguisse mentre svoltavo l'angolo.

«Tutto bene?» chiese lui.

«Benissimo. Sono felice. Non di essere di nuovo a scuola, però. Sai, di rivederti».

Pulendosi il mento dalle briciole, Max fece un gran sorriso. «Anch'io. Mi sei mancata alla festa, Zoe».

«Mi è spiaciuto andarmene». Gli sfiorai la cintura. «Proprio quando le cose cominciavano a farsi interessanti...» Giocherellai con la fibbia. «Peccato non aver trovato una stanza vuota...» Gli diedi un leggero strattone alla cravatta. Mi sentivo insolitamente audace. «Allora, vuoi che ci vediamo dopo la scuola un giorno di questa settimana? Potrei venire da te?»

Max sbatté le palpebre, sorpreso, e mi rispose con la voce un po' strozzata. «Sì, certo. Se vuoi...»

«Sì. Mercoledì?»

«Il mercoledì vedo mio padre. Che ne dici di giovedì?»

Mi tornarono in mente le parole che Lauren mi aveva detto a novembre. «È un terreno scivoloso». Stuart, ero sul punto di lanciarmici a capofitto. Feci un passo in avanti e lo baciai sulla guancia. «Perfetto».

Siccome le avevo detto che avremmo dovuto finire la ricerca sui fiumi, mamma mi lasciò davanti a casa di Lauren giovedì sera.

«Ci state mettendo un sacco di tempo, o sbaglio?»

«Il Nilo è lunghissimo» risposi con indifferenza, scendendo dalla macchina.

Ripensandoci adesso, mi sembra incredibile che in quel

momento fossi così tranquilla. Non appena mamma si fu allontanata, mi lasciai casa di Lauren alle spalle, attraversai svelta la strada e passai di corsa davanti al takeaway cinese e alla luce verde del dragone senza neppure tirarmi il cappuccio sulla testa. Non fraintendermi, qualche dubbio lo ebbi una volta raggiunta la casa di Max. La casa di Aaron. Tuttavia, non servirono a farmi tornare sui miei passi. Aaron aveva detto che ero libera di frequentare chi volevo e che me la godessi con suo fratello. Raddrizzando bene la schiena, bussai due volte alla porta.

Sentii rumore di chiavi e scricchiolio di cardini. Mi umettai le labbra e mi preparai a fare un bel sorriso. Un raggio di luce illuminò il vialetto proprio nel punto in cui mi trovavo. Avevo davanti una bambina bionda di circa nove anni con indosso una salopette e una macchina fotografica al collo.

«Chi sei?» mi chiese prima che potessi dire qualcosa.

«Sono Zoe. E tu chi sei?»

«Fiona». Ignorò il mio sorriso. «Sei qui per Aaron o per Max?»

Bella domanda. «Max. C'è?»

La bambina fece dietrofront e corse su per le scale, lasciando la porta spalancata. Esitai, adocchiando due paia di scarpe da ginnastica sullo zerbino, ma mi costrinsi a scavalcarle per guadagnare il calduccio dell'interno. Dalla cucina proveniva il parlottio della tivù e nell'aria c'era profumo di formaggio fuso e aglio. Sentivo rumore di bicchieri e di piatti. Qualcuno stava cucinando.

«Salve?» esordii, impacciata.

«Devi essere Zoe» disse una voce prima che il volto paffuto facesse capolino dalla porta della cucina. Sandra aveva i capelli neri legati in una coda. Sorrise, poi socchiuse gli occhi. «Ci siamo già viste?»

«No» risposi in fretta, rendendomi però conto che invece sì, mi aveva vista davanti alla biblioteca. Vicino al pupazzo di neve. Con Aaron. Sobbalzai al pensiero.

«Sei sicura? Hai un viso familiare».

«Be', in un certo senso ci siamo già viste» dissi con disinvoltura. «Sono stata qui a settembre, ma non ci siamo mai...»

«Ecco quando! Vieni avanti». La seguii in cucina. «Un po' di limonata?» chiese, versandomene un bicchiere prima che rispondessi. Poi chiamò a gran voce. «*Max!* Siediti, cara. Arriva subito».

Obbedii, sedendomi al piccolo tavolo sistemato nell'angolo e fingendo di interessarmi al programma televisivo. Il presentatore, intento ad annunciare che era arrivato il momento della 'prova della verità', aveva la pelle del viso incartapecorita e abbronzata, o cotta, come una salsiccia.

«Questa è la mia parte preferita» borbottò Sandra. «Ti va la pizza?»

«Benissimo».

«Sono in forno. Ho anche fatto dell'insalata». Mi mostrò una busta di plastica piena di lattuga, carote alla julienne e della roba viola che avrebbe potuto essere barbabietola. «Be', l'hanno fatta nel negozio. Stasera si mangia *à la supermarché*». Dato che la sua avrebbe voluto essere una battuta, mi sforzai di ridere. Sandra versò il contenuto della busta in una ciotola argentata, che sistemò in tavola. «Dovrebbe bastare per tutti e cinque».

Io. Sandra. Max. Fiona. E Aaron.

Sentii le gambe irrigidirsi sotto il tavolo, e serrai le ginocchia. Stava per accadere. Stava per accadere sul serio. Sarei andata fino in fondo.

«... e Max mi ha detto che saresti venuta più o meno due secondi fa, per cui dovremo farcela bastare. Comunque, la pizza piace a tutti, giusto?»

Mi risintonizzai sulla conversazione. «Sì, certo».

«Max!» chiamò di nuovo, prendendo cinque coltelli e cinque forchette. «Fiona! Aaron! La cena è pronta».

Da qualche parte, al piano di sopra, il pavimento scricchiolò. I due fratelli erano saltati giù dai rispettivi letti. Due paia di piedi erano atterrati sulla moquette.

Sentii un rumore alle mie spalle. Mi preparai psicologicamente, ma era soltanto Fiona. Si versò del succo d'arancia e rimase a studiarmi dall'altro capo del tavolo.

Altri passi nell'ingresso. Più pesanti. Due paia di piedi.

Mi voltai e li vidi. *Lo* vidi, Stuart, perché in realtà avevo occhi solo per Aaron. Era bellissimo, indossava una maglietta semplicissima e dei jeans grigi. Gli guardai le dita dei piedi, lunghe e diritte. Avvertii una specie di vibrazione nell'aria tra di noi.

«Dalle un bacio» disse Fiona ridacchiando subito dopo che Max fu entrato in cucina.

«*Fiona*» la rimproverò Sandra.

Max mi strinse una spalla e prese posto alla mia destra. C'era ancora una sedia vuota alla mia sinistra. «L'ho detto a mamma che non preparasse niente».

«Non c'è problema» risposi osservando Aaron riprendersi dallo shock.

«Sì, invece» borbottò Max. «È troppo imbarazzante».

Appoggiandogli una mano sulla gamba, gli sussurrai: «Non preoccuparti».

«Ooooh, si bisbiglia qui!» disse Fiona. Prese una foglia di insalata dalla ciotola e se la cacciò in bocca. «Teneri. Appiccicosi».

Aaron prese un bicchiere dalla credenza e aprì il rubinetto troppo bruscamente. L'acqua schizzò dappertutto, inzuppandogli la maglietta. Max scoppiò a ridere, ma Aaron arrossì e cercò di asciugarsi con uno strofinaccio. Quasi al rallentatore, spostò lo sguardo dal lavello al tavolo, osservando prima il posto vuoto accanto a me e poi quello accanto a sua sorella. Strofinandosi il naso, attraversò la cucina e andò a sedersi accanto a Fiona.

Sandra sistemò le pizze accanto all'insalata. Il calore fece appannare la ciotola argentata. Fiona vi disegnò un cuoricino e mi rivolse un sorriso raggiante.

«Salame piccante. Prosciutto e ananas. Margherita. Ce n'è una metà per ciascuno» disse Sandra.

«Mia» esclamò Fiona accaparrandosi la prima fetta di margherita. Max prese quella al salame piccante. Sporgendoci in avanti simultaneamente, Aaron e io afferrammo entrambi la seconda fetta di margherita, che rimase sospesa a mezz'aria tra di noi.

«Prendila tu» disse lui, mollando la presa.

«Vuoi che facciamo a metà?»

Aaron mi guardò dritto negli occhi per la prima volta quella sera. «No».

Tra un boccone e l'altro, Fiona giocherellava con la macchina fotografica, mostrando di tanto in tanto lo schermo a Sandra.

«Questa l'ho fatta ieri. E questa è una foto che ho fatto al prato prima di entrare a scuola. *Guarda*» disse con insistenza. Sandra seguiva il programma televisivo come imbambolata. «Le gocce di pioggia luccicano al sole».

«Bello» commentò Sandra. «Regalo di Natale» mi spiegò. «È una fotografa in erba».

«*CHEESE!*» gridò Fiona tutt'a un tratto, puntando l'obiettivo su di me. Il flash brillò prima che potessi mettermi in posa. «È venuta bruttissima» ridacchiò, premendo un pulsante e mostrando la foto ad Aaron.

«Proprio» commentò lui.

«Dalle almeno il tempo di sorridere» disse Max, addentando la seconda fetta col salame piccante. «Fanne un'altra». Mi mise un braccio intorno alle spalle e sorrise verso l'obiettivo. Non potei far altro che sorridere anch'io, sebbene avessi le dita attorcigliate e le labbra tese, mentre Aaron si voltava a guardare da un'altra parte.

Ricominciammo tutti a mangiare e per un po' ci fu silenzio. Si sentiva soltanto il rumore dei nostri denti che masticavano crosta croccante o formaggio gommoso. Fu un sollievo quando il conduttore televisivo portò sul palco il primo ospite che non aveva superato la prova della verità. Il pubblico, in piedi, urlava *buuu*.

«Perché fanno così?» chiese Fiona.

«È stato infedele» spiegò Sandra, paralizzata davanti allo schermo. «Come quasi tutti quei bastardi degli uomini».

«È stato infedele a che cosa?»

«A chi» la corresse Aaron. «Si dice *a chi* è stato infedele».

Buttai giù il mio ultimo boccone di pizza con difficoltà.

«Allora, a chi è stato infedele?» ripeté Fiona, facendo

passare un dito intorno al piatto per raccogliervi le briciole.

«Alla sua ragazza» rispose Aaron.

«Che cosa ha fatto?» chiese ancora Fiona.

Aaron posò forchetta e coltello sul tavolo. Stuart, puoi star certo che puntavano proprio verso di me. «Ha baciato un'altra».

«Direi che si è scopato un'altra» corresse Max.

Fiona cominciò a ridacchiare. «*Scopato*» ripeté.

«Grazie, Max» sospirò Sandra. «Ha soltanto nove anni».

Aaron si alzò di scatto. Tolse il suo piatto, quello di Fiona e quello di Sandra e li mise nella lavastoviglie. Sandra si versò un bel bicchiere di vino.

«Qualcuno vuole il dolce? Una tazza di tè?»

Max si diede dei colpetti sulla pancia per dire che era sazio. «Zoe e io andiamo di sopra».

«A *sc*...» cominciò a dire Fiona.

«Basta!» scattò Sandra.

«Grazie per la cena, mamma» disse Aaron, uscendo dalla cucina senza più voltarsi.

«Prego, tesoro» rispose lei. «In bocca al lupo. Ha un esame domani» mi spiegò Sandra. «Di storia. È un ragazzo intelligentissimo».

«Eh già» disse Max, con un misto di orgoglio e invidia. «Lui avrà anche un grande cervello, ma io ho un grandissimo...»

«Insomma!» sbottò Sandra, alzando gli occhi. «Dici queste cose davanti a tua madre?»

«Stavo per dire *cuore*» scherzò Max, portandosi una mano al petto.

Sandra fece *umpf* e alzò il volume della tivù, mentre noi ci avviammo al piano di sopra.

Con sua madre in casa, non potevamo fare granché così chiacchierammo stesi sul letto, impacciatissimi. Dopo che, per la terza volta, eravamo rimasti a lungo in silenzio, mi guardai intorno, alla disperata ricerca di un altro argomento di conversazione.

«È tuo padre quello?» chiesi, indicando una grossa cornice appesa al muro. Nella foto, un uomo coi baffi teneva un bimbo sulle ginocchia. «Sei carino».

«Hai visto cos'avevo addosso però?»

Ridacchiai osservando quegli striminziti pantaloncini gialli. «Quanti anni avevi?»

Max si avvicinò alla foto. «Boh. Forse sette».

«Ti manca?»

«Nah» rispose con voce troppo alta.

«Sembra una brava persona. A parte i baffi».

«Adesso non li ha più. Evidentemente, alla sua nuova ragazza non piacevano».

«Posso farti una domanda?» chiesi tutt'a un tratto.

«Se vuoi».

«È stato veramente orribile quando si sono separati?» Notando che Max trasaliva, mormorai: «Non sentirti obbligato a rispondere. Scusami. È solo che mia madre e mio padre litigano in continuazione e a volte penso che potrebbero, sai, potrebbero anche... Ma comunque. Probabilmente non succederà». Allungando un piede sotto la scrivania, Max calciò fuori un pallone e lo fece avanzare dribblando per tutta la stanza senza mai guardarmi. «Sei bravo».

«Non abbastanza» borbottò, tirando forte il pallone contro l'armadio.

«Ma piantala! Sei il più forte della scuola, e lo sai».

«Sì, ma quante scuole ci sono in questo paese?» mi chiese, passando abilmente la palla da un piede all'altro.

«Boh».

«Prova a indovinare».

«Ventimila? Trenta?»

«Diciamo venticinquemila. Il che significa venticinquemila ragazzi come me. I più forti della loro scuola». Mi passò la palla e, incredibilmente, riuscii a ripassargliela con un tiro diritto. «Venticinquemila. E in quanti pensi che ce la facciano a diventare calciatori professionisti?»

«Non ne ho la più pallida idea» borbottai, «ma ho capito quel che vuoi dire. È statisticamente molto poco probabile».

«A differenza di mio fratello, che eccelle in tutto, io so soltanto giocare a calcio, ma non sono abbastanza bravo da potermi guadagnare da vivere».

«Peccato».

«Sì». Mi passò di nuovo la palla, ma siccome la mancai andò a finire sotto il letto. Feci per recuperarla, ma mi bloccai di colpo quando intravidi un qualcosa seminascosto nel buio.

«C'è un...»

«No!»

«Sì, invece!» esclamai, indicando un puzzle fatto a metà nascosto sotto il letto. Dovevano essere cinquecento pezzi, tutti sparpagliati su un grande vassoio. Nella parte completata si vedeva uno stadio gremito di migliaia di fan.

«Lascialo dov'è!» mugugnò, mentre lo sollevavo per metterlo sul letto.

«È veramente bello».

Mi guardò incerto. «Sul serio?»

«È incredibilmente bello».

«È soltanto un puzzle» borbottò Max, ma mi sembrò compiaciuto.

«Oh no» lo contraddissi, scuotendo la testa. «Questo non è soltanto un puzzle. È una prova».

«Una prova di che?»

Sbattei le palpebre. «Che Max Morgan il Magnifico è in realtà un genio».

«Non esageriamo» disse lui. Sorridendo, sistemammo il puzzle sul piumone e ci mettemmo al lavoro.

Era divertente. E difficilissimo. Gran parte del campo era ancora da fare, i pezzi erano tutti della stessa tonalità di verde. Dopo un'ora avevamo appena completato la parte intorno alla bandierina d'angolo. Per un po' osservammo il nostro lavoro soddisfatti, poi ritornammo in salotto, dove Sandra dormiva sul divano con la bocca aperta.

«Devo essermi addormentata» biascicò sonnolenta dopo che Max l'ebbe svegliata.

«Grazie per l'ospitalità» dissi, infilandomi il cappotto. «E per la pizza».

«Ma figurati» rispose con un sorriso. «Come ritorni a casa?»

«A piedi».

Sandra scostò una tenda con il piede. «Non puoi fare tutta quella strada, cara. È buio pesto. Fa freddissimo».

«Non c'è problema, davvero» la rassicurai, avviandomi verso la porta. «Però adesso devo proprio andare. Mamma vuole che rientri per le dieci».

Sandra si passò le dita tra i capelli. «Sto malissimo. Ti darei uno strappo ma ho bevuto troppo».

«Aaron?» suggerì Max.

Ebbi uno spasmo allo stomaco. Per il senso di colpa. Per l'ansia. Per la contentezza. Sandra si era alzata e aveva lasciato la stanza.

Stuart, puoi immaginare la tensione che avevo addosso mentre salutavo Max e Aaron saliva in macchina. Anche se avevamo passato un bel pomeriggio insieme, cercai di evitare che Max mi baciasse, ma lui si chinò su di me proprio quando Aaron accese i fari. Nella luce abbagliante, mi sfiorò il mento con una mano e appoggiò le labbra sulle mie. Mi immaginai la scena dal punto di vista di Aaron e cercai di assaporare quella piccola vendetta, anche se qualunque senso di trionfo mi si spense invece nelle viscere di fronte alla consapevolezza della sua inutilità.

Max rientrò in casa. Rimanemmo soli, io e Aaron. Aaron e io. Mordendomi l'interno delle guance, salii in macchina.

«Mi dispiace». Aaron non rispose. Continuò a guardare fisso davanti a sé. Chiusi la portiera e lui mise in moto. «Grazie infinite». Percorse il vialetto in retromarcia. «Fa freddissimo stasera» tentai ancora. Aaron accese la radio.

Guidò in silenzio. Raggiungemmo il passaggio pedonale, la chiesa e il ristorante cinese. Nella vetrina, il dragone risplendeva di luce verde smeraldo. Aaron teneva il volante ben stretto, la schiena dritta e le braccia rigidamente tese davanti a sé. Abbassai il volume della radio e cercai ancora una volta di avviare una conversazione.

«Com'è andato il ripasso?»

Aaron girò bruscamente la manopola. Le casse emisero uno stridulo suono di protesta. Proprio in quel momento il cantante gracchiò *AMORE* in un modo tale che quell'unica, enorme parola mi fece male e paura al contempo.

Aaron schiacciò il pedale del freno così bruscamente che l'auto inchiodò al semaforo. Miss Scarlett finì contro il parabrezza e ondeggiò vorticosamente appesa allo specchietto retrovisore. Le diedi un colpetto con un dito perché continuasse a oscillare.

«Non toccarla!»

Le diedi un altro colpetto. Aaron scosse la testa e spense la radio. *AMO...*

«Sei proprio infantile» disse. «Per te è tutto un gioco, vero?»

Incrociai le braccia. «È soltanto una pedina del Cluedo».

«Non sto parlando di quello» esclamò Aaron con rabbia, tenendo lo sguardo truce fisso sulla strada. Era infuriato. «Non sto parlando di quello, e lo sai benissimo. A che gioco pensi di giocare? Comparendo nella mia cucina? Entrando in casa mia?»

«In casa di tuo fratello!» lo corressi. «*Di tuo fratello*». Scattò il verde. Le gomme stridettero sull'asfalto.

«Allora è così? È proprio così?» gridò.

«Dimmelo tu» risposi, aggrappandomi al cruscotto mentre Aaron svoltava a tutta velocità. «Sei stato tu a dire che siamo una bella coppia. Sei stato tu a dire che dovevo godermela. Ed è quel che sto facendo. Me la sto godendo!»

«Basta!» urlò lui.

«È così» trionfai velenosa, gettandogli in faccia le stesse parole che lui mi aveva detto alla festa. Con le mani che mi tremavano e la gola secca, mi colpii il petto con un dito. «Io non sto facendo niente di male, Aaron. Sono libera di frequentare chi mi pare e piace. L'hai detto anche tu».

Mi si riempirono gli occhi di lacrime. Me li asciugai lanciando uno sguardo torvo su via dei Narratori.

Via dei Narratori.

Mamma stava uscendo di casa. Aaron rallentò, cercando di capire davanti a quale cancelletto dovesse fermarsi. Da un momento all'altro, mamma si sarebbe voltata verso di noi e mi avrebbe vista su quella...

«Prosegui!» strillai, abbassandomi proprio nell'istante in cui mamma si girò e notò la macchina di Aaron. «Ti prego, prosegui!» Aaron esitò. Si morse un labbro. Poi schiacciò l'acceleratore e ci lasciammo casa mia alle spalle.

«Cosa sta succedendo?»

«Bisogna che mi porti a casa di Lauren! Avrei dovuto dirtelo. Quella era mia madre. Pensa che io sia a casa della mia amica».

Farfugliando, gli spiegai dove doveva andare. Scelsi una strada alternativa che ci avrebbe dato più possibilità di arrivare prima di mamma. Volevo con ogni fibra del mio essere che la macchina andasse più veloce, come se DOR1S fosse un cavallo e io un fantino alla gara più importante della sua vita. Svoltammo a destra. Poi a sinistra. Stridio di gomme. Accelerammo su un lungo rettilineo.

Aaron tirò su col naso.

«Dovresti smetterla di raccontare bugie, sai? È una pessima abitudine».

Lo guardai incredula. «Vuoi seriamente affrontare questo discorso adesso?»

«Faccio per dire. Dovresti smetterla di raccontar palle. È...»

«È cosa?»

Rimase in silenzio. Trasse un lungo respiro e scandì bene un'unica parola.

«*Immaturo*».

Mi sforzai di ridere. «Immaturo? Chi è che gira con Miss Scarlett appesa allo specchietto retrovisore? Chi è che parla di fantasmi, coccodrilli e buchi neri pieni di serpenti? Chi è che non ha progetti e che non sa quel che farà in futuro e...»

«Non cambiare discorso» disse bruscamente Aaron. «Hai ingannato tua madre, hai sbagliato punto e basta».

«Chi è che può dire punto e basta? Tu? Solo perché sei più grande? Ma fammi il piacere, Aaron. Non hai nessun diritto di dirmi quel che posso o non posso fare. Quel che dico a mia madre non è affar tuo. *Non è affar tuo*».

Aaron alzò una spalla. «Forse no. Ma quello che dici *a me* è piuttosto importante, e tu mi hai mentito spudoratamente».

Mentre ci avvicinavamo al semaforo successivo, scattò il rosso. Imprecai a mezza voce, lanciando un'occhiata al telefono. 21.55.

«Mi hai detto che tuo nonno era morto».

Rosso
Rosso
Rosso
Verde

«VAI!» gridai. Aaron ripartì a tutta velocità. 21.56.

«Invece quel giorno che ti ho incontrata non eri stata a visitare la sua tomba» insistette.

«No, ma...»

«Eri stata a casa mia. A casa *mia*!» Ormai stava praticamente urlando e le sue parole mi rimbombavano nelle orecchie. «Con *mio* fratello!»

«Sì, ma...»

«Nella *sua* camera. E hai avuto la faccia tosta, proprio così, la faccia tosta, di salire sulla mia macchina dicendomi che eri stata...»

«Basta!» esplosi, battendomi un pugno sulla coscia. «*Basta*».

21.59.

Aaron imboccò la via di Lauren. Mi ricomposi, controllando con occhiate disperate che l'auto di mamma non fosse già arrivata. Via libera. Aprii la portiera e feci per scendere dalla macchina.

«Prego» disse Aaron in tono sarcastico.

«Oh, cresci una buona volta» esclamai, sentendo l'aria gelida sulle guance accaldate. «Grazie *mille* per il passaggio. È stato fantastico».

«Non so come tu abbia potuto, Zoe!» mi gridò dietro Aaron, con gli occhi che ardevano nel buio. «Non so davvero come tu abbia potuto comportarti così da stronza!»

«Non mi hai mai dato la possibilità di spiegare!»

Sbattei la portiera proprio nel momento in cui l'orologio segnò le dieci. Ripartendo, Aaron accelerò così bruscamente che il suono rimbombò per tutta la via. Gli imprecai dietro, urlandogli tutti i peggiori insulti che mi vennero in mente. Si alzò una folata di vento e fui percorsa dai brividi dalla testa ai piedi, anche se mi sentivo il sangue bollire sotto la pelle arrossata del viso.

«Com'è andata?» mi chiese mamma un paio di minuti dopo, quando mi accasciai sul sedile accanto a lei, cercando di nascondere la mia rabbia. Quell'ennesima bugia mi si incagliò in gola, ma pensai ad Aaron e con un moto di ribellione la sputai fuori.

«Non male. Insomma, per essere una ricerca di geografia».

Vorrei raccontarti quel che successe dopo, ma devo interrompere qui perché quasi non riesco a tenere gli occhi aperti. Da un paio di notti dormo male perché faccio brutti sogni. Mi sveglio di soprassalto, infreddolita e sudaticcia, nel momento in cui vedo la pioggia scrosciare, i mulinelli di fumo e la mano che affonda una, due, tre volte. Non sono ancora pronta per parlarne, ma lo farò. Molto presto. Te lo prometto.

Abbiamo ancora un po' di tempo prima che arrivi maggio, nel caso in cui, nella peggiore delle ipotesi, la suora non riuscisse a fermare il tutto. Sono sicura che c'è qualcosa che possiamo fare, per cui non arrenderti e non pensare che meriti questa punizione per gli errori che hai commesso. Come vedi, ne ho commessi anch'io. Non sei solo, Stu. Quindi non startene sdraiato su quel materasso sottile a pensare che il mondo intero veda soltanto la parte cattiva della tua anima, perché c'è una ragazza, in Inghilterra, che sa che c'è anche del buono.

Con affetto,

Zoe xx

Via dei Narratori, 1
Bath

13 febbraio

Ciao Stu,

anche se il ragno non si fa vedere da qualche settimana, ci sono un paio di nuove ragnatele accanto alla porta. Penso che se ne stia nascosto nell'ombra, che mi osservi mentre scrivo e che poi ricopi le mie parole spiattellando i miei segreti sul soffitto con quella sua tela argentata. O forse la mia è soltanto paranoia, che per tua informazione non sarebbe poi così sorprendente, considerato ciò che è successo oggi dopo la scuola.

Sono rimasta in classe per parlare al vecchio prof di religione e sono sicura ti farà piacere sapere che gli ho chiesto informazioni sulla suora.

«Perché vuoi contattarla?» mi ha domandato il signor Andrews mentre scriveva alla lavagna qualcosa su Gesù con un pennarello viola per la lezione del giorno dopo.

«Perché...» ho cominciato, cercando il coraggio di raccontargli la palla che avevo in mente.

«Perché...» mi ha incalzata lui, disegnando un omino stilizzato su un crocifisso.

«Ho incontrato Dio».

«Dove?» Ha disegnato un fumetto che usciva dalla bocca di Gesù e ha scarabocchiato un AAARRRGH in lettere maiuscole. AAARRRGH sul serio. Non avevo previsto quella domanda.

«Nel mio... portapenne, signore».

«Cercava forse la gomma?»

«No. Quando ho aperto il portapenne durante l'ora di matematica, la luce riflessa sul coperchio ha disegnato una croce sul banco».

«Commovente» ha commentato lui. «Davvero». Ha gettato il pennarello sulla cattedra. «Vive in un convento a Edimburgo. Santa Caterina. E si chiama Janet».

Presto Janet riceverà una lettera, Stu, non preoccuparti. Mentre uscivo da scuola e mi godevo il tepore del sole sul viso, mi sono sentita ottimista per la prima volta dopo mesi. Mi sono precipitata a casa per cominciare a lavorare a questa campagna, pensando di stampare le tue poesie e di inviarle alla suora, e di scrivere tutte le tue qualità in un elenco puntato per spiegare che sei

- un buon ascoltatore
- comprensivo
- creativo
- simile a Harry Potter perché...

E poi l'ho vista.

DOR1S.

Parcheggiata davanti a casa mia.

Un paio di occhi castani seguivano il mio tragitto lungo il marciapiede.

«Ciao» ho detto, dall'altra parte della strada.

«Dove sei stata? È un po' che ti aspetto».

Era da un po' che mi aspettava! «Dal prof di religione... Mi sono fermata per parlargli. Perché guidi... Cioè, perché hai la sua macchina?»

«La mia è dal meccanico» ha spiegato Sandra. «Questa è ferma in garage da mesi».

Non riuscivo a staccarle gli occhi di dosso. Le vecchie portiere azzurre. Il tettuccio ammaccato. Le tre ruote.

«Tutto bene?» ho chiesto, quando Sandra mi ha fatto segno di attraversare. Ho visto brevemente il mio riflesso nel finestrino. Sguardo circospetto, volto pallido. Ero più magra di quanto sospettassi.

Sandra ha sfoderato uno strano sorriso. Mi è sembrato troppo intenso.

«Ho una bella notizia da darti». Si è slacciata la cintura di sicurezza. Quando è scesa dalla macchina sono indietreggiata di un passo. «Ci sarà una funzione commemorativa».

«Una cosa?»

«Ci ho pensato soltanto oggi pomeriggio e sono subito venuta a dirtelo. Vorrei ricordare il primo anniversario. Organizzargli qualcosa di speciale». Mi ha appoggiato la mano ossuta su una spalla, fraintendendo in pieno l'espressione atterrita che avevo sul viso. «Non preoccuparti. Parteciperai anche tu. Con una lettura o qualcosa del genere».

«No!» ho risposto io. Sandra ha sbattuto le palpebre, senza però che il suo sorriso svanisse. «Non so se riuscirei a farlo. Non davanti a tutti».

Mi ha stretto la spalla con più forza. «Lo so che è dura, ma dobbiamo fare qualcosa per mantenere vivo il suo ricordo». Al che, Stu, quasi sono scoppiata a riderle in faccia. Come se il ricordo di lui potesse sbiadire facilmente. Appoggiandosi al sedile, Sandra ha recuperato un taccuino dalla borsa. «Ho buttato giù qualche idea» ha detto, sfogliando pagine e pagine di appunti disordinati. «Hai tempo per ascoltarne una o due?»

«Ho lezione di flauto» sono sbottata, inventandomelo così su due piedi.

«Oh. Okay. Allora non importa» ha detto, richiudendo il taccuino. «Magari un'altra volta».

«Certo» ho detto io, allontanandomi più in fretta che potevo. «A presto».

Prima che raggiungessi il vialetto, mi ha domandato: «Quando, precisamente?»

Ho esitato. «Quando vuoi tu» ho risposto, senza voltarmi.

«Ti telefono? Potresti venire da me. Magari questo fine settimana. Così possiamo organizzare insieme».

Ho chiuso gli occhi, cercando di non darle a vedere quanto mi stavo arrabbiando. «Questo fine settimana ho da fare».

«Sempre?»

«Be', no, ma...»

«Allora ti chiamo» ha detto lei.

Mi sono voltata e ho visto che risaliva in macchina. Con la spalla ha dato un leggero colpetto a Miss Scarlett, che ha preso a dondolare a destra e a sinistra. La mancanza che sentivo di Aaron attanagliava dolorosamente ogni fibra del mio essere, come una specie di mal di denti diffuso in tutto il corpo. Stu, mi ero sentita esattamente così anche un anno fa, quando mi struggevo dal desiderio di lui dopo che avevamo litigato e Aaron non richiamava e non richiamava e non richiamava.

PARTE UNDICESIMA

Dopo che Aaron fu uscito di scena, non ci fu più alcun bisogno di chiudere con suo fratello. Senza contare che le cose erano migliorate molto fra di noi dalla sera del puzzle. Eravamo diventati una specie di coppia fissa, anche se un po' strana, come burro d'arachidi e marmellata, che tra l'altro credo sia uno dei tuoi cibi preferiti. Naturalmente mi tenevo alla larga da casa sua, ma, tutte le volte in cui riuscivo a inventarmi una buona scusa per mamma, passavamo del tempo insieme in città, quasi sempre vicino al fiume perché è un posto tranquillo e c'è una panchina con degli alberi che ci riparavano quando pioveva.

Il nonno venne trasferito dall'ospedale in una casa di riposo e papà lo aiutava ad abituarcisi, andando a trovarlo tutte le volte che poteva. Il giorno di San Valentino arrivò in cucina con un biglietto, che posò sulla pila dei panni da stirare. Mamma fece finta di niente, limitandosi a osservare papà che appoggiava una borsa sul pavimento e riempiva il tostapane. Il ferro da stiro sbuffava vapore sui pantaloni di Dot.

«Vai di nuovo al ricovero?» gli chiese con un sospiro.

«Gli porto delle altre foto. Funziona. Sul serio. Anche la parola sta migliorando. L'ultima volta ha detto il Padre Nostro quasi senza errori. Le infermiere sono bravissime. Davvero eccezionali. Stiamo lavorando tutti insieme per cercare di...»

«Peccato che non ti paghino...»

«Sto anche cercando un lavoro» rispose papà, controllando il tostapane.

«Be', non è nella casa di riposo che ne troverai uno». Mamma piegò i jeans e prese il biglietto. Lo aprì e per un momento l'espressione sul suo volto si ammorbidì. «Grazie, Simon». Papà prese a spalmare il burro sul pane tostato sorridendo compiaciuto.

Ora, Stu, sono sicura che anche in America festeggiate San Valentino, e probabilmente fate le cose ancora più in grande di noi. Ho visto in tivù che voi statunitensi impazzite per le feste. Una volta in un documentario su Halloween hanno raccontato di un vecchio signore californiano che si era dipinto tutta la faccia di nero. Quando gli hanno chiesto 'Barack Obama?', lui ha risposto 'O.J. Simpson'. Io non l'ho capita, ma siccome tutti sono scoppiati a ridere davanti al loro piatto di torta di zucca, penso che anche il 14 febbraio sia un'occasione altrettanto allegra. Immagino che preparassi tante cose per Alice prima che ti dicesse della relazione con tuo fratello, tipo un percorso di petali di rosa per condurla a un tavolino apparecchiato a lume di candela sul balconcino, oppure un sentiero di bustine di ketchup che portava al cheeseburger con patatine e al bicchierone di frappé con le due cannucce.

Non ero innamorata di Max, ma non ebbi altra scelta. Comprai un biglietto con sopra un orso polare in bikini e a pranzo glielo consegnai. All'interno era stampata la frase *Mi fai sciogliere* e io aggiunsi... *Come il riscaldamento globale*. Max lo lesse senza capire la battuta. Sapevo che Aaron invece avrebbe riso, e sentii una fitta allo stomaco mentre mi sedevo appoggiando il vassoio sul tavolo. Me ne rimproverai duramente, tra me e me, masticando i bocconcini di pollo con più determinazione del solito, ben decisa a ridere delle battute di Max. Tuttavia, non scherzò neppure una volta, anzi, a dire il vero mi sembrava piuttosto infelice mentre mangiucchiava le sue patatine.

Dopo la scuola avevamo un'ora da trascorrere insieme perché mamma avrebbe portato Dot dalla logopedista. Raggiunto il fiume, ci sedemmo sulla nostra panchina. I fringuelli volavano di ramo in ramo. Max prese un sassolino e cominciò a incidere qualcosa nel legno. Un airone scese in picchiata e si posò a pochi metri da noi.

«Guarda!» esclamai, indicando l'enorme volatile intento a immergere il becco giallo nell'acqua. Max lo degnò appena di uno sguardo.

«Tutto bene?» gli chiesi, seccata del suo cattivo umore. «È da stamattina che sei intrattabile».

«Tutto a posto».

«Non mi sembra».

Il sassolino smise di fare avanti e indietro. «È mercoledì».

«E quindi?»

«Vedo mio padre il mercoledì. Di solito. Ma fa lo stesso». Max riprese a incidere la panchina. «Stasera porta la sua ragazza fuori a cena. Comunque, non me ne frega» aggiunse in fretta. «Non mi interessa».

«Sì, invece» risposi dolcemente. «Ed è normale».

Annuì così impercettibilmente che forse me lo immaginai soltanto, poi scattò in piedi. L'airone si alzò sull'acqua con un fragoroso battito d'ali. Max gettò a terra il sassolino e mi indicò la panchina.

MM + ZJ
14 FEB

«Buon San Valentino alla mia ragazza» mormorò. «Insomma. Se vuoi esserlo».

Mi sembrò talmente impacciato e agitato che gli presi la mano e risposi semplicemente: «Sì».

Nel momento stesso in cui lo dicevo, sentii che c'era qualcosa che non andava. Se ne accorse anche Soph, che mi guardava sdraiata sul suo letto con la testa penzoloni, le guance che si facevano viola a mano a mano che il sangue le si raccoglieva in testa.

«Quindi non sei più la sua *non proprio*?» mi chiese quando le ebbi raccontato tutto.

«No».

«Non mi sembri molto contenta».

«Invece lo sono» mentii. «Certo che lo sono. Stiamo parlando di Max Morgan! Tutte vorrebbero stare con lui».

«Hai intenzione di dirlo a mamma?»

Mi sdraiai accanto a lei, rovesciando la testa all'indietro finché anche i miei capelli non sfiorarono la moquette. «Non voglio ancora morire».

«Molto probabilmente non gliene importa un fico secco» replicò Soph. «Presa com'è a stare dietro a Dot».

«O a papà» dissi io. Non era ancora rientrato dalla casa di riposo e mamma friggeva. Un'agenzia interinale gli aveva lasciato un messaggio nella segreteria telefonica dicendo che avevano un lavoro per qualche settimana, ma papà non aveva potuto ascoltarlo perché aveva dimenticato il cellulare a casa. Sentivo mamma camminare avanti e indietro al piano di sotto. Ogni tanto si fermava, sicuramente per scostare le tende e controllare il vialetto. «Vorrei che trovasse un lavoro. O che nonno migliorasse».

«O morisse».

«Soph!»

«Sto scherzando!» ribatté lei, scivolando dal letto al tappeto. Tenendosi la testa tra le mani, sbatté le palpebre una decina di volte prima che il sangue tornasse a scorrere normalmente. «Ma sarebbe bello ereditare qualche soldo».

«Come li spenderesti? Se ereditassi, diciamo, migliaia e migliaia di sterline?»

Soph si sdraiò a pancia in su, con braccia e gambe divaricate.

«Mi trasferirei in un posto dove c'è sempre il sole, con la piscina e una nuova casa e una grande conigliera con centinaia di conigli e una scuola diversa a pochi metri di distanza».

«Come va?» domandai, sentendomi in colpa perché, tutta presa da Aaron e Max, non le avevo più chiesto nulla da qualche tempo. «Un po' meglio?» Soph esitò, giocherellando col suo anello dell'umore. «Continuano?»

«Sì e no».

«Cosa vuol dire 'sì e no'?»

«È andato tutto bene per un po', ma poi le parolacce sono diventate davvero pesanti».

Mi misi a pancia in giù. «Del tipo?»

«Non mi va di ripeterle». Raccolse un ricciolo di polvere dalla moquette, evitando il mio sguardo. «E la settimana scorsa la mia compagna Porzia mi ha picchiata».

«Ti ha *picchiata*? Dove?»

«Non tanto forte» aggiunse in fretta. «Non mi ha fatto venire il livido o altro, ma mi ha fatto male lo stesso».

«Dobbiamo dirlo a mamma. Veramente, Soph».

Annuì lentamente. Rimasi con lei per tantissimo tempo, e appena tornò sul letto accesi la tivù di modo che non sentisse l'immancabile sfuriata quando papà fosse rientrato. Il mio piano comunque non funzionò, perché ci fu una scenata così clamorosa che probabilmente l'hai sentita anche tu in Texas, Stuart.

«Me lo sono dimenticato, va bene? Ho sbagliato!»

«Magari hai lasciato il telefono a casa apposta per non dover...»

«*Voglio* un lavoro! Secondo te perché ho inviato centinaia di domande?»

«Non esagerare!» battibeccò mamma, mentre me ne stavo in ascolto sulle scale. «Centinaia? Ma per favore!»

«Be', ho fatto il *cento* per cento più di te».

«Io mando avanti la casa!» argomentò mamma. «Se non fosse per me...»

«Se non fosse per te, respireremmo tutti un po' di più! Sei dispotica, Jane. E ti dico un'altra cosa. Adesso decido io. Ne ho abbastanza».

Immaginai mamma e papà che si fissavano da una parte all'altra della stanza.

«Riguardo a tuo padre?»

«Anche» ammise papà senza il minimo tono di scusa. «Non puoi impedire alle mie figlie di vedere mio padre, Jane. Non è giusto».

«Non è appropriato che lo vedano!» gemette mamma. «Ecco perché non mi fido del tuo giudizio, Simon. Ti aspetti che io permetta alle nostre figlie di andare in un ricovero a trovare un pazzo...»

«Non parlare così di mio padre» l'ammonì papà. Me lo immaginai mentre scuoteva il dito. «Non ti permettere».

«Invece *mi permetto*!» gridò mamma. «Posso avere la mia opinione. Stai spendendo i nostri soldi. Ogni giorno fai chilometri e chilometri per andare a trovare quell'uomo, mentre dovresti fare qualcosa di più utile».

«Soldi che mi sono guadagnato!»

«Soldi che *non stai più* guadagnando» lo corresse

mamma. «Soldi che non possiamo permetterci di spendere perché tu non vuoi trovarti un cazzo di lavoro!»

«Non accetto consigli da una persona che si rifiuta di lavorare».

«Il mio lavoro è qui» cominciò mamma. «Con le ragazze. Qualcuno dovrà pur fare attenzione e impedirti di trascinarle in cose pericolose come...»

«Portarle a trovare il nonno non è una cosa pericolosa!»

«È assurda!»

«Tu sei assurda! Alle ragazze non farebbe alcun male. Stai impedendo loro di crescere. Di diventare autonome. Di scoprire il mondo».

«Sono *io* a volere che Dot faccia il trapianto perché possa sentire quello che succede in questo cazzo di mondo!»

«È felice!» ribatté papà. «Davvero felice!»

«Invece fatica parecchio, Simon. Così mi ha detto la logopedista oggi. Non sta imparando a leggere le labbra rapidamente come dovrebbe e...»

«Sa usare i segni e a scuola va tutto bene grazie all'aiuto degli insegnanti di sostegno. Non c'è alcun bisogno di ricoverarla un'altra volta e traumatizzarla di nuovo».

«Potrebbe tornare a sentire, però» disse mamma con voce tremante. «La musica. La tivù. La mia voce».

«Sentirebbe anche un sacco di ronzii e di cigolii elettronici che non hanno niente a che vedere col mondo reale. E potrebbe non funzionare. Hai visto cos'è successo l'altra volta! No» disse papà con fermezza. «Non vale la pena di rischiare. Sei egoista!»

«Egoista? Lo faccio per nostra figlia!»

«Lo fai per te stessa» esclamò papà, «e lo sappiamo benissimo tutti e due!»

«Cosa vorresti dire?»

«Lo sai cosa voglio dire» urlò papà. «Vuoi che Dot possa tornare a sentire, perché è colpa tua se è...»

«FUORI!» gridò mamma all'improvviso. Le sue parole risuonarono per tutta la casa. «VATTENE!»

Non pensai neppure per un secondo che se ne sarebbe andato, ma sentii sbattere la porta del salotto. E poi quella di casa. Mi aggrappai al corrimano, respirando affannosamente. Mi guardai le dita dei piedi, incerta sul da farsi. Poco dopo, un'altra porta cigolò, e vidi comparire gli occhioni spaventati di Soph. Le dissi di tornare a dormire. In salotto, mamma cominciò a piangere. Ci precipitammo entrambe al piano di sotto.

«Mamma?» La mia voce sembrava straordinariamente bassa dopo tutto quel gridare. «Mamma, stai bene?»

Era ricurva sul divano di pelle, la schiena scossa dai singhiozzi. «Sì... sto bene».

Soph corse verso di lei e le si arrampicò in grembo, gettandole le braccia al collo.

«Cos'è questa storia?» chiesi con una nota di frustrazione che non mi preoccupai di nascondere. Mamma e il nonno, il lavoro e Dot... non riuscivo a capire. «Che cosa è stata colpa tua? Cosa intendeva papà?»

«Niente» disse mamma con voce ancora tremante, asciugandosi gli occhi.

«Niente un corno!» sbottai. Ero in piedi davanti a lei con un'espressione furibonda sul viso. «Papà se n'è appena andato!»

«Tra cinque minuti torna, appena si sarà calmato» rispose mamma, facendo scendere Soph. «Sei un po' pesantuccia, tesoro». Si alzò in piedi, fece un lungo respiro e si asciugò il naso su una manica. «A volte è talmente testardo. Non vuole che Dot faccia l'unica cosa che potrebbe aiutarla. Vuole costringermi a portarvi a trovare il nonno quando sa benissimo cosa è successo».

«Ma *cosa* è successo?»

«Be', non mi lascerò mettere i piedi in testa» disse lei, sistemandosi i capelli dietro le orecchie senza ascoltare una sola parola di ciò che le stavo dicendo. «Assolutamente no».

«A Soph mettono i piedi in testa» dissi tagliente. «*Letteralmente*. Le sue compagne di classe». Mamma si voltò a guardarla. Soph giocherellava con una manica del pigiama. «Questa storia va avanti da un po', e sta andando sempre peggio. Devi fare qualcosa perché rischia di diventare insostenibile. Non solo parolacce e insulti. Una bambina che si chiama Porzia l'ha *picchiata*».

«Cosa?»

«Sì» dissi, osservando l'espressione scioccata di mamma e sperando che finalmente tornasse in sé. «Ho pensato che qualcuno dovesse farti sapere che succedono delle cose intorno a te e papà...»

Proprio in quel momento papà entrò in casa con un giornale sotto il braccio. L'occhio più chiaro era grigio e torvo. Nessuno dei due chiese scusa all'altro. Mamma osservò papà che si sedeva in poltrona e papà osservò mamma che sistemava la biancheria sul termosifone. Non ho idea di che cosa stessero pensando. Di certo, Stu, niente che avesse a che fare con sete dorate, stelle fulgide o placide acque di montagna.

Con affetto,

Zoe xx

Via dei Narratori, 1
Bath

3 marzo

Ciao Stu,

mancano meno di due mesi. Mi domando se sul calendario hai fatto una X sul primo maggio o se hai semplicemente scritto 'ore 18, iniezione letale'. In ogni caso, posso soltanto dirti che spero tu non abbia paura degli aghi perché Lauren è svenuta due volte quando le hanno fatto il vaccino a scuola e per poco non si è ingoiata la lingua. Deve essere stranissimo sapere quando si morirà, con tutto quel crescendo di tensione. Un po' come quando si aspetta il Natale, però senza tacchino, a meno che tu non abbia richiesto proprio quello per il tuo ultimo pranzo o per la tua ultima cena. Comunque, potrebbe anche non succedere nulla quel giorno, quindi non cominciamo a immaginarci tutti i dettagli perché, chi lo sa, potresti guadagnare un altro paio di anni se la suora riesce a fare qualcosa. Nessuno sa cosa accadrà da qui a un mese o da qui a due mesi, come continuo a ripetermi tutte le volte che vado in ansia pensando alla funzione commemorativa.

Nel caso te lo stessi domandando, si terrà a scuola. Sandra ha ottenuto il via libera per utilizzare il salone il primo maggio e organizzare una cena di due portate, che verrà preparata dalle signore della mensa.

«Sarà una cosa carina» ha commentato lo scorso fine

settimana. Eravamo in veranda. Mamma ha sorriso e io ho riflettuto sul fatto che si possa commemorare una persona con un piatto di polpettone. «E raccoglieremo anche dei fondi per la scuola. Quindici sterline a testa. Naturalmente tu mangerai gratis» ha aggiunto, accarezzandomi una gamba. L'ho allontanata, fingendo di avere un prurito al ginocchio. «Hai ancora pensato a ciò che vorresti leggere?» Non ho risposto. Non riuscivo a parlare. Il sole ha fatto capolino tra le nubi, inchiodandomi al divano come una calda puntina da disegno dorata.

«Hai avuto piuttosto da fare con la scuola, vero?» ha detto mamma mentre sentivo che il sudore mi fuoriusciva da tutti i pori.

«Be', penso che sarebbe bello se leggesse qualcosa di personale. Qualcosa scritto da lei» ha continuato Sandra come se io non fossi presente. «Dal profondo del cuore».

«Te la caverai benissimo, Zo» ha rincarato mamma, prendendomi la mano. «Sei molto brava a scrivere».

È stata carina mamma a dire così, Stu, però quando mi ci sono messa, prima, sono riuscita soltanto a scrivere il suo nome e a sottolinearlo cinque volte. Ho appallottolato il foglio e l'ho gettato nel cestino urlando dalla frustrazione. L'ho calpestato con impeto e mi sono fatta male al piede, ma siccome me lo meritavo, ho continuato a calpestarlo imperterrita, odiandomi per le cose che ho fatto e per la sofferenza che ho causato. Sarebbe una benedizione riuscire a dimenticare la pioggia e gli alberi e la mano che affonda. Essere come il nonno dopo l'ictus, confusa e frastornata. Gettare i ricordi da una parte e chiedere della marmellatina di fragole.

Se dimenticare non si può, allora devo buttare fuori tutto, adesso più che mai perché non ci resta molto tempo,

Stu. Anche se è durissima, devo proseguire perché sei l'unico che può capirmi e se il primo maggio le cose dovessero andar male non avrò più questa possibilità. Moriresti senza aver conosciuto la parte peggiore di me, mentre invece io conosco la parte peggiore di te, il che non sarebbe giusto perché siamo sulla stessa barca. Perciò non preoccuparti, continuerò a parlarti fino alla fine così ti farò pensare ad altro e non ti sentirai solo. Immagino che ora la cella ti sembri più stretta che mai, e che il mondo esterno ti appaia sempre più lontano.

PARTE DODICESIMA

Comincerò dal 16 febbraio, il giorno del compleanno di Dot, per cui immaginati la mia sorellina che mi sveglia saltandomi sul letto, in testa se ben ricordo, e dandomi una bella ginocchiata.

«Oggi ho sei anni!» disse muovendomi le manine proprio davanti agli occhi così che potessi seguirne bene i gesti. Mi sfiorò il naso col dito mignolo.

«Lo so».

«Allora dov'è il mio regalo?»

Feci finta di sobbalzare. «Me lo sono dimenticato!»

Dot aggrottò la fronte. «Non è vero».

«Sì. Veramente. Me lo sono dimenticato!» Mi prese per le orecchie e studiò attentamente la mia espressione, avvicinandosi fino ad appoggiare il suo nasino al mio.

«Bugiarda!» Si mise a ballare per la stanza, gesticolando all'impazzata. «Bugiarda bugiarda bugiarda!»

Ridendo, scesi dal letto e aprii l'armadio. Presi il regalo

che avevo nascosto sotto le scatole da scarpe. Dot strappò la carta e scoprì una coroncina di plastica dorata con su scritto *Regina del mondo*. La osservò meravigliata.

«Ti piace?»

«Un sacco!»

Ci sedemmo sulla moquette e cominciammo a sorseggiare un tè a Buckingham Palace.

«Posso dirti un segreto?» mi chiese. Feci finta di addentare un biscottino e aspettai che proseguisse. «Sei la migliore della famiglia. *Veramente* la migliore».

Le sfiorai il nasino con la mia tazza immaginaria. «Grazie».

«Questo è il più bel regalo che io abbia mai ricevuto. Meglio di quello che mi ha comprato mamma». Arricciò il naso. «Libri. *Da colorare*. Non mi ha regalato quello che le avevo chiesto».

Mi voltai verso di lei. «Cosa le avevi chiesto?»

Dot mi guardò con un faccino triste triste. «Orecchie nuove».

«È per questo che avevi chiesto l'iPod a Babbo Natale?» le domandai, prendendola in braccio. «Avevi chiesto anche a lui le orecchie?»

Dot annuì. «Ma solo nel P.S. in fondo alla lettera, e magari non l'ha letto».

«Può darsi» abbozzai. Stavo malissimo per lei. La cullai per un po', ben sapendo che non sarebbe servito un granché, pur di fare qualcosa.

Mi guardò di nuovo. Aveva gli occhi verdissimi. «Perché sono nata così?»

«Non lo so. Queste sono cose che non si possono scegliere».

«Be', penso proprio che non sia giusto».

«No» risposi. «Lo penso anch'io».

Continuai a rimuginarci su per tutta la mattina. Nella doccia. A colazione. Andando in biblioteca. Sinceramente, ascoltai a malapena anche la signora Simpson che me la menò per un bel pezzo con la moquette che avrebbe voluto mettere in casa. Stavo aggiustando alcuni vecchi libri seduta al bancone.

«... così alla fine ho scelto il verde oliva».

«Fantastico». Col pollice presi un pezzo di scotch, chiedendomi se mamma fosse costantemente preoccupata per Dot come lo ero io quella mattina.

«Cioè, per un po' ho anche considerato il verde *salvia*, ma poi ho pensato che fosse un tantino troppo forte».

«Davvero?»

«Sul serio, Zoe, in vita mia non ho mai trovato della salvia che avesse quel colore e, ti dico, dovrei saperlo perché cucino parecchio. L'ho detto anche al commesso. No, penso proprio di aver fatto la scelta giusta. Il verde oliva è meglio. Più tranquillo».

«Esattamente».

«E anche meno caro, tra l'altro, così ho potuto... non è il tuo amico quello?» mi domandò.

«Certamente» risposi, senza ascoltarla.

«Lassù. Vicino alla scala a chiocciola».

Sollevando un volume, la signora Simpson mi indicò qualcuno al piano superiore. Sobbalzai. Aaron stava percorrendo la sezione di Letteratura in cerca di un libro, ignorandomi completamente. Si grattò la testa ostentando un'espressione perplessa, senza dubbio apposta perché mi alzassi e andassi ad aiutarlo. Feci un pasticcio con un'etichetta. Persi la pazienza e mi alzai. Tornai a sedermi. Per un po' feci oscillare nervosamente una gamba sotto il bancone. Scattai di nuovo in piedi. Rovesciai lo scatolone dei libri da riportare a scaffale, pregando che ci fosse qualcosa della sezione di Letteratura.

Due libri sul lavoro a maglia.

Uno sui ponti.

Un'enciclopedia delle religioni che gettai da una parte, imprecando.

Rovistai con la mano e, in un angolo dello scatolone, tastai qualcos'altro. Lo recuperai alla velocità della luce. Un romanzo di George Eliot! Stringendomi il libro al petto, mi avviai di corsa verso le scale. Anche Aaron aveva in mano un libro di cui stava leggendo il risvolto di copertina. Si allontanò dallo scaffale. Stu, se aveva anche solo lontanamente capito che mi stavo precipitando verso di lui, ti garantisco che non lo diede a vedere. Cominciai a salire le scale proprio mentre lui cominciava a scenderle. Girando e girando, i nostri passi facevano risuonare il metallo. Ci incontrammo esattamente a metà della scala a chiocciola, e fu come trovarsi nella gigantesca elica del DNA di Aaron. Ero circondata e avvolta da lui. Il resto del mondo era scomparso.

«Che sorpresa vederti qui» esordii. Sorrisi anche, convinta che fosse venuto per presentarmi le sue scuse.

«È una biblioteca, no? Stavo cercando un libro». Il suo tono mi colpì. Anzi, mi fece rimanere senza fiato. Aaron mi mostrò un romanzo di Dickens. «Per il saggio che devo consegnare lunedì. Ho lasciato la mia copia all'università. Questo è l'unico motivo per cui sono qui».

Gli mostrai il volume che avevo in mano e gli indicai il primo piano. «Sì, certo. Questo è l'unico motivo per cui sono qui. Devo riportare questo libro nel suo scaffale».

Ci guardammo in cagnesco, eppure nei nostri occhi c'era qualcosa di più oltre alla collera. Nessuno dei due fece un passo. Nessuno dei due voleva muoversi. Gli bloccavo il passaggio e lui bloccava il mio. Rimanemmo lì impalati per un sacco di tempo. La gente si muoveva sopra le nostre teste e sotto i nostri piedi mentre noi ce ne stavamo sospesi tra un piano e l'altro.

L'aria era frizzante. Carica di elettricità statica. Piena di ronzii e scoppiettii come quando sta per scoppiare un temporale.

«Non avresti dovuto darmi della stronza» dissi alla fine.

«Non avresti dovuto comportarti da stronza» rispose lui. Rimanemmo però a guardarci negli occhi, tornando con la mente a quella sera e a tutte le altre che l'avevano preceduta, alla civetta, al falò, al muretto vicino a casa mia e alla finestra su cui avevamo appoggiato le mani tremanti. Mille opportunità perdute.

Mille e una.

«Puoi spostarti, per favore?» si costrinse a dire Aaron. «Devo andare».

Troppo delusa per rifiutare, mi feci da parte e lo lasciai passare. I nostri corpi si sfiorarono. Sono sicura che la sentì anche lui, quella sensazione di bruciore sulla pelle, mentre la scala vibrava tanto rumorosamente da scuoterci fin nel midollo delle ossa.

Al primo piano mi si avvicinò un grassone, che mi chiese dov'era la sezione dei gialli. Aaron raggiunse il bancone.

«Avete dei libri di scrittori americani?» chiese ancora l'uomo. «Che non siano Grisham, intendo». Al piano di sotto, Aaron stava consegnando la tessera. Vidi un lampo bruno – i suoi occhi castani che mi rivolgevano una rapidissima occhiata – e il rossore delle sue guance quando si accorse che l'avevo visto. «Ho letto tutti i suoi libri. Tranne *Il rapporto Pelican*, ma ho visto il film per cui conosco già la trama». Avvertii una fitta alle labbra per tutte le cose che volevo dire. Che avevo bisogno di dire. «Certo non è come leggere il libro ma...»

«Scusi» lo interruppi proprio mentre la signora Simpson registrava il prestito di Aaron e apponeva sul libro il timbro con la data. Aaron si avviò verso l'uscita. «Scusi. Devo soltanto...» La frase rimase sospesa a mezz'aria e io mi precipitai giù per la scala. «*Aspetta*» dissi sottovoce, passando di corsa davanti al bancone. La signora Simpson mi chiamò sibilando il mio nome. Appoggiai le mani sul vetro freddo della porta girevole, che mi lasciai turbinare alle spalle. Attraversai l'atrio e uscii nella pioggia – quella pioggia inglese che scende a linee tratteggiate, e non a puntini, inzaccherandomi il viso, i capelli e i vestiti. Mi guardai intorno disperata, allungando lo sguardo e il collo per vedere se Aaron stesse ancora percorrendo il marciapiede affollato. Niente da fare. Era sparito.

Tornai nell'atrio e mi accasciai per terra vicino al termosifone. Appoggiata sui talloni, mi presi la testa tra le mani. Era finita. L'ultima possibilità sfumata. Poi, però, sentii che qualcuno tirava lo sciacquone e infatti Aaron comparve sulla porta dei servizi, asciugandosi le mani sui jeans. Balzai in piedi e mi precipitai verso di lui, con le scarpe che facevano *cic ciac* e la frangia incollata alla fronte. Forse fu solo un'illusione, ma mi parve che Aaron curvasse le labbra in un mezzo sorriso vedendo che gocciolavo su tutto il pavimento. Stu, non volevo fare una metafora, però può essere che veramente io mi stessi sciogliendo dentro davanti a quell'accenno di sorriso.

«Senti, Aaron, non lo sapevo, va bene?» esclamai. «Non sapevo che foste fratelli. Non da subito». Se davvero c'era stato un sorriso, svanì immediatamente. «La prima volta ho baciato Max perché tu eri sparito. Solo per quello! Devi credermi».

«Non sono sparito per molto» borbottò lui, incrociando le braccia. «Mi ero soltanto allontanato per rispondere al telefono perché mia madre aveva chiamato e non sapeva che avessimo organizzato una festa».

«Ti ho cercato» dissi, protendendo le mani. «Dappertutto! E la sera del falò ho baciato Max solo perché mi dispiaceva che avessi la ragazza».

«Ma io non ho la r...»

«*Adesso* lo so!» protestai esasperata, asciugandomi la pioggia dal viso. «Ma allora pensavo davvero che steste insieme, te lo giuro».

Aaron alzò gli occhi. «E allora sei saltata alle conclusioni e ti sei presa mio fratello?»

«Non *sapevo* che foste fratelli quando è cominciata» urlai, sperando con tutte le mie forze che mi credesse. «Come avrei potuto saperlo? Non avrei mai...»

«Ma poi l'hai scoperto!» ribatté Aaron. «Hai scoperto che eravamo fratelli e hai continuato».

«Soltanto perché me l'hai detto tu!»

«Quindi lo stai solo usando?»

«No, cioè... Senti, non è che Max non mi *piaccia*, non è così. Mi piace molto ma...» Aaron si tirò il cappuccio sulla testa con fare rabbioso e si precipitò fuori. Gli corsi dietro, prendendolo per un braccio e costringendolo a voltarsi prima che si volatilizzasse di nuovo. «Non lasciamo questa cosa in sospeso così» gli gridai con la pioggia che mi batteva sul viso.

«Così come?» urlò Aaron, liberandosi con uno strattone. Il suo petto si sollevava e abbassava affannosamente. I nostri cuori battevano all'impazzata, ma dovevo fargli capire come stavano le cose.

«Con te che pensi che io abbia scelto Max!»

«Ma tu *hai* scelto lui!»

«Perché non sapevo che avrei potuto scegliere *te*!»

E, senza pensarci, senza preoccuparmi delle conseguenze, lo tirai verso di me. Le nostre bocche si incontrarono con un tale impeto che provai il dolore più dolce del mondo.

Ci separammo, scioccati. Per qualche secondo non accadde nulla. Non accadde nulla, eppure in quell'istante accadde tutto perché non ci uscì una sola parola di rimpianto. Sorridemmo invece di una felicità più grande di qualunque senso di colpa. Guardandosi intorno per assicurarsi che nessuno potesse vederci, Aaron mi afferrò una mano e cominciammo a correre. Adrenalina pura ci fluiva nelle vene. Volevamo disperatamente trovare un posto in cui poter stare da soli. La pioggia raddoppiò d'intensità, come se anche la natura fosse dalla nostra parte e cercasse di intrappolare la gente negli edifici. Le case, i marciapiedi, i gradini, le viuzze, le chiese e i parchi... Stu, tutta la città ci appartenne per un prezioso istante lungo e ampio che riempimmo fino all'ultimo millimetro.

Quella sì che era vita.

Vita vera.

I colori erano più brillanti. I profumi più intensi. I suoni più nitidi. Riuscivo a percepire il *glu glu* dell'acqua che usciva da una grondaia, a distinguere tutte le sfumature possibili di verde mentre correvamo sotto gli alberi, a sentire il profumo della pioggia e del fango. Ci rifugiammo in una torretta che conduceva alle mura cittadine. Aaron mi baciò in quel buio umido di muffa. Le sue labbra erano dolci, i suoi gesti convulsi. Sentii il suo odore, Stu – dentifricio, sapone e deodorante –, niente di speciale, ma chiusi gli occhi. Mi sfiorò il collo, la schiena, i capelli, forse anche il cuore, mentre le nostre bocche si baciavano, i nostri corpi si appiccicavano e le nostre scarpe si inzuppavano nella pozzanghera che avevamo a malapena intravisto.

Con affetto,

Zoe xx

Via dei Narratori, 1
Bath

17 marzo

Ciao Stu,

è un sollievo essere qui con te stasera. Ho trovato una coperta che Dot deve aver lasciato nel capanno e mi ci sono rannicchiata sotto, ben contenta di potermi nascondere da tutto e da tutti. Sinceramente, non so quanto ancora riuscirò a fingere. Stu, immagina la protagonista de *Il mago di Oz* che sbaglia le battute, o il trucco verde della strega che gocciola sul palcoscenico. Per me, naturalmente, è il contrario: la mia faccia innocente si scioglie per mostrare a tutti quel che c'è sotto. Il pubblico rimane a bocca aperta. Mamma. Papà. Tra tutte, la bocca di Sandra è la più spalancata.

È tornata anche stasera. Senza preavviso. Ha suonato il campanello tre volte ed è entrata senza aspettare che qualcuno le dicesse 'Avanti!'.

«Che cosa ci fa qui?» ci ha chiesto Dot a gesti. «E perché non si è lavata i capelli?»

«Dot ti sta salutando» ha biascicato papà, invitando Sandra a entrare in salotto con una profusione di 'come vanno le cose' e 'ci fa piacere vederti' anche se si capiva lontano un chilometro che era sconvolto dal fatto che fosse comparsa così all'improvviso.

«Puzza» ha commentato Dot.

«Mia figlia ha il raffreddore» ha spiegato papà perché Dot agitava la manina davanti al naso. «Cosa posso fare per te, Sandra?»

Le ha indicato una poltrona, ma Sandra si è inginocchiata sul pavimento accanto a me. La maglietta che indossava non era sufficiente per proteggerla dal freddo della sera, e infatti aveva la pelle d'oca sulle braccia magre e violacee. Dot non aveva esagerato riguardo al suo odore. Quando Sandra ha rovesciato la borsa, scuotendola, mi è arrivata una forte zaffata di alcol. Ha lasciato cadere delle foto sulla moquette ai miei piedi.

«Per la mostra. Alla funzione commemorativa. Ho pensato che ti avrebbe fatto piacere vederle, Zoe».

Prima che potessi rispondere, papà ha aggrottato la fronte e ha chiesto: «Sei venuta in macchina, Sandra?»

Sandra si è limitata a sorridere. Aveva le labbra macchiate di vino. «Guarda questa» ha continuato, mostrandomi la foto di un bambino con le gambe grassocce ricoperte di borotalco. «E questa!»

«Che bimbo grasso» ha commentato Dot.

«Carino» ha detto invece papà. «Davvero carino».

Mamma intanto era entrata sciabattando, con un libro in mano. È rimasta impietrita quando ha visto Sandra che sparpagliava fotografie sul tappeto.

«Ehm, ciao» ha mormorato. «Cosa sta succedendo?»

«Questa signora è impazzita» ha spiegato Dot coi gesti.

«Sandra è passata a farci vedere delle foto» ha risposto papà, lanciando un'occhiataccia a Dot che per tutta risposta ha iniziato a ridacchiare. «Ha avuto un'ottima idea, vero?»

Un bambino di due anni con la bocca sorridente tutta impiastricciata di cioccolato.

Un bambino di nove anni con le ginocchia sbucciate.

Primo giorno di scuola.

Ultimo giorno di scuola.

Una foto di me al luna park in mezzo ai due fratelli.

Sandra me l'ha passata e io l'ho presa con le mani che mi tremavano. Non riuscivo a smettere. Ero sicura che qualcuno se ne sarebbe accorto, così mi sono lasciata cadere la fotografia in grembo e ho ficcato le mani tra le ginocchia, disgustata da quella sensazione di appiccicaticcio sulla pelle. Temevo che anche l'espressione sul mio viso mi avrebbe tradita, per cui ho cercato di sorridere ma mi è uscita solo una specie di smorfia.

«Non diresti che di lì a poco sarebbe accaduto qualcosa di terribile» ha commentato Sandra a bassa voce, fissando la fotografia. «Nessun segnale... Niente. C'è una cosa che voglio chiederti da un po', a dire il vero» ha continuato. Mi si è contratto lo stomaco. «Riguardo a quella sera».

«Temo che Zoe non se la senta» è intervenuta allora mamma, notando che impallidivo. «Non le va di parlare del luna park».

«Ma è importante».

«Penso sia meglio continuare a guardare le fotografie» ha detto mamma. «Sono sicura che ce ne sono di bellissime».

«Perché ve ne siete andati?» ha insistito Sandra. Anche se forse aveva bevuto, il suo sguardo era ben fermo.

«Te l'ho già detto. Volevamo fare una passeggiata» ho risposto in fretta.

«Ma perché?»

«Questa è molto bella» ha commentato mamma, indicando una foto di Max, Aaron e Fiona in bicicletta. «Carinissima. Vediamone delle altre». Ha cercato di prendere una seconda fotografia, ma Sandra le ha raccolte in un mucchietto.

«Voglio capire quali sono stati gli ultimi spostamenti di mio figlio».

Il cuore mi sussultava in petto, sbatacchiando contro le costole, cercando disperatamente di fuggire da tutte quelle domande. Sono balzata in piedi. «È difficilissimo per me» ho supplicato. Mi si sono riempiti gli occhi di lacrime. «È difficilissimo parlarne. Anzi impossibile. Faccio sempre brutti sogni su quella sera e ripensarci mi fa paura perché mi sembra ancora tutto così...»

«Stai tranquilla, tesoro» ha sussurrato mamma. Papà mi ha posato una mano sulla schiena sudaticcia.

Sandra è arrossita e ha stretto forte il plico delle foto. «Mi dispiace. È solo che... non capisco perché abbiate lasciato il luna park per avventurarvi nel bosco. Dove volevate andare?»

«Da nessuna parte. Ci eravamo stufati» ho mentito. «Tutto qui. Ci eravamo solo stufati».

«Se non ve ne foste andati» ha balbettato Sandra.

A quelle parole, Stu, sono uscita dalla stanza dicendo che mi sarei preparata una tazza di tè. Avevo le gambe che mi tremavano. Dieci minuti dopo ero ancora intenta a fissare il bollitore, ed è stata mamma che ha dovuto premere l'interruttore per accenderlo.

Con affetto,

Zoe xxx

Via dei Narratori, 1
Bath

1° aprile

Carissimo Stu,

alla fine ho detto a Sandra che non avrei tenuto nessun discorso alla funzione commemorativa. Sono corsa a casa sua, ho buttato giù la porta e mi sono precipitata nella serra urlando a squarciagola: «NO!»

Sandra ha alzato lo sguardo dalle fotografie e mi ha osservata socchiudendo gli occhi. «Cosa?»

«No. Semplicemente no» ho gridato, puntandole contro un dito tremante. «*No*».

Pesce d'aprile, Stu.

A volte, di notte, mi convinco che questi ultimi mesi siano stati solo un brutto scherzo. Coricata al buio, mi ripeto che questa non è la mia vita. Devo soltanto aspettare fino a mezzanotte e poi Sandra comparirà dicendo 'Ci sei cascata!', la voce nella bara canticchierà 'Pesce d'aprile!' e io mi metterò a ridere, a ridere, a ridere fino a che le lacrime non mi solcheranno il viso. Le guardie apriranno la tua cella e tu uscirai dal braccio della morte danzando e sentendoti nel petto il cuore leggero come non mai, e tua moglie ti starà aspettando a casa vostra senza coltellate di cui discutere.

Facciamo finta per un attimo che possa accadere davvero. Chiudi gli occhi. Io chiudo i miei. Poi sogniamo lo stesso sogno, tu da una parte e io dall'altra dell'Atlantico, e illuminiamo questo buio che ci separa. Riesci a vederci, Stu? Riesci a vederci lassù, splendenti nel cielo nero?

Neppure io.

Non penso che la suora verrà a trarti in salvo perché non ho visto nulla su Google. Forse non ci ho mai creduto veramente, perché adesso non sono sconvolta al pensiero che Janet non sia davanti alla prigione con un appello firmato da un centinaio di persone. Forse non ho mai creduto che sarebbe finita bene. Se non altro, tu hai me e io ho te, almeno per la prossima manciata di giorni, per cui cerchiamo di approfittarne il più possibile, ricominciando da dove avevamo interrotto, vale a dire dai piedi bagnati nelle scarpe zuppe d'acqua che di ritorno verso la biblioteca facevano *cic ciac*.

PARTE TREDICESIMA

Quando rientrammo nell'atrio e ci salutammo, avevamo stabilito ogni dettaglio. Aaron avrebbe spiegato tutto a Max quello stesso fine settimana, prima che io lo rivedessi a scuola. Poi gli avrei parlato anch'io, chiedendogli scusa di persona, dato che non sono una codarda. Infine, Aaron e io avremmo fatto le cose con calma, senza farlo pesare a Max. Avremmo aspettato che superasse la delusione prima che io tornassi di nuovo a casa loro. Quando finii il turno, mi ero ormai convinta che Max avrebbe dimenticato tutto in meno di due settimane, e scelto una delle mille altre ragazze che a scuola gli stavano dietro.

«Sembri felice» mi disse mamma quando salii in macchina coi capelli tutti crespi per la pioggia.

Sorrisi ed ebbi la sensazione che tutto il mio volto risplendesse. «Il turno è andato benissimo».

«Ma piantala! Quello sguardo può voler dire solo una cosa».

«*Mamma!*»

«So cosa significhi essere giovani, sai» disse. «Vagamente, insomma. Chi è?»

«Nessuno!» protestai, arrossendo fino alle orecchie.

«Questo *nessuno* deve essere davvero molto carino» aggiunse, controllando gli specchietti prima di ripartire. «Sta' attenta, però, me lo prometti? L'idea che ti lasci distrarre dai ragazzi non mi piace per niente».

«Non mi lascio distrarre proprio da nessuno».

«Bene. Perché i ragazzi vanno e vengono, sai? A differenza dei risultati d'esame. Quelli rimarranno con te per sempre».

«Che romantico» borbottai mentre mamma si infilava nel traffico. Aveva smesso di piovere ma le ruote schizzavano acqua dalle pozzanghere. Mi piaceva ascoltare quel suono. Mi piacevano il colore grigio del cielo sopra gli alberi e il traffico e i negozi e tutto quello straordinario mondo ordinario.

«È così, tesoro. Ci sarà tempo per i ragazzi più avanti, mentre a scuola hai una sola possibilità e...» Si interruppe quando mi sentì sospirare. «Scusami».

Sorpresa, le lanciai un'occhiata. «Non fa niente».

«Sì, invece». Gonfiò le guance. «Forse tuo padre ha ragione». Mi assestò un colpetto sul ginocchio. «Non dirglielo però».

Passammo il resto del viaggio in silenzio, entrambe assorte nei nostri pensieri. Mentre mamma parcheggiava nel vialetto, Soph fece capolino dalla finestra della sua camera ma ignorò completamente il mio saluto e richiuse in fretta le tendine.

«Che cos'ha?» chiesi, scendendo dalla macchina.

«Temo che non sia dell'umore migliore» rispose mamma. «Quelle bambine a scuola...»

«La situazione è peggiorata?»

Mamma scosse la testa, un'espressione preoccupata sul viso. «Non proprio».

Aprì il bagagliaio e mi diede una grande scatola bianca con la torta di compleanno per Dot. «Attenta a non farla cadere! Mi è costata un occhio». Prese altre tre borse e, entrando in casa, mi ricordò di togliermi le scarpe. «Ieri ho parlato con l'insegnante di Soph».

«Le hai detto di Porzia?»

«Sì».

«E lei che cosa ha detto?»

Mamma abbassò la voce. «Che non esiste nessuna Porzia nella sua classe».

«Be', sarà in un'altra...»

«E neppure nella scuola» disse mamma. Per poco la scatola bianca non finì sul pavimento. «Si è inventata tutto, Zo. Tutto quanto».

Prima che riuscissi a mandare giù quella notizia, Dot schizzò fuori dal salotto con indosso la sua nuova coroncina, gesticolando tutta contenta.

«È la mia torta da principessa?»

«Proprio come aveva ordinato, sua altezza!» rispose mamma. «Come sta la mia bimba oggi che è il suo compleanno?»

«Voglio vederla! Voglio vederla!»

Mamma posò le borse a terra e sollevò il coperchio della scatola. A Dot brillarono gli occhi quando vide la glassa rosa. Corse su per le scale alla velocità della luce e andò nella stanza di Soph.

«Fuori!» gridò Soph.

«Che caratteraccio, santo cielo» borbottò mamma. «Non c'è da stupirsi, veramente, con tutte le bugie che ha raccontato. Questa mattina le ho chiesto spiegazioni. Ha ammesso di essersi inventata tutto, ma non mi ha voluto dire perché l'ha fatto».

Mentre andavo in cucina a posare la scatola, le dissi: «Be', è ovvio. È gelosa».

«Di cosa?» chiese mamma, prendendo sei candeline e soffermandosi ad ammirare la torta.

«Di Dot».

Mamma mi guardò. «Perché dovrebbe essere gelosa di sua sorella?»

Scrollai le spalle. «Passi tutto il tuo tempo con lei».

Mamma fece per sistemare la prima candelina sulla torta, ma poi si fermò col braccio a mezz'aria. «Devo farlo, Zoe. Non *sente...*»

«Non devi spiegarlo a me. Io lo capisco» le dissi, e credo che per la prima volta lo stessi capendo davvero. «È triste vedere che Dot fatica così tanto».

Mamma deglutì, stringendo le candeline ancora più forte. «Esatto».

«Ma anche Soph fatica, mamma. Quando non ti occupi di Dot, litighi con papà per il nonno o per il lavoro o per i soldi e, francamente, è pesante sentirvi discutere tutto il tempo. Scusa» aggiunsi in fretta, pensando di aver detto anche troppo e che avrei quindi passato dei guai.

«Non devi chiedermi scusa» rispose mamma, lasciandosi cadere su una sedia e fissando le candeline che aveva in mano. Feci per andarmene, ma prima che uscissi dalla cucina, mi chiese: «Puoi dire a Soph che voglio parlarle?»

Non ho idea di cosa si dissero, ma a pranzo Soph aveva gli occhi rossi e gonfi. Le lasagne erano perfette, con sopra il formaggio dorato e croccante. Ridacchiando, mugolando e gesticolando a tutto spiano, Dot era al settimo cielo, eccitatissima per la festa al bowling organizzata per il giorno successivo. Si chiedeva che regali le avrebbero portato i suoi amici e non vedeva l'ora di mettersi le scarpe da bowling.

«Poi posso tenerle?» domandò.

Papà scoppiò a ridere. «No, sciocchina! Bisogna restituirle. Ma saranno tutte tue per un paio d'ore».

«Due ore?»

«Due ore» ripeté papà, facendole il solletico sotto il mento.

«Bambini piccoli» sussurrò mamma all'orecchio di Soph, che fece un sorriso grande così.

Ora, Stu, ti chiederai forse cosa stava succedendo a casa di Aaron e, credimi, ci pensavo anch'io, strapiena di torta, spaparanzata sul divano, mentre mamma e papà affrontavano una lunga discussione in cucina. Chissà di cosa parlarono. Per una volta, però, non urlarono, e io potei rimuginare sui due fratelli in santa pace. O quasi. Ammesso che in santa pace significhi sentire un piacevole formicolio nello stomaco. E anche provare un po' di paura. E di eccitazione. Controllai il cellulare per la centesima volta e per la centesima volta trovai soltanto la foto di Dot che avevo impostato come salvaschermo. Tra parentesi, se l'era fatta da sola senza che me ne accorgessi, tirando fuori la lingua e rovesciando gli occhi. Si era anche schiacciata il naso all'indietro così che potessi vedere bene fin dentro le sue narici.

Non riuscivo a far passare il tempo. Sfogliai una rivista, cercai di scrivere un po' di *Burlotto Fasolis*, riordinai la mia stanza arrivando persino a disporre i DVD in ordine alfabetico. Quando non ebbi più niente da fare, mi infilai sotto il piumone e aspettai. Me lo sistemai sopra la testa a mo' di tenda, lasciando fuori l'intero universo e proprio in quel momento il cellulare cominciò a suonare. Osservai lo schermo quasi inebetita mentre il nome di Aaron illuminava quel mio piccolo mondo.

«Ehi» dissi, incredibilmente felice di sentire la sua voce.

«Ehi» rispose lui con un tono di voce completamente diverso.

«Com'è andata? Si è arrabbiato? Ti ha tirato un pugno?» Nessuna risposta. «Oh, Dio! Ti ha picchiato, vero? Stai bene?»

Aaron fece un lungo sospiro. «Stavo per dirglielo, credimi».

«Cosa significa '*stavo per dirglielo*'? Non gli hai parlato?»

«Non ce l'ho fatta, Zo. Veramente. Abbiamo dovuto vedere nostro padre. Siccome mercoledì era fuori a cena con la sua ragazza, ci ha chiesto di incontrarlo oggi pomeriggio. Doveva dirci una cosa importante su di lei».

Chiusi gli occhi, spaventata dalla piega che stava prendendo quella conversazione. «E cioè?»

«Non hanno intenzione di lasciarsi, diciamo così».

«È incinta?»

«No. Si sposano. Gliel'ha chiesto il giorno di San Valentino. Il matrimonio sarà ad aprile».

«*Aprile?* Non è un po' presto?»

«Non vedono perché dovrebbero aspettare. Avresti dovuto sentirlo» disse Aaron, disgustato. «È innamoratissimo».

«Tu stai bene?»

«Sì, ma Max... È riuscito a trattenersi finché siamo rimasti con mio padre, ma una volta arrivati a casa è esploso. Da paura».

Mi scoprii la testa. Tutt'a un tratto mi sentivo mancare l'aria. «Dobbiamo dirglielo comunque». Aaron non disse niente. Sistemandomi supina, rimasi a fissare il soffitto con la mano appoggiata sulla fronte. «Non possiamo nasconderglielo. Non dopo ieri. *Dobbiamo* dirglielo». Nel telefono risuonò il rumore del nulla. «Aaron? Ti prego, di' qualcosa».

«Mi dispiace».

Deglutii, mentre la paura mi assaliva. «Cosa vuoi dire?»

«Ha bisogno di me, Zo. Ha bisogno di te».

«Ma non posso fingere» protestai, con gli occhi che mi si riempivano di lacrime. «Non posso arrivare a scuola lunedì e nascondergli quel che è successo in biblioteca».

«*Ti prego*» implorò Aaron. «Diamoci un po' di tempo per pensare a cosa fare».

«Stai veramente dicendo che vuoi che gli vada incontro e lo baci e mi comporti come se niente fosse?»

«Sì... No... Oh, non lo so. Senti, possiamo vederci domani?» mi chiese, disperato. Gli dissi della festa di Dot e che avremmo avuto la casa libera per un paio d'ore perché mamma voleva che ripassassi per il compito di scienze prima di raggiungerli. «Verrò da te e ne parleremo» disse lui. «Troveremo una soluzione. Te lo prometto».

«Okay».

Ci fu un attimo di silenzio, seguito da un impercettibile bisbiglio.

«Non me ne pento, Zo. Forse dovrei, ma non ci riesco».

Strinsi il telefono con forza. «Neppure io. Neanche un po'».

«La tua voce è diversa quando sorridi».

Sorrisi ancora di più. «Anche la tua».

«È un bel casino».

«Eh già».

«Ma lo risolveremo».

«Lo so».

«E poi...»

«E poi».

«Ciao ciao, Ragazza-Uccellino».

«Ciao ciao».

Il giorno dopo, mentre fingevo di ripassare gli appunti sul magnetismo, sentii bussare alla porta. Aaron era nella veranda con indosso un paio di jeans e una felpa verde. Con sé aveva una racchetta da tennis.

«Posso riavere la mia palla, per cortesia?» disse imitando la voce di un bambino. Io emisi una specie di strillo da ragazza idiota e gli saltai in braccio. Tutt'a un tratto, avevo compreso i principi del magnetismo molto meglio di quanto non fossi riuscita in classe. «Vorrei comunque la mia palla» disse ancora Aaron, mentre lo tiravo in casa. Casa mia, Stu. Aaron era in *casa mia*, le sue scarpe da ginnastica calpestavano la mia moquette, il suo odore si mescolava a quello del lucidante di mamma.

«Hai veramente buttato la pallina nel mio giardino?»

«Ne ho mandata una sul tetto» rispose Aaron, simulando un servizio e colpendo inavvertitamente il paralume con la racchetta.

Attraversammo la casa di corsa per precipitarci nel giardino sul retro in cerca della pallina. Scostando i rami, cacciammo la testa dentro i cespugli e spostammo le piante di lato coi piedi. Divenne ben presto una gara sfrenata a chi avrebbe trovato per primo la palla. La scorgemmo entrambi nello stesso istante, accanto a un vaso. Con un tuffo spettacolare, riuscii ad afferrarla prima di Aaron e corsi via a tutta velocità, esultando e agitando la pallina in aria. Aaron mi raggiunse, mi prese per la vita e mi sollevò.

«*Tutti salutino la Ragazza-Uccellino!*» gridò, portandomi in trionfo per il giardino mentre salutavo i fan in delirio. Poi cademmo entrambi sull'erba. «Brava».

«Grazie» risposi, facendo una specie di inchino. Ci sdraiammo, sfiorandoci le dita ma senza tenerci per mano perché avevamo delle regole da rispettare e una conversazione da affrontare.

«Allora che facciamo?» chiese Aaron, diventando serio serio.

«Aspetta» lo pregai. «Non adesso. Rimaniamo qui sdraiati solo un attimo». Da qualche parte un uccellino prese a cantare. Mi misi a sedere, guardandomi intorno per capire da dove provenisse quel suono.

«Rondine?» chiese Aaron.

Ridacchiai. «Un semplice passero. Le rondini sono ancora in Africa. Probabilmente stanno vivendo qualche fantastica avventura». Tornai a sdraiarmi sull'erba. Aaron mi prese la mano.

«È quello che vorrei fare anch'io» disse, strizzando gli occhi. Il passero prese il volo con un rumore d'ali che sapeva di libertà. «Viaggiare per il mondo».

«Verrò con te. Dopo che l'avremo detto a Max e che avremo finito la scuola e mamma non potrà più impedirmelo. Metterò da parte i soldi che guadagno in biblioteca e andremo a...»

«Londra? Manchester? Leeds?» scherzò Aaron. «Con quel che guadagni non andremmo molto lontano».

«Hai i soldi che ti ha dato tuo padre» dissi. «Potresti permetterti di far vivere un'avventura a entrambi».

Aaron mi attirò sopra di sé. Avevo le gambe tra le sue e sentivo i nostri cuori battere all'unisono come forsennati. «D'accordo» mi sussurrò all'orecchio. «Sudamerica o posti del genere». Mi baciò la fronte. Poi le palpebre. E infine le labbra. Socchiuse la bocca e cercò la mia lingua con la sua. Mi scostai da lui, agitandogli un dito davanti agli occhi.

«Birichino! Non dovremmo fare queste cattive azioni».

Aaron rotolò sopra di me, nascondendo il sole.

«A volte ci sono delle buone ragioni per commettere cattive azioni» mormorò. «Chiedilo a Guy Fawkes».

«*Sdolcinato*».

«Ti piace un sacco!»

«Tu mi piaci un sacco» sussurrai, sfiorandogli le guance con le mani e tirandolo verso di me. Gli ricoprii il viso di bacetti, sfiorandogli il naso, le ciglia morbide e la barba incolta sul mento mentre lui mormorava *anche tu anche tu anche tu.*

Più la cosa si faceva seria e più mi sentivo leggera, finché mi ritrovai veramente al settimo cielo a volare accanto al passero. Quando cominciò a piovigginare, Aaron mi aiutò ad alzarmi ma non potemmo smettere di baciarci, Stu. Raggiungemmo il capanno in una confusione di bocche e mani e piedi che inciampavano. Calpestammo gli attrezzi e oltrepassammo la scatola di mattonelle, mentre i nostri gesti diventavano sempre più convulsi e il nostro amore appannava le finestrelle e formava tante piccole gocce di rugiada sulle ragnatele facendone brillare la seta.

Aaron liberò un po' di spazio in tutto quel caos, staccò la vecchia giacca di papà dall'appendiabiti e la allargò sul pavimento polveroso. Gli afferrai il bordo della felpa e lo sollevai. Avevo bisogno di vederlo, di sentirlo, di toccare la sua pelle bianca, liscia e soda. Accarezzai ogni centimetro del suo petto mentre Aaron ansimava senza far rumore. Quando gli sfiorai la peluria soffice che si arricciava sotto l'ombelico, trattenne il respiro.

Mi prese entrambe le mani nella sua e mi sollevò le braccia, sfilandomi la maglietta. Sentii i capelli che andavano su su su con la stoffa per poi ricadermi frusciando sulle spalle nude. I suoi occhi esclamarono 'sei bellissima' e anch'io mi sentii così mentre mi toglieva lentissimamente il reggiseno, come per timore di fare qualcosa di sbagliato. Riuscivo a malapena a respirare. Ci sdraiammo sulla giacca cercando di coprirci meglio che potevamo. I nostri corpi si legarono in un nodo che nessuno avrebbe potuto sciogliere. La mia pelle era appiccicata alla sua, al suo corpo più caldo del mio. Mi mise un braccio sotto la testa. Chiudemmo e riaprimmo gli occhi contemporaneamente. Respirammo la stessa aria. E proprio nel momento in cui le nostre labbra stavano per toccarsi, sentimmo un assordante

DRIN DRIN

DRIN DRIN

DRIN DRIN

Aaron recuperò il cellulare dalla tasca dei pantaloni e capii chi lo stava chiamando dall'espressione sul suo volto.

«Cosa faccio?» mi chiese, preso dal panico. Prima che potessi rispondergli, Max riattaccò. Riappoggiando la testa sul suo braccio, feci un lungo sospiro, per poi sussultare quando anche il mio telefono cominciò a squillare. «Dovresti rispondere, Zo».

«Non ce la faccio!» gemetti, premendo comunque un tasto a caso. Appoggiandomi su un gomito, diedi le spalle ad Aaron.

Parlammo, Stu, ma adesso faccio una fatica tremenda a raccontartelo perché Max era sconvolto per il fidanzamento di suo padre e io cercavo soltanto di troncare quella conversazione, mormorando cose che non pensavo, con suo fratello sdraiato accanto a me a torso nudo, il petto che si alzava e si abbassava. Con le mani sugli occhi, Aaron ascoltava le mie parole.

«Cosa stai facendo di bello?» mi chiese Max a un certo punto. Mi si bloccò la gola. Mi schiarii la voce due volte.

«Niente di speciale. Sto ripassando per l'esame di scienze» riuscii a dire. Aaron scostò bruscamente la giacca di papà e si alzò in piedi.

Max sospirò. «Dovrei studiare anch'io. Vuoi venire da me? Ho la casa libera. Mamma è andata a fare la spesa con Fiona e mio fratello non so dove sia».

Feci una smorfia. «È meglio che rimanga qui» dissi, mentre Aaron si rinfilava la felpa, cacciandoci dentro la testa e le braccia con gesti rabbiosi. «Mi spiace. Devo concentrarmi».

«Per favore?» disse con un tono di voce che non gli avevo mai sentito. «Ho bisogno di vederti».

«Mi spiace» ripetei, scusandomi per tutta una serie di cose che non avrebbe mai immaginato. «Adesso devo andare».

Mi ci volle un altro po' per liberarmi di lui e, quando finalmente posai il telefono, mi sentii sprofondare dalla vergogna.

«Hai fatto quel che dovevi» commentò Aaron alla fine, fissando però il tagliaerba invece di guardare me. Non c'era più alcuna tenerezza nella sua voce. «È tutta colpa mia» mormorò, sistemandosi i capelli con gesti decisi. «Non sarei dovuto venire».

«Non dire così. Ti prego, non dire così».

Si sedette sulla scatola di mattonelle con un'espressione disgustata sul volto. «Cosa stiamo facendo, Zoe? È sbagliato. È tutto sbagliato». Mi inginocchiai e mi strinsi alle sue gambe. Aaron mi posò una mano sulla schiena nuda. Appoggiai la testa al suo ventre. «Non deve succedere di nuovo».

«Lo so».

«Dobbiamo dirgli la verità».

Alzai lo sguardo. «Sì. Ma quando?»

«Boh. Dobbiamo aspettare il momento giusto, credo».

«Non c'è un momento giusto» sussurrai. «Sarà bruttissimo indipendentemente da quando glielo diremo. Terribile». Scoppiai a piangere e odiai me stessa per la mia debolezza, ma non riuscii a trattenere le lacrime. Aaron mi accarezzò una spalla. «Aspettiamo fin dopo il matrimonio, però. Come hai detto tu ieri al telefono. Ha bisogno di te. E di me. Non possiamo...»

«Ma manca ancora un secolo, Zo».

Ci guardammo, disperati. Tirai su col naso, cercando di essere forte. «Manca solo qualche settimana. Solo qualche settimana». Gli presi una mano tra le mie e mi asciugai le lacrime sul braccio. «Dovremmo stabilire una data, però. Non saprei. Tipo il primo maggio».

Aaron mi baciò sulla fronte. «Va bene. Il primo maggio».

Decidemmo così, Stu, a caso. E non voglio parlare di ciò che accadde quella sera, né ora né mai. Non voglio parlare della pioggia, degli alberi o della mano che affonda, delle sirene e dei lampeggianti blu, o dei singhiozzi, delle bugie, della bara e del senso di colpa, del senso di colpa, del senso di colpa che mi divora in ogni momento, ogni giorno. E se devo scriverne, voglio farlo a matita così che io possa poi cancellare tutto, ed eliminare quella parte della mia vita, facendola scomparire nel nulla. Dopodiché potrei ricominciare daccapo, e ridisegnerei me stessa come vorrei essere, con un sorriso sincero, un cuore puro e un nome da scrivere liberamente a lettere maiuscole, perché non avrei paura di rivelarlo in una lettera scritta in brutta grafia nel capanno degli attrezzi.

Con affetto,

Zoe xxx

Via dei Narratori, 1
Bath

12 aprile

Mio caro Stu,

quando riceverai questa lettera sarai ormai vicino alla fine. Mi dispiace tantissimo di non aver potuto fare di più per salvarti. Mi auguro che i tuoi ultimi giorni siano rischiarati da un bel sole che splende alla finestra, mentre un aquilone rosso si alza in cielo. Spero anche che tutto ti appaia diverso, il giallo più brillante, il blu più intenso e il rosso delle frange più acceso che mai. Sarei curiosa di sapere se ti senti tranquillo o se il tuo cuore batte forsennatamente. Se avessi uno di quegli aggeggi che ci sono in ospedale, penso che farebbe BUM BUM BUM come se al suo interno fosse intrappolato un gigante, oppure bumbumbumbumbum come se lungo i cavi corresse un topolino.

Qualunque cosa stia facendo il tuo cuore, spero si senta libero e leggero come se stesse per lasciare il corpo per librarsi verso il sole e fluttuare nell'universo nel momento in cui smetterà di battere. Adesso ti meriti un po' di felicità, Stu. Certo, hai fatto degli errori, ma hai ammesso la tua colpa e accettato il tuo destino per cui la tua storia finisce almeno all'insegna del coraggio. Della sincerità. Ed è una cosa di cui essere fieri.

PARTE QUATTORDICESIMA

La mia storia invece finisce diversamente, come vedrai. Anche se non avrei potuto prevederlo per la mattina del primo maggio, perché il cielo era talmente perfetto che sembrava che Dio ci avesse stirato sopra un bel panno turchese e cucito un cerchio giallo proprio nel mezzo. Mi fa male ripensare al momento in cui chiusi gli occhi per assaporare l'aria di quella giornata, o alla bellissima colazione in giardino, con mamma e papà che sfogliavano il giornale e si godevano con tutta calma una tazza di vero caffè, senza parlare molto ma anche senza litigare su chi avrebbe letto per primo le pagine economiche. Soph saltellava sul prato come un pony facendo morire dal ridere Dot. Poi si presero per mano e galopparono per tutto il giardino finché Dot inciampò e cadde. Naturalmente diede la colpa a Soph, ma quella volta mamma non corse da Dot né le mise un cerotto sulla sbucciatura. Le disse soltanto di stare più attenta e poi tornò al suo giornale, mentre papà sorrideva per qualcosa che stava leggendo in quell'istante.

La sera sarei andata al luna park nello stesso posto in cui avevano organizzato il falò. Già a colazione non riuscivo a stare seduta tranquilla, figurati a pranzo e a cena. In preda all'agitazione, contavo le ore che ancora mi separavano dal momento in cui avrei rivisto Aaron. Avevamo mantenuto la promessa e non ci eravamo più incontrati, anche se, a dire il vero, ci eravamo sentiti al telefono praticamente tutte le sere, con una parolina dolce di tanto in tanto, comunicando costantemente, al contempo felici e tristi di quell'assurda situazione. Il matrimonio era stato celebrato l'ultima settimana di aprile per cui era giunto il momento di uscire allo scoperto. Avevamo deciso di farlo, insieme, proprio quella sera. Indossai il mio nuovo vestitino blu e recitai mentalmente quella conversazione un milione di volte, immaginando che Max avrebbe detto 'non preoccuparti, è tutto ok' sorridendo accanto alla ruota panoramica.

E finalmente fu il momento di andare. Papà mi portò in centro in macchina. Ci avvicinammo alle bancarelle che brillavano nel parco sotto file e file di luci. Accostò vicino a un furgoncino che vendeva hot dog. Le cipolle sfrigolavano, il fumo saliva in piccoli vortici e le melodie prodotte da due gruppi che suonavano dal vivo si scontravano nell'aria, mentre le giostre sfrecciavano vicino al fiume. Quando vidi Lauren che si avviava verso l'entrata, schizzai fuori dalla macchina e mi unii a un gruppo di persone che diventava via via sempre più grande, con famiglie che facevano la fila da destra e da sinistra. Un pagliaccio gironzolava sui trampoli distribuendo caramelle e dei ballerini folk eseguivano movimenti ridicoli che non saprei neppure descriverti. A un certo punto comparve in mezzo alla strada una banda di ottoni: scarpe nere che marciavano a tempo, strumenti dorati che scoreggiavano ed eleganti musicisti in uniforme nei cui bottoni ci si poteva addirittura specchiare.

Quando raggiunsi il cancello, Lauren si era sfilata una scarpa rossa e sgranchiva le dita aggrappata a una sbarra.

«Troppo piccole?» chiesi.

«Troppo piccole, troppo alte, troppo strette, ma *talmente* belle!» rispose, accarezzando il tacco a spillo. «Andiamo!»

Nel momento in cui entrammo sentii un brivido di paura.

Il sole aveva cominciato a tramontare ed era uno spettacolo, Stu. Immagina del gelato in una ciotola di vetro, piccole spirali rosa, arancio e gialle che si sciolgono e si mescolano formando colori che neppure hanno un nome.

«Autoscontro?» propose Lauren. Pagammo il biglietto ma il mio cuore non era veramente lì perché cercavo solo e soltanto Aaron.

Tutt'a un tratto la giostra si animò e le altre macchinine sfrecciarono in avanti. Lauren schiacciò il pedale sbagliato così ci fiondammo all'indietro girando come una trottola. Continuammo così per un bel pezzo, urlando a squarciagola. Quando finalmente riuscimmo ad andare nella direzione giusta, un ragazzo spuntò dal nulla e ci tamponò a tutta velocità, facendoci fare un salto in avanti. Imprecai a mezza voce e mi resi conto che era Max. Ero sconvolta. La rabbia e il senso di colpa mi si mescolarono nello stomaco. Max fece rapidamente retromarcia, mise il piede a tavoletta sull'acceleratore e si schiantò di nuovo contro la nostra macchinina.

«*Piantala!*» gli gridò Lauren mentre le nostre teste scattavano in avanti. Jack urlò qualcosa – c'era anche lui, a bordo di una macchinina giallo fosforescente – e Max rovesciò la testa all'indietro scoppiando in una fragorosa risata. Lauren, arrabbiatissima, schiacciò di nuovo il pedale sbagliato. Partimmo a razzo in retromarcia e finimmo contro un pilastro.

Quando il giro finì, scesi dall'autoscontro con le gambe che mi tremavano. Max mi corse incontro. Desideravo soltanto scomparire all'altro capo del mondo, invece lui mi afferrò una mano.

«Forse hai esagerato un po', Max» gli disse Lauren, massaggiandosi il collo. Lui scrollò le spalle e si chinò su di me all'improvviso, con gli occhi spiritati e il fiato che sapeva di vodka e cipolle. Mi colpì il labbro superiore coi denti e mi succhiò la faccia, non c'è davvero altro modo di descrivere il suo gesto.

«*Disgustoso*» borbottò Lauren. Era esattamente la stessa cosa che pensavo anch'io. Lo spinsi via.

«Sto solo *festeggiando*!»

«Festeggiando che?»

«I matrimoni!» gridò Max, alzando le braccia in aria.

Proprio mentre Lauren si dava dei colpetti sulla tempia a significare che Max era chiaramente impazzito, il ragazzo di terza la afferrò per la vita e la trascinò di nuovo verso l'autoscontro. Barcollando sui tacchi altissimi, Lauren salì su una macchinina rosa. La osservai per un po' mentre sfrecciava sulla pista a gran velocità. Jack passò a Max una bottiglia di liquido trasparente. Max ne ingollò una bella sorsata e gliela restituì. Con aria nauseata, Jack appoggiò la bottiglia su una panchina. Le luci del luna park si riflettevano sul vetro. Mi fermai a osservarle, pensando che fossero bellissime, e poi girai la testa. Vidi Aaron, in jeans, infradito e maglietta bianca, e rimasi senza fiato perché quello spettacolo era ancora più incredibile.

Mi si illuminarono gli occhi, l'espressione sul mio volto si fece troppo intima e la mia voce ci avrebbe sicuramente traditi. Aaron scosse rapidamente la testa senza che Max se ne accorgesse. Cambiai espressione. Cercai di sembrare tranquilla, anche se il sangue mi ribolliva per l'agitazione. Era quasi giunto il nostro momento, Stu. Quasi.

«Aaron!» esclamò Max. «Zoe, lui è mio fratello. Il miglior fratello del mondo, per davvero. Avresti dovuto vederlo al matrimonio». Biascicando le parole, diede a Aaron una pacca sulla schiena così forte da farlo barcollare in avanti.

«Ci siamo già conosciuti» mormorò Aaron. Rabbrividii dalle dita dei piedi fino alla punta dei capelli. «Ti ricordi?»

«Noooo» rispose Max. Si mise a ridacchiare in modo forzato, facendo sobbalzare le braccia conserte sul petto, con un movimento ritmico delle spalle. «Certo che mi ricordo. A Capodanno. Zoe e io stavamo per...» abbassò la voce in un sussurro «... *tu sai cosa* sulla tua macchina». Fece il pugno e vi cacciò un dito dentro, avanti e indietro ripetutamente. Mi si inondò la schiena di sudore caldo che colava fin sotto le braccia. Mi si imperlò anche il labbro superiore. Aaron guardò da un'altra parte mentre le mani di Max raggiunsero una specie di orgasmo che schizzò nell'aria proprio in mezzo a noi tre. Mi fece l'occhiolino. «Magari dopo...» Il suo sorriso sbilenco mi sembrò pericolosamente sballato. Mi mise un braccio intorno alle spalle e mi strinse a sé.

In quel momento Sandra spuntò tra la folla.

«Guardali» disse, sorridendo benevola mentre Max mi dava un bacio sulla guancia sbavandomi di saliva. Contrassi la spalla perché avrei voluto asciugarmi, ma lasciai perdere. Mi sentii marchiata da quel segno appiccicoso sulla faccia. «Fa un caldo terribile, vero?» disse Sandra, facendosi aria. Aveva i capelli incollati sulla fronte. «Come stai, Zoe?»

«Bene, grazie» mentii. La voce mi uscì innaturale. Aaron stringeva forte forte i pugni mentre Max mi toccava i capelli attorcigliandone una ciocca tra le dita.

«Ragazzino sdolcinato» rise Sandra, dando un colpetto sulla spalla di Max. Si riempì d'orgoglio mentre suo figlio mi guardava con un affetto dovuto più alla vodka che ad altro, ma lei non se ne accorse neppure.

Mi mancava l'aria, vuoi per il panico vuoi per l'umidità, così dovetti sforzarmi per far arrivare un po' d'ossigeno nei polmoni. Un palloncino argentato si avvicinò a noi ondeggiando sulla folla. Fiona comparve con la macchina fotografica al collo e il cordoncino blu legato intorno al polso. Indossava un vestitino a fiori.

«Zoe!» esclamò, correndo verso di me. «È una vita che non vieni più da noi» disse, imbronciata.

«Tutte le volte che glielo chiedo, ha da fare» borbottò Max.

«Devi venirci a trovare più spesso» affermò Sandra, asciugandosi la fronte con un fazzoletto di carta. Il sole stava per scomparire dietro l'orizzonte, e il cielo era diventato di quel blu scuro che precede il buio. «Sei sempre la benvenuta, cara». Aaron si morse le guance, carne rossa stretta tra denti bianchi.

«Facci una foto» disse Max, pizzicando Fiona sul pancino.

«*Ohi*!»

«Dai. Di noi tre insieme!» Max trascinò Aaron e me lontano dalla folla e mi sistemò tra loro due. Mentre Fiona armeggiava coi pulsanti, Aaron mi infilò un braccio attorno alla vita e mi strinse il fianco. Ci scambiammo uno sguardo eloquente. Stu, quell'occhiata conteneva tutte le cose che non potevamo dirci e tutti i sentimenti che non avremmo dovuto provare. Lo desideravo con tutte le mie forze. Desideravo la sua voce, il suo odore, la sua pelle, il suo gusto e...

«*CHEESE!*» gridò Fiona. Feci un bel sorriso che si dissolse nel lampo del flash.

Dall'altra parte dell'autoscontro, Lauren mi fece segno che si sarebbe allontanata col ragazzo di terza. Sul bosco vicino al fiume si erano addensati dei nuvoloni neri, e il calore ci schiacciava sempre di più.

«Sta per arrivare un temporale» commentò Sandra aggrottando la fronte e massaggiandosi le tempie. Infatti, una saetta d'argento squarciò il cielo e attraversò l'aria densa. «Vado» disse in fretta. «Potete restare qui a bagnarvi se volete, ma io e Fiona torniamo a casa».

«No» mugugnò Fiona, puntando i piedi. «Non sono ancora andata sul treno fantasma!»

«Pazienza» rispose Sandra mentre cadevano le prime gocce di pioggia. *Tic tic tic.* Prendendo una giacca dalla borsa, disse a Max e a Aaron che sarebbe passata a prenderli dopo un paio d'ore. Stu, mi fa male ripensare alla naturalezza con cui lo disse, come se fosse assolutamente certa che alle 23.30 i due fratelli sarebbero stati accanto al furgoncino degli hot dog ad aspettarla. Se ne andò di corsa, preoccupata per la pioggia, senza dare un bacio ai suoi due figli.

E rimanemmo noi tre.

Lampi attraversarono il cielo, come se la tensione presente tra di noi esplodesse nell'aria. Max prese la bottiglia di vodka che Jack aveva lasciato sulla panchina.

«Non pensi di aver bevuto abbastanza?» disse Aaron. Max si portò la bottiglia alla bocca, inghiottì una bella sorsata e schioccò le labbra.

«Sto festeggiando!» Alzò la bottiglia in aria e si avviò barcollando tra la gente, gridandoci: «Sto solo *festeg-*

giando il matrimonio! » Aaron e io ci scambiammo un'occhiata preoccupata e, sebbene non dovessimo, anche un breve sorriso. « Fiona ha avuto una bella idea » continuò Max, voltandosi bruscamente verso di noi. Nascondemmo il sorriso giusto in tempo. « Andiamo sul treno fantasma! »

BANG!

Scoppio di tuono!

Qualcuno si mise a gridare e la pioggia raddoppiò d'intensità. Diluviava. La gente aprì gli ombrelli e tutti si precipitarono al riparo delle tettoie grondanti acqua. Solo Max si mise a correre sotto la pioggia, scivolando nel fango, per raggiungere la piccola coda davanti alla giostra del treno. Riparandomi il volto, feci altrettanto, cercando di tener dietro a Aaron.

« Tutto questo è assurdo! » gridai a Max, che nel frattempo continuava a tracannare vodka. « Dobbiamo trovare un posto al chiuso! »

« Quello è al chiuso! » urlò lui, indicando il treno fantasma. Bevve un'altra sorsata. Aaron cercò di strappargli di mano la bottiglia, ma Max gli diede uno spintone più forte di quanto avrebbe voluto e lo colpì a una spalla.

« Vacci piano, Max ».

« *Vacci piano, Max* » gli rispose il fratello facendogli il verso e tracannando un altro po' di vodka. Quando fu il nostro turno, Max si cacciò la bottiglia dentro i pantaloni e saltò sul vagone per scomparire oltre le porte viola proprio mentre il fantasma emetteva il suo lamento.

E in quel momento rimanemmo in due.

« Non possiamo dirglielo stasera! » esclamai. Avevo i capelli bagnati fradici, la pioggia continuava a scrosciare da quel cielo nerissimo. «È completamente fuori!»

«Lo so! Aspettiamo. Domani però» disse Aaron. Le nostre mani si sfiorarono per un brevissimo istante, poi il vagone di Max schizzò fuori da una galleria al piano di sopra. Ritraemmo le dita. Max agitava le braccia come un forsennato mentre il vagoncino si infilava nella bocca spalancata di un enorme fantasma dipinto sulla facciata opposta della giostra. Quando fu il mio turno, Aaron mi aiutò a salire. Partii all'inseguimento di Max con Aaron nella carrozza subito dietro la mia. Percorsi gallerie, sfiorai ragnatele che mi fecero il solletico al viso, girai in tondo oltrepassando mostri che ruggivano e bare che si aprivano mentre le ruote del trenino sferragliavano sulle rotaie di metallo.

«Non mi sento bene» mugugnò Max mentre scendevo e tornavo sotto la pioggia col vestitino appiccicato alla pelle. Tremavo tutta. «Sei bellissima» mi disse, articolando le parole a fatica. Mi scostò delicatamente la frangia bagnata e impallidì tutto d'un colpo. «Sto per vomitare». Si chinò in avanti, con la testa penzoloni su una pozzanghera. Gli poggiai una mano sulla schiena. «No» borbottò. «Vattene. Ho bisogno di stare solo».

«C'è un cestino laggiù» suggerii.

«Ho bisogno di stare solo» ripeté lui, avviandosi a passi incerti verso il bosco. Poi anche il vagone di Aaron lasciò il treno fantasma.

Indicai gli alberi per fargli capire dove stavo andando e seguii Max, preoccupata che potesse cadere. Si era infatti messo a correre sulle gambe malferme. Strizzando gli occhi nel buio, mi allontanai dalla folla a grandi passi e mi addentrai sempre di più nel bosco, sguazzando nel fango. Non sapevo se Aaron ci stesse venendo dietro, ma potevo vedere Max davanti a me. Inciampò in un ramo e cadde sull'erba.

Sicuramente non si era fatto male, però non si rialzò. La pioggia continuava a scrosciare tra le foglie. Il rumore del luna park era attutito da quello del fiume, che nel buio non riuscivo a vedere. Caddi in ginocchio accanto a Max.

«Vattene» disse ancora. Mi resi conto costernata che stava piangendo. «Sto festeggiando, Zo. *Festeggiando!*» Gli appoggiai dolcemente una mano sulla testa e mi sembrò che si calmasse. Lentamente, si voltò a guardarmi. Il suo viso era un impiastro di sudore, fango e lacrime. Tutt'a un tratto si mise a sedere e appoggiò con forza le labbra sulle mie.

«No» dissi, rialzandomi subito, incapace di controllare le mie reazioni.

«Perché no?» biascicò, asciugandosi la faccia con una manica. Balzò in piedi per baciarmi ancora, bloccandomi le braccia. «Non fare la timida, Zo». Sporsi la testa oltre la spalla di Max, ma vidi soltanto alberi. In lontananza, le luci del luna park non erano che un minuscolo puntino di colore. Mi ero spinta più avanti di quanto pensassi.

«Non voglio» ribadii. Max mi leccò il collo, sentii il suo respiro fremere sulla mia pelle.

«Sei la mia ragazza» sussurrò. Provai un senso di colpa talmente grande che per poco le gambe non mi cedettero. «Dai...» Prima che riuscissi a fermarlo mi ritrovai con la sua bocca sulla mia. Mi afferrò il sedere, poi mi infilò le mani nelle mutandine, sul davanti.

«Smettila» gli intimai, cercando di liberarmi. Max rise e cominciò a farmi il solletico sui fianchi e sotto le ascelle. Poi mi toccò i seni, in un gesto non grossolano, forse soltanto patetico, ma il cuore mi batteva all'impazzata. «Veramente, Max. Non voglio».

«Ti piacerà» cantilenò lui, toccandomi dappertutto. Mi contorcevo, Stu, mordicchiandomi le labbra, e per nulla al mondo avrei voluto ferirlo, però mi faceva anche paura, perché aveva cominciato ad abbassarmi una spallina del vestito. Scossi la testa. «Cosa c'è che non va?» mi chiese, seccato. Mi abbassò con forza entrambe le spalline. «Sei la mia ragazza, no?» gridò. Fu in quel preciso istante che lo spinsi via e mi allontanai, incapace di trattenermi un secondo di più.

«Zoe!» Il grido di Max rimbalzò tra gli alberi mentre tornavo di corsa verso il luna park. «Zoe! Scusami. Non dobbiamo fare niente che tu non voglia. Voglio solo che tu mi stia vicino!»

Mi voltai e vidi che ricadeva in ginocchio con la testa fra le mani. Continuai a correre, spaventata, stufa e arcistufa di fingere. Ansimando, incespicai verso Aaron, che nel frattempo aveva raggiunto il limitare del bosco.

«Ehi» disse, preoccupatissimo. «Cosa è successo? Zo? Cosa c'è?»

«Max» boccheggiai. Mi gettai tra le sue braccia, tremando. «È... è...»

«È cosa?» chiese Aaron, prendendomi il viso tra le mani e baciandomi con tutta la disperazione che entrambi avevamo in corpo. In quel delirio, aveva ceduto per un istante, dato che si era fatto ancora più buio ed eravamo nascosti dagli alberi.

Ma poi sentimmo un ramo spezzarsi.

Ci voltammo in tempo per vedere Max di spalle che si precipitava nel folto del bosco. Per un attimo restammo immobili. Poi ci separammo con un balzo, spaventatissimi, e cominciammo a chiamarlo e a inseguirlo. Il rumore dell'acqua si faceva via via più forte. Correvamo scostando rami e strappando foglie, scivolando sulla terra ricoperta di muschio. Quando gli alberi cedettero il passo a un sentiero di ciottoli, vidi il fiume e riuscii a fermarmi. Mi guardai intorno. Avevo i polmoni in fiamme. Max barcollava lungo l'argine, inciampando di tanto in tanto. Si teneva pericolosamente vicino all'acqua che scorreva impetuosa.

«MAX!» gridò Aaron, portandosi le mani alla bocca. «MAX!»

Max non diede segno di aver sentito. Mi voltai verso Aaron, pallidissima, spalancando gli occhi per il terrore.

«Ci ha visti! Sa tutto! Adesso cosa...»

Ma Aaron ricominciò a correre, nonostante le infradito, che gli schizzavano fango su per i jeans. «MAX!» gridò di nuovo. «MAX!»

Max si fermò di colpo, con lo sguardo incollato a una panchina. Urlando di rabbia, raccolse un sasso e allora, sentendomi mancare, capii cosa aveva visto. Le nostre iniziali, Stu, incise nel legno. Alzando il sasso fin sopra la testa, si scagliò contro la panchina. Quando stava per colpire i nostri nomi, Aaron gli afferrò il braccio.

«Mi dispiace» disse. «Mi dispiace tanto!»

Infilai i piedi in una serie di pozzanghere. Il fiume nero mugghiava spaventosamente, e i due ragazzi si voltarono a guardarmi.

«*Cosa sta succedendo?*» gridò Max, lanciando il sasso contro la panchina. «Cosa cazzo sta succedendo?»

«Noi... noi...» balbettai, afferrandomi i capelli sopra le tempie.

«Siamo...» cominciò Aaron.

«Siete COSA?» gridò ancora Max, col viso solcato di lacrime. «Cosa sta succedendo? DITEMI LA VERITÀ!»

Aaron alzò le mani. «Calmati» disse a mezza voce. «Calmati! Ne parleremo quando ti sarà passata la sbornia e saremo tutti...»

«Non dirmi quello che devo fare!» esplose Max, allontanando la mano di Aaron con uno schiaffo. «Bastardo!» Aaron si lasciò cadere sulla panchina. «Sei tutto ciò che ho!» aggiunse con voce strozzata. Inciampò ancora e per poco non finì in braccio a Aaron. «E *tu*» ruggì, voltandosi verso di me. Sollevò un braccio e tagliò l'aria con un gesto ampio e incerto. «Mi fidavo di te. Mi *piacevi*!»

«Anche tu mi piacevi! Te lo giuro... Non avrei mai voluto che accadesse una cosa simile». Cercai di abbracciarlo circondandogli la vita, ma mi spinse via e incespicai verso il fiume.

«Lasciami in pace, puttana!»

Aaron scattò in piedi. «Non rivolgerti a lei così!»

Ridendo come un pazzo, Max si precipitò verso di me. L'acqua nera si agitava a mezzo metro da noi. Afferrandomi per una spalla, mi fece raddrizzare la schiena per potermi urlare nell'orecchio.

«PUTTANA!»

«Smettila!» gridò Aaron. «Lasciala fuori!»

«Non dirmi quello che devo fare!» urlò di nuovo Max. Il cielo esplose in un altro rombo di tuono. In preda alla disperazione, mi afferrò per le spalline del vestito. Barcollammo ancora più vicini al fiume.

«Lasciala!» sbottò Aaron. Max lo ignorò, così Aaron si mise a correre verso di lui. Si scontrarono lanciando un grido fortissimo. Si aggrapparono l'uno all'altro, scivolando nel fango.

«Siete troppo vicini al fiume!» urlai, invano. Non so come, mi ritrovai in mezzo a loro e cercai di separarli. L'uno afferrava i vestiti dell'altro, mentre continuavano a spintonarsi e a gridare sotto gli alberi. Non cessava di diluviare.

«PUTTANA!» mi gridò Max, tanto vicino da schizzarmi della saliva in viso. Quando mi prese per i capelli, Stu, lo spinsi con tutte le mie forze, e così fece anche Aaron. L'impulso di una frazione di secondo per cercare di fermarlo.

Scivolò giù per l'argine zuppo d'acqua. Sul terreno scivoloso. Agitò convulsamente le braccia nel vuoto.

Cadde nell'acqua gelida con un tonfo, la bocca spalancata per lo shock.

«Prendilo!» urlai. «Aaron! Prendilo!»

Osservai impietrita Aaron che si gettava a terra protendendo una mano. La corrente, fortissima, afferrò Max per le gambe. Era impossibile resistere a quei vortici poderosi. Come in una scena al rallentatore, vidi Max affondare – una prima, una seconda volta – e il suo corpo trascinato giù per il fiume. Aaron continuava ad annaspare lungo l'argine col braccio teso, ansimando e urlando.

Max non riuscì ad aggrapparvisi. Il fiume era troppo impetuoso. Cercando disperatamente di nuotare controcorrente, gli si intorpidirono i muscoli, per cui venne sospinto inerte accanto a radici di alberi, rami e persino un salvagente arancio sulla riva opposta, che né lui né noi riuscimmo ad afferrare. Affondò ancora, e poi ancora e ancora, diventando sempre più debole e bevendo sempre più acqua mentre cercava di risalire in superficie.

Aaron si allungò un'ultima volta, gridando il nome di suo fratello. Ormai privo di forze, Max alzò un braccio proprio mentre il suo corpo smetteva di lottare.

La sua testa affondò.

Poi il gomito.

Il polso.

La mano.

Quella mano – bianca e rigida mentre cercava di afferrare il vuoto – scomparve sotto la superficie nera dell'acqua.

La prima bugia fu quella che raccontammo all'operatore all'altro capo del telefono. Aaron chiamò il 999 e, sebbene singhiozzasse e tremasse violentemente, non disse nulla della lite, del bacio o di quella spinta.

«È scivolato» raccontò, seduto sulla panchina, scosso dai brividi. «Era ubriaco». Lo fissai mentre riattaccava, incapace di protestare perché non mi usciva un filo di voce. Mi rannicchiai accanto al fiume e continuai a dondolarmi avanti e indietro finché mamma e papà non comparvero al mio fianco e un agente mi mise una coperta sulle spalle. Sentii Sandra urlare nel buio della notte.

Delle ore successive ricordo soltanto un groviglio di domande in una grigia stazione di polizia pervasa dall'odore di fotocopiatrici, tramezzini e caffè. Chiusa in una stanzetta, seduta su una sedia durissima, continuai a ripetere sempre le stesse cose, aggrappata a quel che aveva detto Aaron. *Max è scivolato. Era ubriaco. È scivolato. Era ubriaco*. A un certo punto, l'agente dovette convincersi, perché mi disse che potevo tornare a casa mia.

Il problema è che non era casa mia, ma un edificio che non riconobbi con dentro una famiglia di estranei. La mia stanza non era più la mia stanza, e il mio letto non era più il mio letto, perché io non ero più io. Ero un'altra persona, sconosciuta persino ai miei genitori. Una traditrice. Una bugiarda. Un'assassina. Mi coricai sotto il piumone che odorava di una vita che non mi apparteneva più. Mi guardai le mani, sbattendo le palpebre per lo shock.

La mattina dopo mi ritrovai nella vasca da bagno. Mamma la riempì d'acqua per me, e ci versò dentro dei sali spacciati come efficaci per i casi di trauma. Non avevo mai fatto il bagno alle dieci di mattina prima di allora. Mi sembrava stranissimo. C'era troppa luce. Il sole entrava dalla finestra e vedevo i granelli di polvere volteggiare sul cesto della biancheria sporca. Il rubinetto dell'acqua calda gocciolava. Ci infilai dentro l'alluce ma non sentii scottare.

Quel pomeriggio, papà venne in camera mia.

«La madre del ragazzo ti ha invitata a casa sua, cucciola. Credo si chiami Sandra».

Cominciai a contare.

Uno. Due. Tre. Quattro. Cinque.

«La famiglia di Max è là» continuò papà, sedendosi sul letto. «Penso sia importante che tu li veda».

Sei. Sette. Otto.

«Cucciola, mi stai ascoltando?»

«Sì».

«Che ne pensi?»

«Di cosa?» borbottai.

Papà si rabbuiò in volto e mi prese la mano. «Di andare a casa di Max. Verrò con te se vuoi. Potrebbe farti bene stare in mezzo alla gente».

Nove. Dieci. Undici.

«Comunque. Pensaci» disse papà, alzandosi. Continuai a fissare il soffitto col volto completamente immobile.

Osservai un vicino tagliare l'erba del prato e piantare sei cespugli. Osservai un uomo dipingere le finestre e la porta di casa. Osservai un cane.

La mattina dopo mamma entrò in camera mia e mi comunicò che avevo la febbre e le ghiandole ingrossate. Mi ordinò di aprire la bocca e, mentre facevo *Aaaaaaaaah*, mi ispezionò la gola con una piccola torcia. Dopo che l'ebbe spenta, mi disse che potevo smettere, ma io continuai sempre più forte

aaaaaaaaaaaaaaaaaaaaaaahhhhhhhhhhhhhhhhhhhh
hhhhhhhhhhhhhhhhhhhhhhhhhhhhhhhhhhhh
hhhhhhhhhhhhhhhhhhhhhhhhhhhhhhh
hhhhhhhhhhhhhhhhhhhh

«Zoe è impazzita?» chiese Dot.

Richiusi la bocca di scatto.

«No» disse mamma. «È solo turbata».

Dot mi guardò di sottecchi. «Io non faccio così quando sono turbata».

«Ma è un turbamento grande grande» spiegò mamma. «Più grande di tutti i turbamenti che hai avuto tu».

«Per via del ragazzo?»

«Sì».

«Non sapevo che ne avesse uno» disse Dot.

«Neanch'io, tesoro. Non proprio. Ma so che l'ha resa felice». Mamma mi accarezzò la fronte. Il nome di Aaron mi bruciava sulle labbra e il calore che sprigionava mi fece arrossire. Stu, avrei tanto voluto che in quel momento mamma mi chiedesse cosa mi torturava, ma lei si limitò a passarmi il pollice su un sopracciglio mormorando 'Era raggiante quando sono andata a prenderla in biblioteca'.

«Perché è annegato?» chiese Dot.

Mamma mi lanciò un'occhiata prima di rispondere. «Non lo so».

«Se sapeva nuotare, perché è andato a fondo? E ho ancora una domanda».

«Per ora basta».

«Posso stare anch'io a casa da scuola oggi?»

Altre giornate confuse trascorsero più o meno allo stesso modo. Mamma mi portava da mangiare e papà andava e veniva con una tazza di tè dopo l'altra. Quando un pomeriggio di quella stessa settimana Dot rientrò da scuola, sul comodino erano già allineati sei tazzoni, ognuno con una quantità diversa di liquido scuro. Picchiettavo con una penna sulla ceramica per fare dei suoni.

«Quando sarà il funerale? Ci verrò anch'io?»

Chiusi gli occhi per non dover leggere i segni. Mi sollevò le palpebre a forza con le ditine grassocce. «Ho detto, quando sarà il funerale e se ci verrò anch'io e poi, sono le persone importanti che camminano dietro alla bara? E io sono una persona importante oppure aspetterò soltanto in chiesa?»

Papà bussò piano piano alla porta.

«Dot, la cena è pronta» disse.

«Non ho fame».

«È già tutto in tavola».

«Sono troppo turbata per quel ragazzo per mangiare. La mia maestra dice che sono *in lutto*».

«Se sei in lutto, forse dovrei dire alla mamma che è ora che tu vada a letto».

Dot spalancò gli occhi e si precipitò fuori dalla mia camera alla velocità della luce. Papà fece un lungo sospiro.

«Che personaggio!» Quando papà si sedette, il letto scricchiolò. «Ho appena riagganciato il telefono, cucciola. Sandra ha chiamato di nuovo. Voleva che ti dicessi che lo seppelliranno venerdì».

Mi girai e rimasi a fissare il muro. Papà mi mise una mano nei capelli. Rimanemmo così per un'eternità. Vorrei tanto che fosse qui anche adesso ad accarezzarmi la testa e a dirmi che andrà tutto bene e che devo essere forte perché il dolore passerà. Vorrei non sentirlo più, Stu, vorrei che scomparisse. So che è lo stesso anche per te, che sei stanco del dolore, della paura, della tristezza, del senso di colpa e dei mille altri sentimenti che non hanno neppure un nome.

Resta ancora una lettera da scrivere. Quella della veglia e del funerale, e della notizia che Aaron era partito da un giorno all'altro per il Sudamerica senza neppure salutarmi. Lo venni a sapere da Sandra. Dato che sarà la nostra ultima lettera, forse dovremmo fare qualcosa di speciale per festeggiare. Forse dovremmo organizzare un'ultima cena, che per me consisterebbe in bistecca e patatine, e mangiare insieme, io da una parte e tu dall'altra del-l'oceano, che come una lucente tovaglia blu ricoprirebbe la distanza tra di noi. Le candele scintillerebbero nel cielo e io finirei il mio racconto una volta per tutte. Tu saresti soddisfatto e io contenta e insieme potremmo spegnere le candele con un soffio. Tu, io, il capanno, la cella, le nostre storie e i nostri segreti – tutto sparirebbe, librandosi nel buio come fumo per poi dissolversi nel nulla.

Con tanto affetto,

Zoe xxx

Via dei Narratori, 1
Bath

6 maggio

Carissimo Stu,

ti ho scritto come ti avevo promesso. Non voglio che pensi che non l'abbia fatto. Sul serio. Ti avevo raccontato tutto, proprio come avevamo stabilito. Ti avevo descritto di come Aaron fosse crollato nel momento in cui aveva sollevato la bara, in testa al corteo. Delle sue mani che tremavano sotto il peso del corpo di suo fratello. Ti avevo scritto della sensazione che quella mattina tutto si fosse davvero rotto in mille pezzi, che non avrebbero più potuto essere incollati. Del fatto che venissi presentata a tutti i parenti come la ragazza di Max, e che durante la veglia funebre Aaron non mi aveva guardata neppure una volta. Della penosa battuta di Soph, che aveva osservato l'inopportunità di chiamare 'veglia' la veglia, quando l'ospite d'onore non si degnava neppure di aprire gli occhi.

Ti avevo spiegato che Lauren era venuta a trovarmi quel giorno, dopo il funerale, e che mi aveva regalato le sue scarpe rosse col tacco a spillo per tirarmi su il morale. Aveva dato un'occhiata a tutti i biglietti di condoglianze che avevo impilato accanto al letto. Ti avevo detto di come avesse sogghignato per quello con scritto '*Dio l'ha preso con sé perché era troppo buono per questa Terra*', per poi borbottare: «Troppo buono per questa Terra?

Se Max è in paradiso, scommetto che sta cercando di scoparsi un angelo».

Per cui, sì, avendoti pressappoco raccontato tutto quanto, avevo messo la lettera in una busta e l'avevo sigillata per poi portarla all'ufficio postale la mattina dopo in modo che ti arrivasse entro il primo maggio, proprio come avevo programmato sin dall'inizio.

Il giorno seguente me la sono messa in tasca e ho detto a mamma che sarei andata a fare una passeggiata. Era seduta in salotto che beveva una tazza di tè, godendosi un attimo di pausa dalle faccende di casa mentre la pioggia inzaccherava le finestre.

«Vuoi uscire con questo tempaccio?»

«Ho bisogno di prendere una boccata d'aria» ho borbottato, profondamente consapevole della busta che avevo infilato nei jeans e facendo un lungo sbadiglio perché ero rimasta nel capanno fino a tardi per scriverti.

«Ti senti bene, Zoe?» mi ha chiesto tutt'a un tratto. Stu, il modo in cui l'ha detto mi ha fatto precipitare lo stomaco sotto le scarpe.

«Sì» ho risposto, cercando di sorridere. La lettera mi è sembrata improvvisamente due volte più pesante.

Dot è entrata in salotto di corsa sventolando la bandiera americana. Ha superato la fase in cui era una regina. Adesso ha deciso di essere la prima presidente angloamericana donna e si dedica a emanare leggi del tipo 'Stop alla guerra' e 'Gelato alla banana gratis per tutti'. Si è arrampicata sullo sgabello del pianoforte, si è alzata in piedi e si è portata una mano al cuore come se stesse ascoltando l'inno nazionale americano.

Osservandola, mamma ha aperto la bocca, poi l'ha richiusa, ha esitato un attimo e infine ha cominciato a parlare.

«Voglio dirti una cosa, Zoe».

«Ma sto...»

«È colpa mia».

«Che cosa è colpa tua?»

Mamma ha accennato a Dot, che in quel momento stava sventolando la bandiera a destra e a sinistra. «Il suo problema».

«È colpa tua se Dot è sorda? Ma... pensavo che... non è nata così? Tu e papà ci avete sempre detto questo».

Mamma ha scosso la testa, guardandosi le ginocchia. «Rimasi incinta di Dot per sbaglio».

«*Mamma*, ti prego. Risparmiami i dettagli».

«Non volevo averla» ha continuato lei senza guardarmi e senza prendere fiato. «Due bambine mi bastavano, ma tuo padre mi convinse. Anche il nonno, se è per quello». Mi sono seduta sul tappeto, accanto a lei. «Papà si era confidato con lui, dicendogli che stavo pensando di sbarazzarmene».

«Un aborto?» Mamma si è messa un dito sulla bocca ed è arrossita violentemente, anche se Dot non poteva sentire neppure una parola.

«Non la presero troppo bene, e in più il nonno era estremamente religioso. Si allearono contro di me, per così dire. La nonna era appena mancata, e mi dissero che sarebbe stato bellissimo accogliere una nuova vita in famiglia. Un bambino. Mi fecero pressioni enormi».

«È per questo che... Voglio dire, nel portagioielli hai tutte le cose di quando sono nata, e anche di Soph, ma non c'è niente di Dot».

Mamma ha scrollato tristemente le spalle e ha stretto le dita intorno alla tazza. «Mi sforzai di legare con lei. Ne ero un poco infastidita, per dire tutta la verità. Non vedevo l'ora di tornare al lavoro». Dot è saltata giù tenendo la bandiera a mo' di mantello. «Un giorno, quando aveva soltanto pochi mesi, si svegliò con la febbre. Scocciata perché avevo una riunione importante, durante la quale avrei dovuto tenere una presentazione a un nuovo cliente, mi convinsi che non c'era da preoccuparsi. Che non era niente di grave». Aveva abbassato la voce in un sussurro. Le ho preso la mano. Lei ha deglutito. «La lasciai con la tata e, una volta arrivata in ufficio, spensi il cellulare in modo da non essere disturbata. Fu la segretaria a dirmi che era stata portata in ospedale. Te ne ricordi?»

Ho annuito lentamente. «Qualcosina. La culla. Il groviglio di tubicini. Veramente non sapevo cos'avesse. Non me l'avete mai detto».

Mamma si è portata la tazza alle labbra ma non ha bevuto nulla. «Meningite. I dottori riuscirono a salvarla ma non poterono fare niente per i danni all'udito».

Dot è corsa via, sventolando la bandiera da un lato, con noi che la guardavamo.

«Mi sono colpevolizzata per tantissimo tempo. Tantissimo. Anche il nonno diede la colpa a me. Me lo disse in un momento di rabbia. Mi accusò di essere una pessima madre. Di non aver voluto Dot sin dall'inizio e poi di averla abbandonata quando stava male. Non ho mai potuto perdonarlo, anche se non era lui che odiavo veramente». Mi ha guardata dritto negli occhi e io sono arrossita, tanto il suo sguardo era intenso, Stu. «Sensi di colpa di questo genere distruggono le persone. Devi trovare il modo di liberartene». Ha spalancato gli occhi, lanciando un'occhiata significativa verso il capanno. Tutt'a un tratto, ho ripensato al cappello e alla sciarpa di lana, alla coperta e alla sedia a sdraio. «Di qualunque cosa si tratti, devi liberartene. È difficilissimo, Zoe, ma devi perdonare te stessa».

Mamma è tornata al suo tè e io mi sono alzata. Quando ho raggiunto l'ingresso, non mi sono avviata verso la porta di casa; sono andata in cucina. Lentamente, ho tirato fuori dalla tasca quell'ultima lettera, quella con la fine della mia storia, e l'ho gettata nell'immondizia.

Questa è un pochino diversa, Stu. Per prima cosa, non la sto scrivendo nel capanno, ma alla mia scrivania nel bel mezzo del pomeriggio e non della notte. So che non la leggerai mai – so che non puoi più farlo ormai – ma volevo comunque condividere questa cosa con te. Chissà, forse, se gli spiriti esistono, stai volteggiando qui vicino, completamente invisibile, e mi sbirci sopra la spalla, ansioso di leggere cos'è successo alla funzione commemorativa del primo maggio.

Proprio all'ultimo ho trovato l'idea perfetta e ho scritto il mio intervento. L'ho letto e riletto camminando su e giù per la mia stanza tutto il giorno, e domandandomi se Aaron sarebbe venuto o se fosse ancora in Sudamerica, seduto su una spiaggia a pensare a sua madre e a suo fratello, agli alberi, alla pioggia e alla mano che affonda. Sandra mi aveva detto che avrebbe cercato di esserci, ma non ci sperava più di tanto e sinceramente neanch'io.

«Il viaggio è lungo» mi aveva spiegato qualche giorno prima della funzione. «E costosissimo».

Naturalmente, il primo maggio non avevo in testa soltanto Aaron. Ho pensato anche a te, Stu, seduto in cella. Ad aspettare. Non vedendo l'ora che tutto finisse. Pronto. Rassegnato. Coraggioso. Sapevo che l'esecuzione sarebbe avvenuta alle 18 ora texana, cioè a mezzanotte in Inghilterra. A York, nel caso tu te lo stia domandando. In Fulstone Avenue e non in via dei Narratori. Non c'è più alcun motivo per tenerlo segreto.

La funzione avrebbe dovuto cominciare alle 18. Ho ammazzato il tempo inventando nuove leggi americane con Dot, e ti farà piacere sapere che abbiamo abolito la pena di morte, Stu, e migliorato l'ambiente carcerario prevedendo addobbi natalizi, guardie che condividono la pizza coi detenuti e grandi finestre dalle quali poter vedere il sole tutto intero.

«Tutto a posto, cucciola?» mi ha chiesto papà quando finalmente sono scesa al piano di sotto. Indossavo un vestitino nero.

«No che non è tutto a posto» ha detto mamma. «Ma lo sarà presto». La grinta che ho visto nei suoi occhi mi ha incoraggiata. All'improvviso, Dot è sbucata dal ripostiglio. Quasi non riuscivo a vederle il volto, nascosto da un grande cappello nero.

«Non è il caso che ti metti tutti gli indumenti neri che hai» le ha detto papà coi gesti, aprendo la porta.

«L'anno scorso non ho potuto partecipare al funerale» ha risposto lei, rassettandosi la gonna nera con le manine avvolte in un paio di guantini neri. «Cerco di recuperare».

«Almeno togliti la sciarpa» ha detto mamma.

«E la benda da pirata» ha aggiunto Soph, scostandole la benda nera dall'occhio.

Quando siamo arrivati a scuola, il salone era già pieno di gente. Gli attaccapanni si flettevano sotto il peso di tutte quelle giacche nere. I volti apparivano pallidissimi sopra le maglie nere. La bacheca era piena zeppa di fotografie di Max, con al centro quella di noi tre al luna park. Guardando con attenzione, si capiva. Anche se ero in mezzo ai due fratelli, il mio corpo era leggermente girato verso Aaron. Le nocche della sua mano erano bianche per quanto forte mi stringeva il fianco.

Lauren ha fatto irruzione sulla scena con le labbra di un rosa vivace, improvviso tocco di colore in tutta quella tetraggine.

«Come stai?» mi ha chiesto.

«Non bene».

«Idem» ha borbottato. «Quindici sterline, stavolta. Il funerale era gratis».

Una signora che indossava un lungo cardigan nero si è avventata su di noi come un corvo. Nella mano stringeva un fazzoletto di carta, anche se aveva gli occhi asciuttissimi.

«Tu sei la ragazza di Max, vero?» ha chiesto con voce tremante.

Ho cominciato ad annuire, ma Lauren si è intromessa. «No. Max è morto. Lei si chiama Alice. Alice Jones» ha detto. È questo il mio vero nome.

Sconvolta, la signora è volata via, verso i tavoli, per cercare il suo posto. Ce n'erano un sacco, continuavano anche fuori dal salone. Al fondo, su un palco, avevano sistemato un tavolo più grande e un microfono. Quando l'ho visto, il mio cuore ha perso una serie di battiti. Con le dita appiccicaticce ho tastato il foglietto che avevo in tasca.

Era quasi ora. Con la bocca secca, mi sono avviata verso l'ingresso. E poi l'ho visto.

Tu sai chi, Stu.

Se ne stava nel bel mezzo del salone come se non fosse mai partito. Continuando a guardarlo, ho bevuto tanta tanta acqua come se i miei occhi avessero patito la sete per mesi. Aveva i capelli più lunghi e la pelle abbronzata, ma il sorriso era lo stesso di sempre. Nonostante tutto, ne ho colto un accenno quando ho alzato la mano per salutarlo.

«Alla fine è venuto» mi ha detto Sandra in un orecchio, facendomi sobbalzare. «È arrivato stamattina, mi ha fatto una sorpresa».

Camminando a un metro da terra – o addirittura volando – sono entrata nel salone dirigendomi verso il palco, dove mi sono accasciata sull'ultima sedia al tavolo grande. Anche Aaron ha preso posto sul palco, ma all'altro capo del tavolo. Poi ha sistemato forchetta e coltello di modo che fossero perfettamente allineati.

Dal microfono è uscito un suono acuto. Sandra se ne è allontanata un poco. I foglietti che aveva in mano tremavano. Ha esitato un istante, per poi riavvicinarsi all'apparecchio. Ha detto che era meraviglioso ritrovarsi tutti insieme a commemorare la vita di Max. Aaron fissava il cucchiaio. Ha proseguito dicendo che era stato un anno difficile per tutti noi. Anch'io fissavo il mio cucchiaio. Ha detto che, anche se Max non c'era più, noi non l'avevamo dimenticato. E che era stato un figlio adorabile, un fratello eccezionale, un ragazzo premuroso – in quel momento ho alzato gli occhi per guardare Aaron e lui ha fatto lo stesso. Stu, sul suo volto ho letto tutta la tristezza che anch'io sentivo nella parte più recondita di me stessa.

«E ora vorrei chiedere alla ragazza di Max di dire qualche parola» ha concluso Sandra. Qualcuno, tra il pubblico, si è scambiato un'occhiata compassionevole.

Poi, tutti gli occhi si sono puntati su di me, tranne quelli di cui mi importava veramente.

Aaron fissava il tovagliolo.

Sono rimasta immobile sulla sedia.

Fiona mi ha dato un colpetto nel fianco.

Ho continuato a non muovermi.

«Tocca a te» ha mimato Sandra con le labbra.

Ho spinto la sedia all'indietro. I miei passi sono risuonati sul palco. Lentissimamente, ho tirato fuori la poesia dalla tasca. La tua poesia, Stu. Quella che hai scritto nell'ultima settimana della tua vita.

Liberazione.

Avevo lo stomaco tutto attorcigliato e sapevo che da qualche parte, in Texas, anche il tuo lo era. Mi sono avvicinata al microfono e ho aperto il foglio. Le tue parole. Il nodo allo stomaco è diventato più stretto. Caro Stu, anche se il legame tra di noi si è fatto in quel momento più teso e doloroso, era comunque qualcosa a cui aggrapparsi, come a una spessa fune.

Pronta.
Rassegnata.
Coraggiosa.

Quando ho cominciato a leggere, la mia voce era sorprendentemente calma. Le parole risuonavano chiare. Ho raddrizzato la schiena e alzato un poco la voce. Non stavo recitando quella poesia né per Max né per Sandra né per chiunque altro in quel salone. Neppure per Aaron. La stavo recitando per te e per me: per le nostre storie e i nostri errori, per la tua fine e forse anche per il mio inizio.

La funzione è stata un successo anche se il polpettone era freddo. Mentre cercavo di lasciare l'edificio, tutti mi si sono assiepati intorno, dicendomi che la lettura era stata bellissima. Ho colto alcuni dei loro commenti.

«Ho avvertito la presenza di Max» ha detto qualcuno, portandosi una mano al petto, «qui».

«Hai notato il tremolio delle luci quando ha finito di leggere? Era lui».

«Ho sentito il termosifone gorgogliare quando ha letto il primo verso. Credo che anche quello fosse lui».

Mamma mi ha passato la giacca e mi ha accompagnata fuori, lontano dalla calca, dove avrei potuto respirare più facilmente. Prima che raggiungessi la macchina dove papà e le mie sorelline stavano aspettando, ho sentito una mano sfiorare la mia. Non c'è stato bisogno di voltarmi per capire di chi fosse.

«Vuoi andartene di qui, Ragazza-Uccellino?»

Ho detto a mamma che sarei passata da Lauren. Non so se ci ha creduto, ma non mi ha fatto domande. Si è limitata ad abbracciarmi brevemente e a sgridare Dot per aver sventolato la bandiera americana così forte da accecare quasi un vecchietto.

Mi è sembrato che DOR1S quasi facesse le fusa quando Aaron ha avviato il motore, come se fosse contenta di riaverci entrambi a bordo. Senza parlare, abbiamo lasciato la città e raggiunto la campagna, senza una meta precisa, fermandoci soltanto quando abbiamo trovato il posto perfetto, in mezzo a un gruppo di alberi. Ci siamo guardati. Non c'era alcun bisogno di dirlo, sapevamo che non avrebbe potuto succedere nulla, ma Aaron ha allargato la giacca sull'erba e ci siamo seduti l'uno accanto all'altra per goderci il tramonto. Le rondini, ormai tornate dal loro viaggio avventuroso, volteggiavano nel cielo rosso fuoco. Ci siamo tenuti stretti a lungo, sotto quelle nuvole di ketchup, desiderando che il tempo si fermasse e che il mondo per un po' si dimenticasse di noi.

Non c'è molto altro da aggiungere. Aaron mi ha lasciata davanti al takeaway. Le nostre lacrime si sono accese di un bagliore verde mentre il dragone color smeraldo ruggiva una sua silenziosa protesta.

«Addio, Ragazza-Uccellino» ha sussurrato Aaron, prendendosi tutto il tempo del mondo per pronunciare quelle parole.

«Addio» ho detto anch'io, pensando che la mia vita senza di lui sarebbe stata interminabile.

Non sono tornata subito a casa. Sono scesa al fiume per la prima volta dalla morte di Max. La luna si rifletteva sull'acqua. Ho accarezzato le iniziali incise nel legno.

MM + AJ
14 FEB

Ho afferrato un sasso e mi sono inginocchiata accanto alla panchina, mentre tu all'altro capo del mondo ti sdraiavi per l'ultima volta. Quando l'orologio ha battuto la mezzanotte ho cominciato a grattar via le mie iniziali. Senza accanimento, lacrime o rabbia, ma con calma, quasi dolcemente. Sai, Stu, vederle scomparire mi ha fatto un gran bene.

Un abbraccio

ALICE JONES

Un bar in Sudamerica

11 febbraio

Ragazza-Uccellino.

È colpa del pappagallo se ti scrivo questa lettera. Almeno, credo sia un pappagallo. Non essendo un esperto, è difficile stabilirlo. Se fossi qui, scoppieresti a ridere e diresti 'Pappagallo? Aaron, è un...'

Caspita.

Le mie competenze ornitologiche sono talmente scarse che non riesco a pensare a un nome alternativo per l'uccello dalle piume multicolori che tengono in gabbia per la gioia dei clienti. Non per questo cliente, però. Oh, no. Questo cliente non riesce più a guardare gli uccellini dietro le sbarre senza che il suo pensiero corra subito a una certa ragazza a cui piace il suono della libertà.

Mi trovo in un paesino chiamato Rurrenabaque, in Bolivia, e mi sono fermato a bere qualcosa. Magari mi immaginerai intento a sorseggiare birra spillata da un barilotto di legno in un bar improvvisato su una lunga spiaggia di sabbia dorata, attorniato da persone del posto. Be', lascia che chiarisca subito: sono seduto su una normalissima sedia di plastica a un normalissimo tavolino di plastica, lungo una normalissima strada trafficata, e accanto a me due inglesi ubriachi stanno facendo a gara a chi riesce a dire l'intero alfabeto ruttando. Uno spettacolo di assoluto richiamo. Il signor Non-mi-faccio-la-barba-da-giorni è riuscito ad arrivare alla lettera F, mentre il signor Ho-perso-tutti-i-capelli ha raggiunto le vertiginose altezze di N.N! In un solo rutto! Non c'è da stupirsi che si rallegrino tanto.

Osservandoli, ti giuro che mi sembra di essere tornato a York. E lo stesso mi è capitato in Ecuador, ovunque andassi. Persino durante un'escursione nella più remota regione andina, alcune cose mi sono sembrate conosciute. Come, per esempio, quella famiglia che mi ha ospitato per un paio di giorni. Sulle prime, entrando nella loro capanna, in mezzo alle montagne, ho pensato che fossero diversi. Indossavano abiti che non avevo mai visto prima di allora e parlavano una lingua stranissima, non conoscevano neppure lo spagnolo. Senza né Internet né l'elettricità, non c'era modo di sapere cosa succedesse nel mondo, e a me andava benissimo così.

Il mio letto era un giaciglio fatto di stracci nell'angolo di una stanza piena di spifferi. Mentre buttavo lo zaino sul pavimento, ho guardato fuori dalla finestra e ho visto una donna ammazzare un pollo con le sue mani. Ho capito che era la millesima volta che lo faceva. Tenendo il pollo a testa in giù, gli ha torto il collo mentre sorrideva beata a un bambino che giocava con un sassolino, accanto a lei. Ora, può darsi che i polli non siano uccelli proprio come i ragni non sono insetti, ma in ogni caso scommetto che sei abbastanza sconcertata. Non fraintendermi, lo ero anch'io, ma quel turbamento mi ha fatto piacere. Siccome era qualcosa di lontanissimo dalla mia esperienza, sono rimasto a bocca aperta. L'Inghilterra mi è sembrata a un milione di chilometri di distanza. La mamma. Max. Tu. Siete tutti come svaniti. Ed era ciò di cui avevo bisogno, perché ricordare mi faceva troppo male.

Poi, però, quel bambino con le gote più rosse che avessi mai visto, è riuscito ad alzarsi in piedi aggrappandosi alla gonna di sua madre. Vacillava sulle gambe grassocce, ancora malferme. La donna ha lasciato perdere il pollo e, accovacciandosi, ha afferrato le manine del bambino e ha cominciato a retrocedere. Sorrideva, aiutando il piccolo a muovere i primi passi. Anche il bambino sorrideva. Quando il padre è uscito fuori, con un sorriso grande così, ha detto qualcosa alla moglie, tutto entusiasta. Naturalmente non ho capito una sola parola, ma sapevo benissimo cosa si stavano dicendo.

Guardalo! Cammina! Hai visto? Ops, attento! Ma che bravo questo bimbo!

Il piccolo è approdato nelle braccia della sua mamma, che lo ha abbracciato forte. L'uomo ha baciato entrambi sulla fronte prima di rientrare, e io ho sentito una fitta allo stomaco dalla delusione, per quanto sentivo quella scena familiare. Esseri umani. Siamo tutti uguali. Non c'è modo di fuggire questa cosa. Indipendentemente dal fatto che tu sia un uomo inglese e calvo che rutta l'alfabeto, o una donna che ammazza polli in un posto sperduto sulle Ande. Indipendentemente dalla lingua che parli o dagli abiti che indossi. Certe cose non cambiano. Famiglie. Amici. Persone che si amano. Sono uguali in qualunque città di qualunque paese di qualunque continente del globo.

Vorrei che trovassi il tuo posto nel mondo, Ragazza-Uccellino. Tu – la persona più vivace, più effervescente e più bella che conosco, la ragazza che scrive di un certo Burlotto Fasolis e che trova la felicità in un croissant – meriti di vivere. Il giorno in cui sono partito per il Sudamerica, sono venuto a cercarti in biblioteca. Non so cosa avrei voluto dirti. Fatto sta che, quando sono entrato e ti ho vista riordinare i libri sugli scaffali, ho deciso di non dirti niente. Mi voltavi le spalle, ma sapevo che stavi male. Lo capivo da come ti muovevi: sollevavi i libri come se pesassero una tonnellata e di tanto in tanto ti fermavi, con una mano appoggiata sul fianco, e sospiravi. Vedevo le tue spalle sollevarsi e ricadere. Avevo fatto migliaia di sospiri così anch'io, da quella sera in riva al fiume. Sapevo bene come ti sentivi. Il peso della tristezza nel cuore. Il senso di colpa che non ti dà pace. Il desiderio disperato di nasconderti dagli sguardi inquisitori e di restare sola. Quando una signora ti si è avvicinata per chiederti un libro, non hai sorriso e hai detto soltanto qualche mezza parola, indicandole la scala a chiocciola con un gesto mogio. Per poco non sono corso verso di te per afferrarti la mano, tenertela tesa verso l'alto, guardarti negli occhi e spronarti a dimenticare quel che era successo. Spronarti a vivere.

Come sai, non l'ho fatto. Parlarti avrebbe reso tutto più difficile, ti avrebbe ricordato cose che volevi disperatamente dimenticare. Inoltre, sapevo che se mi fossi avvicinato avrei ceduto, e avrei voluto stringerti forte per cancellare il dolore che provavi e dirti che ti amo, perché è così, Alice, ti amo profondamente. Invece, ti ho detto addio a mezza voce e sono andato via. È stato difficilissimo scendere i cinque scalini che conducono alla porta girevole. Raggiunto il punto in cui ci eravamo baciati sotto la pioggia, ho indugiato per un'eternità, ripensando alle tue labbra che bruciavano sulle mie, a quanto quel gesto in verità sbagliato mi era sembrato invece giustissimo. Poi me ne sono andato.

Ovviamente non ti manderò mai questa lettera. Non sarebbe giusto e avrei troppa paura che qualcuno la leggesse e scoprisse la verità riguardo a ciò che è successo tra noi tre. Non appena avrò finito di scrivere, la strapperò e la getterò via, esattamente come tutte le altre. E quando tornerò in Inghilterra e ti rivedrò, non dirò niente che possa impedirti di voltare pagina. Non ti dirò quanto ti amo, non ti dirò della paura terribile di vivere senza di te o del bisogno che ho di sfuggire sempre a tutte perché nessuna sarà mai come te... Ti lascerò andare, semplicemente. Il vero amore è fatto di sacrificio, dopotutto, e se vuoi liberarti del ricordo di Max è necessario che ti liberi anche di me.

Il signor Non-mi-faccio-la-barba-da-giorni e il signor Ho-perso-tutti-i-capelli se ne sono andati. La luce del giorno va calando e il traffico è diminuito parecchio. Ci siamo ormai soltanto io e il pappagallo chiuso nella sua gabbia. Tu non vivrai così, Ragazza-Uccellino. Non per causa mia. Spiega le tue ali forti e vola.

xxx

Ringraziamenti

Ho impiegato molto tempo per scrivere questo libro. Sono grata al mio editore, Fiona Kennedy, per avermi dato tutto il tempo di cui avevo bisogno, nonostante le scadenze incalzanti. Grazie per la pazienza, per la comprensione, per i consigli e per la competenza.

Ringrazio anche Nina Douglas, che riesce sempre, come per magia, a creare fermento attorno a un libro! L'intera squadra della Orion è stata meravigliosa, e se lo spazio me lo concedesse elencherei i nomi di tutti quanti. Mi considero davvero fortunata a poter lavorare con persone così appassionate, solerti e competenti. Grazie anche a tutto il personale della Felicity Bryan: sono onorata di poter dire non solo che siete i miei agenti letterari, ma anche che sono uno degli autori di Catherine Clarke.

Un ringraziamento speciale va alla mia mentore, Liz Kessler, per l'incoraggiamento durante i momenti di difficoltà, che ha lasciato tutto il resto per concentrarsi sul mio manoscritto quando avevo bisogno della sua opinione e che mi ha dato degli ottimi consigli. A buon rendere! Vorrei anche ringraziare mia madre, Shelagh Leech, che trova sempre il tempo di leggere quel che scrivo e che non si fa mai problemi a dirmi quello che pensa veramente. Grazie a te e a papà per esserci sempre stati e per continuare a esserci.

Sono grata a tutta la mia famiglia e a tutti i miei amici per l'affetto, il sostegno e la felicità di cui mi fanno dono. In particolare, vorrei rivolgere i miei ringraziamenti più sentiti al mio fantastico marito, Steve, che ha portato avanti tutte le incombenze pratiche – mi ha ascoltata, ha riletto, mi ha dato consigli – e che ha fatto centinaia di altre cose troppo speciali che non posso elencare qui. Non ce l'avrei mai fatta senza di te.

Annabel Pitcher
West Yorkshire
Luglio 2012

Annabelle Pitcher

UNA STELLA TRA I RAMI DEL MELO

Romanzo

Tutti continuavano a dire che col tempo sarebbe passata, ma Jamie sa che è solo una di quelle bugie che i grandi dicono nelle situazioni difficili. Da quando sua sorella Rose è morta in un attentato sono passati cinque anni, e ora è peggio che mai: il papà beve, la mamma se n'è andata con un altro e a Jamie sono rimaste tante domande a cui deve rispondere da solo. Anche sua sorella Jasmine, la gemella di Rose, non sembra essersi ripresa: si è tinta i capelli di rosa, si è fatta un piercing e ha smesso di mangiare. Jamie però ha deciso di salvarsi: gioca con il suo gatto Roger, pensa alla maglietta di Spider-Man che desidera tanto e fa amicizia con Sunya, una bambina musulmana, cercando di tenerlo nascosto al padre. Quando un giorno vede alla tv l'appello per partecipare a una trasmissione di giovani talenti, sogna che possa essere un modo per salvare la sua famiglia... Sullo sfondo del piccolo mondo di Jamie rimbombano le grandi questioni dell'umanità,ma è la sua voce trasparente e pura, sono i suoi occhi ingenui di bambino che danno la misura della forza che hanno solo le cose essenziali: l'amore della mamma, la verità della morte, l'immensità della vita.

Salani Editore